まほろ駅前
多田便利軒

真幌站前
多田便利軒

三浦紫苑 著
李彥樺 譯

目次

零　曾根田老奶奶的預言　005
一　多田便利軒生意興隆　011
二　行天的祕密　053
三　工作車傷痕累累　099
四　跑吧！便利屋　153
四·五　曾根田老奶奶再度預言　199
五　事實只有一個　213
六　在那公車站重逢　247

零　曾根田老奶奶的預言

「你明年會很忙。」

年關將近，某個天氣晴朗的傍晚，曾根田老奶奶冒出這句話。醫院裡的交誼廳一片寂靜，窗外可見乾枯的草坪及樹葉落盡的光禿樹木。交誼廳內的兩臺大電視機，音量都被轉至最低。一臺是舊影集重播，另一臺是賽馬實況轉播。

聚集在交誼廳內的老人們自然而然分成兩堆，各自坐在桌邊，這一堆看著這臺電視，那一堆看著那一臺。偶爾可聽見老人掏摸著從病房帶過來的蕎麥餅，或是推動輪椅的聲音。

「妳的意思是說，明年是生意興隆的一年？」

多田啟介邊問邊將帶來的蜂蜜蛋糕切成一口大小，曾根田老奶奶正虎視眈眈地盯著多田手中的蜂蜜蛋糕。多田只在桌上的紙盤內放入兩小塊，剩下的全放進保鮮盒。「不能一次吃完，每次點心時間就拿出來吃一點，記得分給室友。」多田提醒道。

接著多田拿起從自動販賣機買來的熱茶，倒在紙杯裡，遞給曾根田老奶奶。老奶奶將蜂蜜蛋糕浸入茶中，泡軟了才放進嘴裡。

「不，生意跟今年差不多。你會變忙是因爲私事。」老奶奶說。

「而且你搞不好會離婚。」

我早就離婚了。多田心裡想著，但沒說出口。

「還有，你會去旅行。會遇上一些事情讓你哭，又遇上一些事情讓你笑。」

「旅行？去哪裡旅行？」

「非常遠的地方，差不多跟心一樣遠。」

從前有一次，醫生告訴曾根田老奶奶「妳說半夜會看見妖怪，其實是妳的心在搞怪」。自那天起，曾根田老奶奶就不再相信自己的心。對她來說，心就跟外國一樣遠，而且語言不通。

「哇！阿菊的預言！」

身旁忽然傳來沙啞的說話聲。多田轉頭一看，背後站著一個經常在醫院裡看見的老先生。只見老先生扶著掛點滴袋的鐵架，搖頭晃腦地說著「怎麼辦？怎麼辦？」，朝著電視的方向走去。老奶奶喝乾紙杯裡的最後一滴茶。

「總之你會很忙，忙到沒什麼時間來看我。」

「媽，不會的。」

多田說完這句話，卻不知該怎麼接下一句才好。能不能再來看老奶奶，並不是自己可以決定的。爲了化解這不自然的尷尬氣氛，多田補了一句：「要不要回病房了？」曾根田老奶奶輕輕點頭。

老奶奶緩慢地沿著走廊前進，多田配合老奶奶的速度，耐著性子跟隨在旁邊。老奶奶快九十歲了，因爲駝背的關係，身高只到多田的腹部。

病房內有六張病床，分成左右兩邊，每邊各三張。老奶奶的病床是其中一邊的中間那張。在多田的協助下，老奶奶以更加緩慢的速度爬上了床。跪坐在床單上的老奶奶，看起來圓滾滾的，有如一顆小小的大福麻糬。

多田將保鮮盒放在床邊的鋼製小矮櫃上，正打算告辭離開，看見護理師走了進來。護理師朝多田輕輕點頭致意，多田趕緊將原本到了嘴邊的告辭之語吞了回去。

護理師對著老奶奶，以開朗的語氣說道：「曾根田奶奶，妳兒子眞孝順，又來看妳了。」

護理師接著走向最深處的病床，在床上那個看不出性別的老人耳邊大聲問：「背會不會痛？要不要換個姿勢？」護理師不等老人回應，迅速拉上掛簾。多田聽見掛簾另一頭傳來護理師翻轉老人身體的聲音，聽說這麼做是爲了避免長時間臥床造成褥瘡。

多田愣愣地看著曾根田老奶奶的頭頂。老奶奶的白髮越來越稀疏，但看起來相當柔軟。多田凝視著髮旋的位置，半晌後才開口：「媽，我先走了。希望妳過個好年。」

「嗯。」老奶奶只輕輕應了一聲。

每次到了離別的時候，老奶奶都會變得沉默寡言。多田快步來到走廊上，轉頭朝病房內一看，老奶奶依然跪坐在病床上，垂著頭，看起來更像大福麻糬了。

如果兒子眞的孝順，不會讓年邁的母親在醫院裡過年，更不會找外人頂替自己到醫院探望。雖然感慨，但多田也明白，或許正因爲自己是毫無關係的外人，才能把事情想得那麼輕鬆吧。

多田走到停車場，坐進自己的白色發財車，這才感覺鬆了口氣。即便牆壁塗上了明亮的米黃色，依然消除不了醫院所散發出的陰鬱氛圍。

多田轉動鑰匙，發動引擎。接著點了根菸，靜靜等待暖氣發揮效果。鼻腔深處似乎還殘留著那股彷彿混合了尿騷味與消毒水的氣味。多田將車窗打開一道縫隙，讓那股氣味隨香菸的白煙一起飄出車外。

多田從外套口袋取出手機，按下號碼鍵。鈴聲響到第五次，一名中年婦人接了電話。

「你好，這裡是曾根田工務店。」

「我是便利屋[1]的多田，請問正敏先生在嗎？」

「他出去了。探望結束了？」

「對，剛結束。」

「辛苦了，我會轉告我老公。」

中年婦人冷冷地掛了電話。多田本想提醒一句「小心點，聽說你們明年會離婚」，但還來不及說，對方已結束了通話。多田心想也罷，收起了手機。反正老奶奶那句話多半不是什麼預言，只是單純的牢騷。

明天的工作，有五件是在家門口安裝門松[2]，還有一件是大掃除。多田踩下油門，開車返回位於眞幌站前的事務所。

1 在日本，「便利屋」（べんりや）指提供各種雜務或特別服務的工作類型，最大特色是靈活，幾乎可處理任何類型的需求，常見的服務包括整理環境、清潔、修理水電等簡易物品、搬家、代購等，通常可根據客戶需求量身訂制服務，像是假扮某些角色、替代參加某些活動等，能解決許多社會需求，在高齡化社會尤爲不可或缺。

2「門松」指的是由松葉及竹節製成的過年裝飾物，通常會擺設在門口。

一 多田便利軒生意興隆

一、二月是便利屋的淡季。

一來沒什麼人在這段時間搬家，二來野草在冬天長得慢，也沒什麼除草的工作可以接；更重要的一點是大家還沉浸在過年的氣氛裡。畢竟不久前才剛過完新年，每個人都想清閒一下，與家人們度過一段團圓的時光。這種時候沒有人會把毫無關係的外人叫進家裡，做些沒有急迫性的雜事。

往年，多田會窩在事務所兼住家的老舊大樓房間裡，整個年假幾乎都在睡夢中度過。但今年有些不同。打從除夕那天起，家裡突然多了一條狗。

那天，一個四十出頭的女人來到事務所。只見她一手提著大行李袋，另一手拿著紅色的寵物狗外出箱。多田請她坐在會客區的沙發上，她遲疑了一會，才拍去沙發座面的灰塵，坐了下來。兩手的東西似乎不知該放哪裡才好，最後她把大行李袋放在膝蓋上，寵物外出箱放在地板上。

「我們全家臨時決定要回外子的老家。」女人向多田解釋。

「婆婆有氣喘的毛病，沒辦法靠近動物。每一間寵物旅館都被預約滿了，沒辦法再收。而且大過年的實在不好意思把狗託給鄰居……」

「原來如此。」

多田隨口應答，心裡實在很不想接這個工作。基本上多田不太喜歡稱丈夫爲「外子」的女人。說得更明白一點，多田不喜歡絕大多數已婚婦女。但如果看見已婚婦女就拒絕，便利屋恐怕就要關門大吉了。畢竟會找上便利屋的，大多都是家庭主婦。多田聽著腳邊寵物箱內的小動物蠕動聲，問：「請問這是什麼狗？」

女人拿起寵物箱，讓多田方便從網格的縫隙觀察裡頭的動物。是一隻吉娃娃，多田不禁暗自叫苦。雖然多田接過多次幫忙遛狗的工作，但卻很不喜歡最近特別熱門的小型犬。這種狗實在太小了，讓多田很不安。要散步多久才是最適當的運動量，他完全不知道該怎麼評估。而且多田是個體格魁梧且滿臉鬍碴的男人，身上通常穿著一件有點髒的夾克。每次牽著一條小型犬在路上散步，都會引來路過的小學生嗤嗤竊笑。

「真可愛的小狗，請放心交給我吧。」

多田遞出簡易的委託書及合約書。女人填了上頭的登記資料，並且簽了名。佐瀨健太郎，四十二歲。地址是真幌市久生四丁目十五。填寫表單時會特地寫丈夫名字的女人，當然也是多田不太喜歡的類型。

女人接著從大旅行袋中取出各種必需品。狗糧、裝狗糧的盤子、新的寵物便溺墊，以及狗兒最喜歡的布偶。多田向女人確認了每次的餵食量，以及不需要長時間散步之後，約定好照顧狗兒到一月四日的中午。

「多田便利軒」的費用都是採先付款制。女人毫不囉嗦，掏出錢包付了錢，隨手接過收據便轉身離開事務所。臨走前並沒有再抱抱狗兒，或是說上兩句話。

就這樣，多田與一條狗一起除舊布新，迎接嶄新的一年。

吉娃娃這種生物，果然跟電視上看到的一樣，有雙溼潤的大眼睛，身體隨時都在打著哆嗦。多田原本以爲牠會冷，在牠睡覺的紙箱裡鋪了一條毛毯。後來又以爲牠害怕這裡的陌生環境，耐著性子拿布偶陪牠玩耍。最後又擔心牠是不是身體不舒服，半夜裡好幾次爬起來查看紙箱，確認牠還活著。

即便多田想盡各種辦法，吉娃娃的身體還是不停抖動。多田這才猜想，或許這就是牠天生的體質。到了大約一月二日，多田才成功說服自己不再把吉娃娃的身體顫抖放在心上。

因爲長時間處於緊張狀態，多田感覺異常疲累。早上帶著吉娃娃散步沒多久，多田就決定轉身回家。接下來的時間裡，多田喝了一些酒，在半夢半醒之間度過了一天。吉娃娃是一種相當安靜的生物，如果對著牠喊「吉娃娃」，牠會開開心心地跑過來。但除此之外的時間，牠只會安安靜靜地待著不動。偶爾牠在布滿灰塵的木頭地板上走動，總是會發出爪子的摩擦聲。

多田已不知有多少日子，不曾像這樣感覺到屋裡有自己以外的生物。或許是因爲這個緣故，多田作了一個夢。在夢裡，清風陣陣拂來，厚厚的書本被颳得不住翻頁，宛如在朝自己招手。那熟悉的感覺反而讓多田如坐針氈。多田被拉回現實，微微睜開了眼。

大樓前方的道路避開了車站周邊的繁華鬧區，是進入眞幌市區的捷徑。平日車流量當然不少，但現在是過年期間，通過的車輛寥寥無幾。夢裡聽見的書本翻頁聲，原來是窗戶下方行駛而過的車輛引擎聲。多田以惺忪的雙眸環顧室內，吉娃娃在紙箱裡睡得正熟。

多田正在煮晚餐的泡麵時，事務所的電話忽然響起。這種時候打來的電話多半沒好事。多田一邊這麼想，一邊裝了一盤子狗糧，用腳推到吉娃娃的面前。電話依然響個不停，多田無奈地關掉瓦斯，拉開分隔住家與事務所的掛簾，拿起話筒。

「你好，這裡是多田便利軒。」

「我是住在山城町的岡。」

多田正要說兩句過年的祝賀之詞，岡已搶著說道：「你明天有空嗎？早上五點半到晚上八點半左右。」

多田內心的第一個反應是納悶。明天才一月三日，到底是有什麼事情要找人幫忙？何況工時相當長，占用了一整天的時間。

「請問是什麼樣的工作？」

「表面上是幫忙打掃過年前來不及打掃的庭院及倉庫，實際上是監視公車。」

「你說監視什麼？」

「詳情明天再解釋。就這樣，明天早上五點半見。」

「岡先生！岡先生！」

多田感覺對方要掛電話，趕緊對著話筒大喊：「我現在正幫人照顧狗，沒辦法長時間出門工作……」

「沒關係，你把狗帶來吧。」岡說。

「不過是條狗，就讓牠在我家院子裡玩耍。」

對方才剛說完「玩耍」的「耍」字，電話就掛斷了。多田不禁有些惱怒，粗魯地掛回話筒，回到瓦斯爐前。吉娃娃已經將盤裡的狗糧吃得一乾二淨，鍋子裡的麵條膨脹到讓人作嘔的地步。

「明早要上工啦，吉娃娃。今晚早點睡。」多田對著吉娃娃說。

吉娃娃仰頭看著多田，身體依然打著哆嗦。過了一會，牠伸了個懶腰，乖乖走向睡覺用的紙箱。

天底下只有你會聽我的話。喔喔，乖狗勾、乖狗勾。多田一邊唱歌，一邊將調味粉包倒入鍋中。接著，多田關閉自己的味覺及觸覺，將那些膨脹得像腦漿的麵條吞進胃裡。

隔天清晨，天空尚未泛起魚肚白，多田已開著發財車前往山城町。

車斗裡裝著各種打掃庭院需要用到的工具。寵物箱放在副駕駛座上，吉娃娃正乖乖地坐在裡頭。從眞幌站前到山城町大約二十分鐘車程，沿途看見的景象不是公寓就是農田。其中較引人注意的是一些占地廣大的農舍，這些多是地主的住家。

岡的家就在馬路邊。庭院內巨大樹木的枝葉向外延伸，彷彿在強調這戶人家已經在這裡居住了非常漫長的歲月。岡家是這一帶的大地主，原本持有的土地都是農田，後來全部改建爲公寓。岡靠著收房租，過著逍遙自在的隱居生活。

多田將車開進鋪滿碎石的前院。岡早已站在庭院的角落，做著他自己發明的體操。他看見多田下了車，便停止搖晃手臂，朝多田走了過來。

多田面對著岡，還是沒機會說出新年的祝賀之詞。因為岡拿起原本放在石頭上的一本事務用活頁夾，不由分說地推到多田胸前，劈頭便滔滔不絕。

「很好，你很準時。庭院跟倉庫的打掃，像平常一樣隨便弄弄就行了。但我希望你一邊打掃，一邊幫我注意公車，這才是你今天最重要的工作。來，拿著這個活頁夾。」

多田接下胸前的活頁夾，看了看岡那顆反射著室外燈光芒的禿頭，接著又看了看活頁夾裡頭的紙張。活頁夾內共有兩張紙，內容大同小異。左半邊是一排數字，似乎是岡事先抄來的公車站牌的到站時間表，右半邊則是一片空白。

「我家門口有個公車站牌，你應該知道吧？」岡指著大馬路的方向說道。

多田根本不用回頭，就知道他指的是什麼。岡家門口有個公車站牌，站名是「山城町二丁目」。只要站在岡家的庭院裡，就能看見開過大馬路的公車。

「我從去年就發現，公車司機好像會偷懶，偷偷減少行駛的班數。公車對我及住在附近的老人家來說，是非常重要的代步工具，不管要去醫院還是車站，都得搭公車。」岡一臉嚴肅地說。

行經岡家門口的這條公車路線，往來於山城社區及真幌車站，途中會經過真幌市民醫院。多田聽著岡的說明，心裡只是想著今天好冷，呼出來的氣都變成了白色。當然多田並沒有那麼容易被看出自己的心中想法。

「具體來說，我到底需要做什麼事？」

「我要你一邊打掃庭院，一邊盯住那個公車站牌。我把假日的去程時刻表及回程時刻表都抄下來了，你只要把公車實際抵達站牌的時間寫在兩張紙的右側就行了。到時候對照左右兩邊的時間，就會知道公車晚到或沒到的情況有多麼嚴重。」

「原來如此。」多田說道。

岡支付了一天份的費用。多田戴上工作手套，從車斗上取下掃把及垃圾袋。此時多田猛然想起狗的事，朝著正要走進屋內的岡喊道：「我能讓狗在院子裡玩嗎？」

「沒問題。首班車的到站時間是五點五十分。我很忙，沒空守在這裡，所以全靠你了。幫我蒐集足夠的證據，我要去告發橫中的怠職。」

眞幌市在行政區分上屬於東京都，但不知道爲什麼，市內所有公車路線的營運都由橫濱中央交通公司（簡稱「橫中」）獨占。多田一邊想著有錢人幹的事眞難理解，一邊將活頁夾擺在門柱的旁邊。隔著面對庭院的窗戶，可以清楚看見岡正在客廳裡躺著看電視。

雖然很想發牢騷，但是幹便利屋這行本來就是這樣。就算有再多牢騷，也只能往肚子裡吞。

「原來如此。」多田重複了一次相同的話，沒有再說什麼。

接下來一整天，多田努力打掃庭院及倉庫，還得抽空記錄公車的到站時間，以及幫在庭院裡開心跑跳的吉娃娃撿拾糞便。

晚上八點半，末班公車從岡的家門口出發，朝車站的方向駛去。周圍幾乎一片漆黑。多田把打掃工具及垃圾都收回車斗，做好打道回府的準備工作。但在回家之前還得先交差才行。多田拖著疲憊的身子，拿著活頁夾，拉開岡家的大門。

「所有工作都完成了，請看看這樣可以嗎？」

岡從屋內走了出來。只見他滿臉通紅，似乎正在喝酒。藉由室外燈的光芒，他朝變得乾淨整齊的庭院瞥了一眼，心滿意足地點了點頭。

「公車的部分呢？」

「很可惜，今天我沒有觀察到任何脫班的情況。雖然有時候會因爲路上塞車而晚到，但總班數與時刻表上的完全相同。」

「這可奇怪了。」

岡從多田手中接過活頁夾，歪著頭說：「你該不會根本沒看，只是隨便亂塡的吧？」要是不信，當初就別委託我做這個工作。多田雖然在心中暗罵，但表情只頓了一秒鐘，立刻擠出笑容。

「當然不是。中午你太太拿了幾顆飯糰給我，我也是坐在圍牆門邊，一邊吃一邊監視著馬路。就連撒尿……對不起，就連小解，我也是走到庭院的角落，一邊監視馬路，一邊尿在寶特瓶裡。要是你不信，我可以給你看證據。」

「不用了。」

「眞的不用嗎？」

其實多田是尿在庭院角落的山茶花底下，根本沒用寶特瓶。「那我先告辭了。如果還有需要，歡迎隨時打給我。」

岡不應該在今天委託調查。多田走向發財車，一邊想著。一到三日這段期間，公車司機上班會有特別加給，所以公司反而會比平常更容易確保司機人力。倘若橫中眞的偷偷減少車班，岡也應該挑平日委託蒐證才對。

多田當然沒必要告訴岡這些。新年剛開始就接了這麼個愚蠢的工作，多田一邊這麼想著，一邊打開駕駛座的車門。就在這個瞬間，多田驚覺身邊好像少了什麼。

「吉娃娃，你在哪裡？」

多田朝著一片漆黑的庭院呼喊。等了一會，吉娃娃並沒有出現。樹木的枝葉不斷被風吹得沙沙作響，所以也聽不出吉娃娃走動的聲音。

「這下糟了！」

多田低聲喊著「吉娃娃」，繞著庭院走了一圈。到處都沒看見吉娃娃的身影。

「就是因爲這樣，我才討厭腦袋太小的狗。」

該不會是跑到大馬路上，被壓成肉醬了吧？多田趕緊奔出岡家的院子，凝神細看車輛不斷來去的路面。幸好沒有發生過慘劇的痕跡。接著多田抬頭環顧左右，發現前往車站那一側的公車站牌長椅處，似乎坐著一道人影。

多田朝那人走了過去，本來想問「請問你有沒有看到一隻吉娃娃」，但話到嘴邊又吞了回去。坐在長椅上那個人，是個年紀和多田差不多的男人，身上穿著黑色大衣。更重要的是，吉娃娃正被他抱在懷裡。

男人察覺腳步聲，朝多田抬起了頭。此時剛好有輛車子通過，車頭燈照亮了男人的臉。男人的視線並沒有看向多田的臉，而是停留在多田的頭頂上方。就好像是在黑暗的房間裡摸索著電燈開關，兩眼失去了焦點。「有菸嗎？」男人突然問道。多田從夾克口袋裡掏出菸盒，連同打火機一起遞了過去。

「LUCKY STRIKE[3]。」

男人一邊說，一邊從菸盒裡甩出一根香菸，叼在嘴裡，以百圓商店買來的便宜打火機點了火。所有動作都以左手完成，因為他的右手抱著吉娃娃。

「多田，這是你的狗？」

「嗯。」

「唔，你不太像是會養這種狗的人。」

男人從長椅上站了起來，將吉娃娃及香菸一起塞進多田懷裡。或許是因爲多田神情呆滯，

3「LUCKY STRIKE」是美國香菸品牌，中文有時稱作「好彩香菸」。

男人顯得有些尷尬，搖晃著唇邊的香菸，說：「呃，你該不會忘記我是誰了吧？」

「我記得。」

嚴格來說不是記得，而是想了起來。「你是行天。」

行天春彥。多田就讀都立眞幌高中時的同班同學。整整三年都在同一間教室上課，兩人卻不曾交談過。不過這並不是多田的問題，當年整個班上沒有一個人稱得上是行天的朋友。

行天的課業成績非常好，長得還挺帥氣。偶爾會有其他學校的女學生，爲了看他一眼而聚集在校門口。但在校內，行天卻是個出了名的怪人，因爲他從來不說話。就算上課時被老師點到，或是同學問他一些事務性的問題，他也從不開口。

從高中入學到畢業，行天說過的話竟然只有一句。

當時正在上工藝課，課程主題是製作紙模型的屋子。行天正在使用裁紙機，幾個打打鬧鬧的男學生忽然朝他撞去。行天被這麼一撞，右手小指竟然遭裁紙機切斷。

行天喊了一聲「好痛」，下一秒鮮血像煙火一樣，從小指的切斷面狂噴而出。整間教室裡的人都慌了手腳時，行天撿起掉落在地上的小指。事隔多年，多田的腦海裡重新浮現了當天的景象。當時行天的態度非常平淡，就像只是撿起掉在地上的零錢。

保健室的醫生立刻趕到教室，將行天送上救護車，前往醫院進行治療。由於處置得早，小指順利接回。數天後，行天回到教室上課，當初惡作劇的幾名男同學含著眼淚向他道歉。但右手包著繃帶的行天又變回原本那個不發一語的怪人。

直到最後，包含多田在內的所有同學，唯一聽過行天開口說的話，就是那句「好痛」。當初沒有選修工藝課的同學，簡直就像是錯過海妖歌聲的水手，嘴上說著「幸好沒聽見那不吉利的聲音」，臉上卻帶著無比惋惜的表情。自從這件事過後，行天簡直成了同學們眼中的神祕生物，大家對他更是敬而遠之。

「沒錯，正確答案。」行天將右手手掌舉到多田的面前。在昏暗的光線下，隱約可以看見手掌的小指根部有一圈白色傷痕。

「你怎麼會在這裡？」行天問多田。

多田沒有回答，反問：「你呢？你怎麼會在這裡？」

「我的老家就在這附近。前幾天回來過年，現在要走了。」

「難不成你是要搭公車去車站？已經沒有公車了。」

「我知道。我抱著你的狗，所以沒搭上車，眼睜睜看著末班公車從眼前開走。」

多田愣愣地看著行天。行天以指尖將吸得剩下一小截的菸頭彈出去，對著多田露出笑容，眼睛瞇得像彎月。

「行天，你變了很多。」

「是嗎？沒有你變得多吧？」

「我有車，順道載你去車站。」

多田率先起身，走向發財車。一邊走，一邊暗自回想行天的穿著。走在身後的行天，身上穿著牛仔褲及上班族風格的大衣，腳下卻穿著一雙茶褐色的健康拖鞋，沒有穿襪子。這樣的打扮，讓多田的心裡萌生相當不好的預感。但多田心想，反正送他到車站之後，未來就沒有再見面的理由了。

懷裡的吉娃娃傳來一絲絲的暖意。姑且不說別的，光是能把狗找回來，就已經是不幸中的大幸。跟在後頭的行天，竟然哼起了歌，多田努力說服自己別去在意。

行天坐進副駕駛座，將裝著吉娃娃的箱子放在膝蓋上。

「多田，這輛車是你的？你現在做什麼工作？在哪裡上班？」

行天忽然像連珠炮般問個不停。彷彿不問出個所以然來絕不善罷甘休。多田迫於無奈，只好放開方向盤，從作業褲的後側口袋裡掏出名片夾遞了過去。行天從裡頭抽出一張名片。

正面印著「多田便利軒　多田啟介」，背面印著地址及電話號碼。行天舉起名片，就著車窗外不斷向後流逝的街燈光芒，讀起上頭的字。

「你開了一家拉麵店？」

「看起來像拉麵店？」

爲了保持心情的平靜，多田顧不得先打開車窗，匆匆點燃一根菸，用力吸了起來。行天朝多田伸出右手，多田將LUCKY STRIKE的菸盒放在他手上。

「你姓多田，應該不適合做生意吧？」

行天朝著車頂緩緩吐了一口煙霧。「一定有人跟你說過『既然你姓多田[4]，怎麼能收錢』，對吧？」

多田決定行使緘默權，讓他嚐嚐什麼叫有如鞭子般冷酷的寂靜。可惜從行天的反應看來，他似乎不痛不癢，繼續滔滔不絕地說著。

「便利屋就便利屋，爲什麼不直接叫『多田便利屋』，要使用『軒』這種字眼？因爲『多田便利屋』的發音唸起來不好聽嗎？就算顛倒過來，改叫『便利屋多田』，也一樣會讓人誤以爲是免錢的。」

車子來到了一處十字路口。再往前開，就是車站了。多田忍受了將近二十分鐘的噪音攻擊，忍不住開口：

「行天，我拜託你一件事。」

「什麼事？」

「抵達車站之前，拜託你不要再開口說話。」

「我會盡可能實現你的要求。不過在那之前，我也想拜託你一件事。」

「什麼事？」

「收留我住一晚。」

4 日文中的「多田」音同「免費」。

「我拒絕。」

「好吧。」

行天再度拿起多田的名片，翻來翻去看個不停，然後說：「天氣這麼冷，小指痛得好像快掉下來。」

前方的燈號轉爲紅燈，多田踩下了煞車。完全靜止的車內，只聽得見吉娃娃的喉嚨發出的細微聲響。行天輕拍寵物箱，安撫小狗的情緒，同時拉開車內配置的菸灰缸，捻熄了向多田討來的第三根菸。

發財車沿著車站前的圓環繞了半圈，停在眞幌車站南口。大量乘客不斷自車站湧出，有的看起來像是剛去神社參拜過的情侶，有的則是手上拎著福袋的全家福。

行天解開安全帶，打開車門，下了車之後將寵物箱放回副駕駛座。

「我開玩笑的。小指早就不痛了，做什麼動作都沒問題。」

行天關上車門，多田卻遲遲沒有踩下油門。多田心裡清楚，行天說的並非事實。剛剛拉開菸灰缸時，他的小指動作顯得特別僵硬。而且當他舉起名片，右手手掌唯獨小指看起來特別蒼白。多田實在無法當作沒看見。

行天下車前，把多田的名片夾放進副駕駛座前方的置物盒內。多田伸出手想把名片夾放回褲子口袋，但是當多田不經意地朝紅色的寵物箱瞥上一眼時，不由得愣住了。原本以爲行天拿走了一張名片，沒想到那張名片就丟在寵物箱旁邊。

多田旋即跳下車，奔上通往站內的階梯。往人潮流動的相反方向逆流而上，抵達了檢票口。但是在檢票口處並沒有看見行天的蹤影。多田又來到售票機附近，同樣沒看到行天。

多田心想，或許是從月臺出站的乘客太多，行天混在人群裡，所以一時沒有發現。多田再度回到檢票口附近，張口大喊：「行天！」

「什麼事？」

聲音來自背後。多田吃驚地轉頭一看，只見行天仰靠著柱子，雙手插在大衣口袋裡。健康拖鞋在沒穿襪子的腳上晃呀晃，簡直像在取笑多田。

「你眞是個爛好人，我沒想到你眞的會追上來。」

多田發現對方故意在測試自己，不知道爲什麼，心中只有三分怒火，卻有七分安心。多田重重呼了一口氣。幸好找到他了。

「先說好，只有今晚而已。」多田將醜話說在前頭。

行天率先邁步，走向多田的發財車，同時嘴裡滿不在乎地說：「本來打算等個十分鐘，如果你沒追過來，我就直接殺到你事務所去。」

「你把我的名片丟在車上，要怎麼殺到我的事務所？」

「那是故意的。難道你忘了嗎？我可是土生土長的眞幌人，站前的地址我只要看過一次，就大概知道位置了。」

多田被自己呼氣中的濃濃酒味給熏醒了。他在床上坐起上半身，以半開半闔的雙眼環顧室內。地板上赫然有一座矗立著許多高塔的西洋城池，柔和地反射著從窗外透入的晨曦。

怎麼會有這玩意？多田瞇起眼睛仔細瞧，才發現那原來是成堆的空瓶。就在這個瞬間，昨晚的記憶再度浮現。

行天在並不寬敞的事務所裡到處查看，幾乎把每個角落都看過了一遍。一下子確認會客區沙發的彈簧是否完好，一下子拉開分隔事務所與居住空間的掛簾，興致盎然地檢視掛簾後方的居住空間。

「沒有洗手間？」

「瓦斯爐的旁邊不是有個流理臺嗎？」

「沒有浴室？」

「車站對面的松湯澡堂，走路八分鐘。」

「那間大眾澡堂還沒倒？」

行天從寵物外出箱內抱出吉娃娃，吉娃娃叼著布偶玩了起來，行天蹲在一旁靜靜地看著。

多田在鍋子裡裝了水，放到瓦斯爐上。等待水煮開的期間，多田在流理臺前將身體擦拭乾淨。接著多田打開廚房的櫃子，拿出大量購買的眞空調理包，思索了片刻後問道：「行天，你要吃咖哩，還是濃湯？」

「我不吃。」

行天起身走出門外，說：「我去買替換的衣物及牙刷。」

多田聽他這麼說，才想到他是兩手空空來到這裡，而且還穿著健康拖鞋，連襪子也沒穿。就算是回老家過年，也不可能穿得那麼隨便。仔細想想，那樣的穿著打扮確實不太尋常。

事務所所在大樓的旁邊，就有一家便利商店。多田原本以爲行天應該是去那裡購買生活用品，但等了許久，行天一直沒有回來。直到多田吃完了眞空調理包的咖哩，刷完了牙，才終於看見行天開門走了進來。

行天似乎是去了站前大馬路沿線上的一家二十四小時營業的特價商店。只見他回來的時候，雙手都提著黃色塑膠袋。裡頭只有極少量生活用品，剩下的全都是酒。「來，喝吧。」行天說道。

兩人幾乎沒有交談，也沒有配下酒菜，就只是一口接著一口喝酒。行天維持著固定的喝酒節奏，表情沒有一絲變化，彷彿只是將液體從燒瓶倒進燒杯裡。

多田陪著喝，喝到後來根本不曉得什麼時候睡著了。他甚至沒有宿醉的感覺，因爲酒精都殘留在胃裡，還沒有被吸收。

多田下了床，驀然感覺天旋地轉，彷彿有人在搖晃自己的腦袋。他一邊呻吟，一邊走到廁所小解，接著拉開掛簾，望向事務所的會客區。

行天躺在沙發上睡得正熟，身上蓋著一條不知從哪裡找來的毛毯。姿勢是仰躺，以狹窄的沙發而言，算是睡得相當端正，但膝蓋以下的部分超出了扶手外。吉娃娃正坐在他的肚子上。

「那條毛毯，該不會是吉娃娃的吧……」

這傢伙竟然拿鋪在寵物窩裡的毛毯蓋在身上，真不曉得他腦子在想什麼。

吉娃娃似乎想要離開行天的肚子，卻又不敢跳下來，只能百無聊賴地待在原地。牠一看見多田，立刻搖起了尾巴。

對了！今天是歸還吉娃娃的日子！

一想到這件事，多田完全清醒了。轉頭望向事務所牆壁上的掛鐘，已經是十一點四十五分。

「行天！快起來！」多田對著沙發大喊。

毛毯底下的身體開始蠕動，吉娃娃以牠那小小的四肢拚命抓住毛毯，才沒有掉下沙發。多田不再理會行天，走到流理臺洗了臉，剃去鬍子，換上作業服。接著多田找來一個紙袋，匆匆忙忙將吉娃娃的玩具及沒吃完的狗糧放進去。

「早。」

行天頂著一頭亂翹的頭髮，抱著吉娃娃，拖著毛毯走到多田的身後。多田轉過身來奪下行天手中的吉娃娃，放進寵物外出箱裡。

「抱歉，麻煩你在二十秒內梳洗完畢離開事務所。我趕著要出門。」

「去哪裡？」

「還狗。」

「這狗不是你的嗎？」

「我只是幫人照顧。」

「噢。」

身上只穿著四角褲及襯衫的行天，轉身走進廁所。多田只能默默等著，心中焦急不已。

行天走出廁所，突然說「我跟你一起去」，接著洗了把臉，穿上衣服。

你不回自己的家去，跟著我幹什麼？多田愣了半晌，正要說出這句話，卻見行天已經披上黑色大衣。

「我們走吧。」

行天自顧自地打開事務所的大門。他穿的還是那雙健康拖鞋，但多了昨天買的新襪子。多田本來想要抗議，最後沒有多說什麼。眼前最重要的事情是歸還吉娃娃，其他事都可以暫緩處理。

現在才出發，絕對不可能在十二點以前抵達。

多田用力踏下發財車的油門，一手抓著方向盤，另一手將手機拋向行天。行天一樣坐在副駕駛座，將寵物外出箱放在膝蓋上。他依照多田的指示，拿起那袋放著小狗生活用品的紙袋，從裡頭找出合約書。行天撥打了上頭填寫的佐瀨家電話號碼，將手機遞還給多田。

鈴聲響了十五次，多田掛斷了電話。

行天提起寵物箱，對著裡頭的吉娃娃說：「看來你的主人還沒回家。」

多田放慢車速，進入住宅區。放眼望去，全是長得一模一樣的房子。佐瀨家面對著一座幾乎沒有遊戲設施的小公園。車庫裡停著一輛家庭用的廂型車，以及一輛兒童腳踏車。

多田拿著寵物箱下車，按了佐瀨家的門鈴。行天則拎著紙袋在稍遠處等著。

屋子裡沒有傳出半點聲響。

「果然還沒回來。」

「我們要不要先回事務所等著？既然客人沒有在約定的時間回來，或許會打電話到事務所說明。」

「打到事務所的電話，我的手機也接得到。」

多田決定讓狗在小公園裡玩耍，稍微等上一陣子。於是多田走到長椅坐下，爲吉娃娃套上紅色的遛狗繩及項圈，用腳踩著繩子的另一頭。行天也在旁邊坐了下來，從大衣的口袋中掏出萬寶路的薄荷菸。

「來一根？」

「我自己有。」

由於無事可做，多田抽起了自己的菸。

這是個天氣晴朗的日子，空氣冰冷而乾燥。坐在曬得到太陽的長椅上，雖然還是有點涼意，但不到會發抖的地步。吉娃娃剛開始一直坐在長椅旁不肯離開，行天故意脫下健康拖鞋，以腳尖在吉娃娃的喉嚨附近搔癢。吉娃娃被逗得不耐煩，奔離了兩人身邊。遛狗繩越拉越長，不一會吉娃娃開始在公園裡探險，把鼻子湊到各種植物的根部聞來聞去。

「多田，我很驚訝你會開起便利屋。」

行天一邊說，一邊將萬寶路的菸頭丟到地上踏熄。多田掏出攜帶式菸灰缸，撿起行天丟在地上的菸頭，連同自己的菸頭一起放進菸灰缸裡。行天馬上又點了第二根菸，多田於是將菸灰缸放在兩人中間。

「我本來以爲你會順利讀完大學，進入一家作風保守的公司上班，沒過幾年就跟一個很會做菜的女人結婚，雖然偶爾會被女兒叫做『囉嗦的糟老頭』，但家庭還算幸福快樂，臨終前身旁圍繞著妻子、兒女及四個孫子，遺產只有一棟差不多得要改建的郊區老舊房屋。」

多田聽行天一口氣說完自己的虛構人生，不由得輕輕一笑。

「大概對了三分之一。」

「你有四個孫子？在郊外有一棟房子？」

「不，我很順利讀完大學，順利進入一家公司上班。但結婚對象是個做菜很難吃的女人，而且我們沒有孩子。所以沒有孫子，也沒有一棟房子。」

「你老婆做的菜，難吃到讓你想要離婚？」

多田沒有回答這個問題，反問道：「你這麼能聊，爲什麼高中的時候像顆石頭一樣，完全不開口說話？」

「因爲我覺得開口說話是件麻煩事。」行天一臉認眞地說。

「但是結了婚之後，我才發現如果不說話，日子眞的很難熬。久而久之就習慣說話了。」

「等等……」

多田吃了一驚，轉頭望向那有如冷血動物的行天，說：「你結婚了？」

「不是結了，是結過。而且我還有小孩。現在應該兩歲了吧……如果沒記錯的話，是女生。」

「你連自己小孩的性別也不記得？」

「因爲從來沒有見過。」行天以開朗的口氣說道。

這次他乖乖地把菸頭拿到菸灰缸裡捻熄。多田心裡明白，自己打從昨晚就在懷疑的事情，終於到了公布答案的時刻。

「行天，你是不是沒地方可以住？」

「嗯。」

「你沒有工作？」

「年底的時候辭掉了，公寓也退租了。我還把所有存款都給了曾是我老婆的那個女人，現在這些是我的全部財產。」

行天將右手伸進大衣口袋，掏出幾張皺巴巴的鈔票以及一些零錢。多田嘆了口氣。

「前兩天你不是回老家過年嗎？怎麼不討些壓歲錢再走？」

「壓歲錢？」

行天發出了「桀桀桀」的笑聲。那聲音聽起來簡直像是爬蟲類被掐死前的慘叫聲。「我早就過了領壓歲錢的年紀，難道你看不出來嗎？」

看來行天沒聽出他的言外之意。一個過了領壓歲錢年紀的成年人，不會像你這樣遊手好閒。多田本來想要酸他一酸，但最後什麼也沒說。反正說了也是白費口舌。

「我回到老家，才發現住著我完全不認識的人。」

行天那抓著錢的右手，唯獨小指微微翹起，沒有辦法完全折彎。他不停以左手輕搓著右手小指，那似乎是下意識的習慣動作。過了一會，他或許察覺了多田的視線，以僵硬的動作將右手塞進口袋。

「就在我走投無路的時候，遇上了你。」

行天說完這句話，忽然站了起來。只見他一邊咕噥著「真慢，到底什麼時候才會回來」，一邊走出公園，朝佐瀨家走去。多田也抱起吉娃娃，拿起寵物箱，自後頭跟上。

明知道從剛剛到現在根本沒有人進出佐瀨家，多田還是抱著一絲希望，又按了一次門鈴。行天則是信步走向屋子側面，那裡有一扇凸窗，他隔著庭院柵欄望向窗內，查看屋內的狀況。

「多田，你過來看……」

多田聽見行天的呼喚聲，轉頭朝他的方向望去，只見行天將上半身探入柵欄內，將臉貼在凸窗上，從窗簾的縫隙間觀察屋內。

「你別亂來，要是有人看見，可能會報警……」

多田急忙喝斥，行天什麼也沒說，抱起多田手中的吉娃娃，伸手指向凸窗。多田也起了疑心，雖然覺得不妥，還是跨上柵欄朝屋內望去。這一望，嘴裡不禁咕噥：「被擺了一道。」

凸窗的內側似乎是屋子的客廳，空空蕩蕩，幾乎沒有家具。

多田立刻奔向鄰居家，按下門鈴。「打擾了，我想請教關於隔壁佐瀨家的事。我是便利屋的人，佐瀨家託我照顧他們家的狗……」雖然多田再三解釋，鄰居家的女主人似乎還是抱持戒心，不肯開門。幸好隔著對講機，多田成功問出佐瀨家在除夕夜突然搬走了。事先沒有打過招呼，自然沒人知道那家人搬去哪裡。

「不過搬走也好，前陣子經常有人在這附近走來走去，好像是來向他們討債的……」鄰居女主人說道。

多田道了謝，回到佐瀨家的門口。倚靠著發財車的車斗，思考這件事要如何處理。

行天抱著吉娃娃，以手腕捧著紙袋，走到多田的身邊。

「你在煩惱什麼？」行天問道。

「當然是煩惱怎麼處置這條狗。我可沒有閒錢養狗，但如果隨便送人，又怕佐瀨有一天突然跑來向我要狗。」

「不過就是隻小狗嘛。」

行天溫柔地撫摸吉娃娃的背，說：「掐死之後當成垃圾丟掉，不就沒事了？」

由於行天的語氣異常鎮定，多田差點就想應一句「這麼說也對」，幸好及時吞了回去。

「你是認眞的嗎？」

「當然。」

行天還繼續撫摸著吉娃娃。用那隻帶著冰塊裂縫般傷痕的手。

「我猜把狗交給你的人，應該也期待你這麼做吧。」

多田心想，或許行天說的沒錯。其實「佐瀨健太郎的太太」打從一開始，就可以直截了當地說「請幫忙找新的飼主」。但或許是怕被人非議，她沒有辦法老實說出「我們沒辦法再養牠」這種話。

所謂的照顧到一月四日，根本只是拖延戰術。比起把狗送到寵物旅館，交給多田照顧的費用便宜得多，而且站在飼主的立場，也像是付了一筆錢給小狗當分手費。說到底，既然故意搞失聯，當然是「狗兒任憑處置」的意思。

對工作早已不抱崇高理想的多田，當然不至於爲了這種事情生氣。但或多或少有些無奈，畢竟多田對現在的職業還抱持著一點自負與戀棧。

就在這時，前方走來幾名小女孩。她們一邊偷偷觀察著多田與行天，走進公園裡。多田心想，多半是附近住戶的孩子吧。他心生一計，趕緊將吉娃娃從抱持危險思想的行天手中搶回來，放在地上。

接著多田牽起狗繩，走進公園。那幾個小女孩玩起了盪鞦韆，但一雙雙眼睛依然盯著多田。不，正確來說，是盯著多田牽著的吉娃娃。多田朝她們走去。

「小朋友們，叔叔能問妳們幾個問題嗎？」

小女孩共有三人，看上去應該是國小中年級。多田這麼一問，三人都停止了盪鞦韆的動作。

「妳們認識佐瀨家的女兒嗎？」

多田站在小女孩們的斜前方，不斷提醒自己要冷靜，但牽著狗繩的手掌還是冒出冷汗。由於佐瀨家的車庫裡有孩童用的腳踏車，多田猜測佐瀨家應該有個讀小學的孩子。至於性別，則是亂猜的。

「我認識。」

三人之中看起來最活潑的小女孩說：「那是小花吧？」

多田聽小女孩這麼說，腦袋裡的第一個反應是佐瀨家的女兒叫小花。但不知何時來到多田背後的行天，卻突然冒出一句：「咦？這條狗不是叫吉娃娃嗎？」

多田這才明白小女孩說的是狗。回想起來，佐瀨健太郎的太太一次都沒叫過狗的名字。或許她寫在委託書上，但是對多田來說，反正叫「吉娃娃」也沒有什麼不便之處，所以從來沒有想過這隻吉娃娃的眞正名字。

「叔叔，你好好笑，吉娃娃怎麼可能是名字！」小女孩們都笑了起來。

「這麼說也對。」叼著菸的行天也笑了。

多田趁小女孩們放鬆戒心，趕緊追問：「佐瀨家拜託叔叔照顧小花幾天，叔叔今天帶小花回來，但他們好像搬家了，妳們知道佐瀨家搬去哪裡嗎？」

多田這句話，就像一顆投入水中的小石頭，在水面上激起了不少漣漪。「咦，不會吧？」「麻里搬家了？」小女孩們各自嘰嘰呱呱說個不停。半晌，剛剛說話的小女孩才對多田說：「這個問題，你應該去問奈美。」

「奈美？」

「菅原奈美，她跟麻里是好朋友，而且上同一家補習班。」

「補習班？在這附近嗎？」

「嗯，在公車路[5]上，豆腐店的二樓。」

「謝謝。」

多田回到發財車上。行天也坐進副駕駛座，彷彿一切都是理所當然。

「把狗放回箱子，不准你再抱牠。」

多田說完，將寵物箱與吉娃娃交給行天。行天乖乖照做了。

離開住宅區後，多田將車子開進公車路。往前開了一小段，便看見一家豆腐店。二樓的窗戶玻璃上印著「個人指導　香田補習班」的字樣。多田將車停進對面便利商店的停車場裡，走

5 日本人習慣稱公車在市區內通行的道路為「公車路」，這種路通常比較寬，沿路上也比較熱鬧，屬於市區內較繁華的路段。

進便利商店前的公共電話亭，以電話簿查找住在眞幌市久生四丁目附近的「菅原」家的電話號碼。多田不費吹灰之力就找到菅原家的號碼，接著以公共電話撥打過去。

「喂？請問是菅原家嗎？打擾了，敝姓內田。我女兒原本在香田補習班裡，和佐瀨麻里是好朋友，但我們家去年搬到了信州。最近女兒說很想念麻里，所以我們趁放假回來找她玩，沒想到佐瀨家竟然也搬家了……嗯，是啊。我女兒說，你們家的奈美和麻里交情不錯，或許她會知道佐瀨家搬到哪裡去了。嗯，是啊。眞的很抱歉，能不能請你幫忙問問奈美，知不知道佐瀨家的新地址。」

行天在旁邊摀著嘴狂笑不已，多田一腳將他踢開。

「喂？啊……是嗎？那她知不知道有哪個孩子或許能聯絡上麻里？啊，住在三丁目的宇津井忍？我知道，我女兒也常提到她。」

多田一邊說，一邊迅速翻找電話簿，確認三丁目有「宇津井」這戶人家。

「好，我馬上打電話問問看，謝謝。」

掛掉電話，多田一掏口袋，已經沒有十圓硬幣。但是到便利商店換錢實在太麻煩，多田直接投了百圓硬幣。電話接通，聽聲音對方顯然是小孩子。或許是宇津井忍本人也不一定。多田遲疑了一下，說：「請問妳是阿忍嗎？」

「嗯……」

「叔叔是經營便利屋的多田。」

電話另一頭的小女孩沉默不語，隱約可聽見疑似母親的聲音在問：「誰打來的？」

「妳知道佐瀨麻里搬去哪裡嗎？」

「不知道。」

宇津井忍冷冷地說完，似乎就要掛斷電話。多田心想，從這反應看來，她一定知道些什麼，於是趕緊解釋。

「等等，妳不要誤會，我不是討債的。我只是想把一隻叫小花的狗還給麻里。我現在去妳家，而且會把小花帶去。妳可以先從窗戶確認我是不是真的帶著小花。如果妳覺得害怕或是不想幫這個忙，那也沒關係。我等妳五分鐘，妳沒出來我就離開。這樣可以嗎？」

宇津井家的庭院裡種植著一些南天竹，正結出不少紅色的果實。多田懷抱著吉娃娃，站在宇津井家門前的馬路上，回想著當年那鮮血噴濺的景象。

身體的一部分被切斷之後又縫回來，那是什麼樣的感覺？不管環境多麼溫暖，身上總是有個部位特別低溫，那是什麼樣的感覺？

大約等了三分鐘，宇津井忍走了出來。那是個就讀國小四年級的小女孩。不僅外貌亮眼，而且看起來冰雪聰明。多田心想，跟她同年級的小男生們，一定還無法理解她的魅力吧。多田的腦海裡，不禁浮現了那張熟悉的女人臉孔。那個女人小時候，應該也是個像這樣的小女孩吧。心智成熟得太快，身體及周遭其他人的反應都追趕不上，搞得自己內心煩躁不安。

從宇津井忍的眼神，可以看出警戒心與好奇心正在她心中形成拉鋸。她朝多田與行天走了過去。「小花……」，她對著多田懷裡的吉娃娃輕聲呼喚，同時以指尖撫摸吉娃娃的耳朵。過了一會，她拿出一張便條紙，遞給多田。上頭寫著一個小田原的地址。佐瀨家的新家原來這麼近，多田不禁有些意外。

「太好了，謝謝妳。」多田說道。

「你們現在要去見麻里？」

「嗯，妳有沒有什麼話，想要我們轉達？」

「不用了，反正我會寫信給她。」

忍又摸了摸吉娃娃，問：「你們會怎麼處理小花？」

「麻里以前很疼愛小花嗎？」

「嗯，非常疼愛。」

「既然是這樣，我會問問麻里，看她希望怎麼處理。」

忍點了點頭，轉身走進家門。

多田想叫行天回去，但行天沒有可以回的家。對於無家可歸的人，到底該用什麼樣的話才能把他趕出去？不要再糾纏我？這簡直像是女人被騷擾時說的話。你差不多該去找工作了？這聽起來又像是母親會說的話。

多田還沒想出解決辦法，發財車已經開上了小田原厚木道路。行天神色淡定地坐在副駕駛座，表情簡直像是三百年來廣受居民崇敬的守護神。從天上灑落的陽光已逐漸轉爲橙紅色，再這樣下去，行天今晚一定又會睡在事務所吧。

「你想得到哪裡可以落腳嗎？」

多田小心翼翼地說道：「反正我有車，不管你要去哪裡，我都送你去。」

「那就麻煩你了，吉隆坡。」

「我可以送到成田機場就好嗎？」

「我開玩笑的。」

「你想不到任何可以暫時棲身的地方？連一個都想不到？」

「嗯。」

沉默的凝重空氣瀰漫車內，讓人有種躺在棺材裡的錯覺。多田打了方向燈，踩下油門的同時，內心也做出了停止拐彎抹角的決定。

「老實說，你這樣讓我很困擾。」

「這隻吉娃娃……」

行天故意上下擺動兩邊的大腿，讓紅色的寵物箱晃來晃去。「你要怎麼處理？直接丟在路邊？」

「這個問題應該問佐瀨麻里。不然你以爲我去小田原做什麼？」

「有必要這麼麻煩嗎？這應該已經超過合約的內容了吧？」

「父母擅自把狗丟掉，孩子一定會很難過。」

行天一聽，登時忍俊不禁。

「你眞的變了很多。」

「我們的交情沒有好到可以讓你說我變了或沒變。」

「嗯……」行天咕噥了一聲，說：「我們有整整三年的時間，每天都待在同一間教室。當時的你覺得我是個什麼樣的人？」

「對他人完全不感興趣，厭惡一切人際關係的怪人。」

「眞是一針見血！」行天喜孜孜地深深點頭，表情簡直像遇上了超準算命仙的政治家。

「第一印象往往可以看出一個人的本質。對一個人的理解，不會因爲交情變深而增加。人是一種會靠言詞及態度來僞裝自己的生物。」

多麼悲觀的想法！多田不禁感慨。

「你想表達的是，現在的我跟你當初對我的第一印象，有了本質上的變化？」

「嗯，現在的你，少了當年的精明。」

多田聽了，也不知道這是褒還是貶。但如果行天說的沒錯，自己到底是從什麼時候開始變得「不精明」了？假如自己能夠一直維持當年的精明，這些年來是不是就不會失去那麼多，不會受那麼深的傷？

車子從小田原東交流道轉入收費道路，越過酒匂川之後，開進了加油站。

多田取出便條紙，向加油站的服務員詢問上頭的地址要怎麼走。平常多田只會在車上準備眞幌市的地圖。絕大部分的工作，只要有眞幌市地圖就綽綽有餘。「距離這裡很近。」看起來像工讀生的服務員拿出周邊一帶的地圖，向多田說明了詳細路線。

便條紙上的地址，位在一塊狹長三角洲狀的住宅區內，被名為大雄山線的鐵路地方支線，以及民營鐵路箱根快速線夾在中間。現代化公寓與老舊傳統公寓的點點燈火，在漆黑農田的另一頭交織成一片蒼白的詭異景象，宛如一座在黑夜中燃燒的森林，一旦踏進去就再也走不出來。

難道這就是曾根田老奶奶所說的「旅行」嗎？

腦海驀然浮現了這樣的想法。但多田趕緊將這個念頭拋出腦外。所謂的旅行，是能夠回得了家，才能稱作旅行。帶著無家可歸的行天旅行，實在是太不吉利了。

佐瀨家的新居，位在一棟木造兩層樓傳統公寓裡。一樓正中間那戶就是佐瀨家。不管是大小還是老舊程度，都與眞幌市的舊家有著天壤之別。但佐瀨一家人似乎已經在這裡展開了新生活。從裝設了欄杆的廚房小窗戶內，不斷傾瀉出水聲與燈光。

要如何從那溫暖光芒籠罩的屋子裡，把佐瀨麻里叫出來，詢問她如何處理吉娃娃？身穿工作服的男人突然造訪，麻里想必會心生恐懼。而且麻里的母親認得多田，要是她看見多田，一定會產生強烈的防備心。再加上天色已暗，一般家庭都不會讓女兒在這時出門。

或許是受到行天那些可怕言論的影響，多田一時意氣用事，才會做出如此魯莽的決定。就算真的要來拜訪佐瀨家，至少也應該挑其他日子，趁天色未暗前抵達。多田將發財車停在看得見公寓的田地邊，思考接下來該怎麼做才好。

行天打開副駕駛座的車窗，又抽起了菸。多田心想，這傢伙明明沒有錢，香菸卻一根接著一根抽。光是開到這裡的一路上，他就抽完了一整包菸，現在又開一包新的。多田在心中暗罵，這傢伙該不會是尼古丁中毒吧？

「就是那棟公寓吧？怎麼不過去？」行天以手中的菸指著前方的公寓。

「我在這裡大喊『麻里，我把妳的吉娃娃帶來了』，如何？」

「拜託你別幹這種事。」

驀然間，多田驚覺自己已經相當疲憊。昨晚陪行天喝酒，一直喝到凌晨，而且今天大半天都抱著狗跑來跑去。更重要的一點，是自己跟這個說話像個三歲小孩，卻又讓人摸不著底細的男人幾乎相處了一整天，想不累也很難。

行天看著沉默不語的多田，忽然氣定神閒地說：「鞋子借我。」

「幹什麼？」

「你不用多問，借我就對了。」

行天捻熄香菸，將手伸向坐在駕駛座的多田腳下。多田拗不過，只好把運動鞋脫下來給他。行天穿上運動鞋，拿起紙袋，把紙袋裡的東西全部倒在副駕駛座的地板上。

「你在做什麼？」

「我幫你把麻里叫出來。」

「怎麼叫？」

「你看著吧。」

行天從寵物箱裡抓出吉娃娃，放進紙袋，下車朝公寓的方向走去。多田先是愣了一下，接著才想到自己沒穿鞋，沒辦法追趕上去。多田略一思索，將頭探向副駕駛座。果不其然，行天的健康拖鞋就在散落著各種寵物用品的地板上。多田將健康拖鞋套在腳上，匆忙跳下車。

多田奔向公寓，想要朝行天大喊住手，卻見行天已經伸手在佐瀨家的門板上敲了敲。門內似乎傳出問話聲，行天對著門板大聲說話。

「敝姓岡崎，寒假結束後將擔任麻里的導師。我剛好到附近辦點事情，順道來打聲招呼。」

行天說得有模有樣。

多田頓時感覺一股怒火竄上腦門。這傢伙老是獨斷行動，這下子恐怕會捅婁子。但是到了這個地步，也已經無法阻止。前方傳來開門聲，多田趕緊躲到水泥圍牆的陰暗處，豎起耳朵。

首先聽見的聲音，正是當初把吉娃娃帶到事務所的那個女人。佐瀨健太郎的妻子，佐瀨麻里的母親。

「你是第三小學的老師？眞是不好意思，勞煩你特地光臨寒舍。請進、請進。」

「不用了，我只是來打聲招呼，就不進去了。麻里在家嗎？」

「麻里！新學校的老師來了，快出來！」母親喊了一聲，過了一會，便聽見行天以中氣十足的聲音說道：「佐瀨同學，我是岡崎老師，新學期請多指教。」

接著又是一陣沉靜。難道是露餡了嗎？多田心裡惴惴不安，閉上了眼睛。過了一秒之後，多田鼓起勇氣將頭探出水泥圍牆外，查看佐瀨家門口的狀況。

只見麻里來到門口，行天將紙袋的袋口稍微拉開，朝向麻里的方向。麻里望向袋內，露出驚愕神情，正想開口說話，行天面露微笑，優雅地將食指放在嘴唇上。麻里默默點了點頭。

「佐瀨同學，你們家這棟公寓的前面，早上車子還挺多的。尤其是有個轉角非常危險，上下學一定要小心。妳跟我來，我告訴妳。」

母親似乎走回廚房泡茶去了，行天故意扯開喉嚨說：「妳放心，很近，就在你們家的公寓圍牆外。」就這樣，行天成功將麻里從佐瀨家帶了出來。

自從看見紙袋裡的吉娃娃，麻里就表現得非常配合，乖乖跟著行天來到公寓外的馬路邊。

「貴客來了！」

行天將麻里推向背對著圍牆站立的多田。多田心裡想對行天發的牢騷，就像老太婆的裹腳布一樣又臭又長，但是見到麻里，多田把這些話又吞了回去。麻里被夾在兩個男人中間，看起來就像一隻戰戰兢兢的小白兔，似乎隨時會逃回巢穴。

多田蹲了下來，讓視線的高度與麻里相同。

「對不起，讓妳嚇一跳了。妳家的住址是宇津井忍跟我說的。」

麻里聽到朋友的名字，似乎稍微放心了些，以沙啞的聲音問道：「小花呢？」行天將吉娃娃從紙袋裡抓出來，交到麻里手上。吉娃娃一進入麻里懷裡，立刻以多田沒見過的速度搖起尾巴。不，那根本不能稱作搖尾巴，而是旋轉尾巴，而且是超高速旋轉。

「關於小花的事，妳媽媽是怎麼對妳說的？」多田問道。

麻里輕聲回答：「媽媽說新家不能養寵物，所以把小花送給朋友養了。媽媽還說以後一定會再買一隻狗給我，但我只想要小花。」

「妳家這樣子還能養寵物？我猜那大概是很久以後的事了。」

原本沉默不語的行天，將這句話連同萬寶路的煙霧一起吐了出來。「你閉嘴！」多田低聲喝斥，但行天沒有理會，接著說：「麻里，妳媽媽對這個大叔撒了謊。她把吉娃娃丟給這個大叔之後就逃了。」

「行天！」

多田的嚴厲口氣，簡直像是在喝斥一條學不乖的狗。「你先到旁邊去！」

行天一邊抽著菸，一邊轉身走向距離公寓門口稍遠處。麻里發出無聲的哽咽，多田忍不住想要抹去她臉頰上的淚珠，但最後沒有這麼做。

「那傢伙在胡說八道，妳不用放在心上。」多田盡可能以溫柔的口吻說。

「妳媽媽把小花交給我，拜託我幫忙找一個能夠好好照顧小花的飼主。但我猜照顧小花的人是妳，不是妳媽媽，所以我想知道妳的想法。」

麻里輕輕將臉貼在小花毛茸茸的身上。

「如果妳眞的還想繼續養小花，我可以幫妳跟母親拜託看看。畢竟像這種小型犬，偷偷養在公寓裡，應該不會有人發現。」

行天望著多田，似乎有什麼話想說，但沒有開口。多田很淸楚自己這幾句話並沒有經過深思熟慮。以佐瀨家現在的狀況，多半沒有餘裕多養一條狗。即便如此，多田還是一心想幫助麻里及小花。

但麻里似乎是個比外表看起來更加成熟的孩子。她將吉娃娃推進多田的懷裡，臉上帶著下定決心的表情。

「請你幫小花找個對牠很好的飼主。」

「妳願意和小花分開？」

麻里堅定地點了點頭。

「好，如果妳以後有機會來眞幌市，可以打電話給我。」

多田從夾克口袋裡掏出名片，交給麻里。「我會幫小花找到新飼主。以後妳來眞幌市，我會帶妳去見小花。」

「謝謝。」麻里說道。

此時公寓大門驟然開啟，麻里的母親走了出來，不安地喊道：「麻里，妳在哪裡？老師呢？」

多田於是抱著吉娃娃站了起來。

「老師已經走了。」麻里站在圍牆外朝母親喊道，接著對吉娃娃輕聲說：「拜拜。」

麻里轉身往回奔。多田仰靠在圍牆上，聽著麻里和母親一起走進屋內，關上了門。多田抱著吉娃娃走向發財車。吉娃娃的身體依然持續顫抖著。多田這才明白，身體的顫動是牠努力說服自己接受一切，讓自己繼續活下去的副產物。爲了獲得足夠的勇氣，心臟的壓縮帶動了體內機關的燃燒，也引起了身體的抖動。

行天站在發財車的駕駛座門邊，等待著多田。

「鞋子還我。」多田說道。

「鑰匙給我。」行天伸出右手：「回程我來開。」

「你有駕照？」

「嗯。」行天從大衣內側口袋掏出駕照，像印籠[6]一樣舉到多田的面前。「金卡[7]。」

此時的多田又餓又累，早已沒有反抗的力氣。多田也沒有換鞋，就這麼坐進副駕駛座。今天的工作終於結束了。只要能夠順利回到事務所，過程已經無所謂了。

行天花了很多時間在調整駕駛座的座位。好不容易調整到滿意的位置，他小心翼翼地轉動

6「印籠」是古代日本人隨身攜帶的小盒子。裡頭可放置印章、藥物或體積較小的隨身物品。通常製作得非常精緻漂亮，武士階級或名門大族的印籠通常會畫上家徽，在江戶時代曾經是身分及權勢的象徵。

7駕照中的「金卡」是優良駕駛的證明，必須連續五年無違規、無肇事才能取得。值得注意的是「金卡」指的並不是整張金色的卡片，而是有效期限欄的底色爲金色。

車鑰匙，放下手煞車，神情簡直像是在操控一艘陌生的太空船。

「喂……」

多田不安地問道：「你的駕照眞的是金卡？」

「當然，只是我已經記不得上次開車是幾年前了。」

「等等，你再說一遍？」

多田一句話還沒說完，發財車開始以龜速一點一點地轉彎。幸好這裡的道路夠寬，行天成功讓車頭調轉了一百八十度。

「好，回家吧。」行天說道。

多田已經什麼都不想管了。回家？回誰的家？類似這樣的問題，就算問了又能怎麼樣？回眞幌市去吧。

多田經營的便利屋生意，絕大部分的客源都來自眞幌市。所以不管是突然跑來吃閒飯又渾身謎團的行天，還是等待好心人收養的吉娃娃，甚至是多田自己，都只能回到眞幌，回到那塊從小生活的土地。

回到那位於東京近郊，居民約三十萬人的眞幌市。

二　行天的祕密

眞幌市的市民身處於一個尷尬的位置。

眞幌市位於東京西南方，深入神奈川縣境內。從東京的區部[8]來到眞幌市遊玩的朋友們，在這裡看見東京都知事[9]的選舉海報，都會驚訝地大喊：「什麼？眞幌也算東京？」更好笑的是多田那住在鄉下的祖母，明明已經叮嚀過好幾次，每次收到她的信，信封上還是寫著「神奈川縣眞幌市中町一丁目23」。

眞幌市的主要交通動線，有繞行眞幌市邊緣的國道十六號線與ＪＲ鐵路八王子線，以及貫穿眞幌市後通往東京都心的私鐵箱根快速線。眞幌市的市民將這幾條動線稱爲「阿飛運輸線」。

每到夜晚，眞幌市總是會聚集大量的阿飛（不良少年）。

住在東京都與神奈川縣交界處一帶的阿飛，如果想要「到東京找樂子」，就會騎上偷來的機車，在國道十六號線上狂飆，或是搭上ＪＲ八王子線、箱根快速線（簡稱「箱急線」）的電車。但不管他們走哪一條線，最後都會大舉入侵眞幌市。「國道十六號可通往六本木，箱急線可通往下北澤，爲什麼阿飛們會看上我們這區區的眞幌市？」這可說是所有眞幌市民心中的不解之謎。

多田經常感覺自己像「住在美國與墨西哥邊界處的墨西哥人」，有時甚至會毫無意義地喊一句「哈拉帕[10]」或「莎莎[11]」。每當多田這麼喊，躺在事務所沙發上的行天就會發出「桀桀桀」的爬蟲類笑聲。

「我眞是猜不透你。」行天邊說邊笑，叼著香菸的嘴不停將煙霧吐向天花板。

多田便利軒這個星期幾乎沒有工作。

不曉得曾根田老奶奶最近過得好不好？多田有點放心不下，但最近完全沒有接到去醫院探望的工作委託。

既然有空閒的時間，不如來學一些關於工作環境的知識好了。深入瞭解自己接案的地區，相信對開拓客源應該能有一些幫助。

其實說穿了，多田只是閒得發慌才攤開手邊的地圖，他給自己找了一個重新認識眞幌市的好理由。

簡單來說，眞幌市就像是位在國界上的城市。眞幌市市民的心靈，永遠被內外兩個國家撕裂。

市民們苦惱於外來者入侵的同時，也擁有渴望進入政經中樞的心態。甚至可以說唯有體會過這種心情的，才是眞正的眞幌市民。

長期置身在這種矛盾之中的眞幌市民，最後終於找到一個解方，那就是搞自閉。每個眞幌

8 指東京都內的二十三個特別區，爲東京都內人口最密集、最繁華的區域。
9 「知事」爲地區的首長，相當於縣市長。
10 「哈拉帕」即西班牙語的「Jalapeño」，爲墨西哥料理及美國料理中經常使用的一種辣椒。
11 「莎莎」即西班牙語的「Salsa」，爲墨西哥料理中的調味醬料，中文或稱爲「莎莎醬」。

市民都在追求一種不被外壓或內壓所干擾的生活，於是市民們建立起一個自給自足的環境，從此窩在裡頭。

眞幌市是東京都西南方的最大生活圈，有繁華的夜生活、電器街、書店街、學區，當然也少不了超市、百貨公司、商店街及電影院。就連社福機構及看護制度，也相當完善。

換句話說，只要市民們願意，他們可以在這裡終老一生，沒有任何理由必須踏出這塊土地一步。

也因爲這個緣故，土生土長的眞幌市民很少離開眞幌市。就算離開了，也有很高的機率會回流。多田及行天正是最好的例子。

眞幌市就像一個願意接納外來異物，但封閉性越來越高的人間樂園。不管是文化還是人，這裡都是漂流的終點。一旦被這裡的泥濘磁場吸附住，就再也無法逃離。

這就是眞幌市。

眞幌市距離大海很遠，卻也稱不上是山區。既不靠山也不靠海，天氣預報在這裡只能當作參考。

電視上的新聞節目，正進行著現場連線轉播。氣象播報員撐著雨傘站在路上，對著鏡頭說：「今天東京下了一整天的雪雨。就連記者所在的銀座，路上的行人也是寥寥可數。春天的雪雨，讓每個行人都歸心似箭。」

多田關掉電視機，摺起地圖，轉頭望向窗外。這裡下的不是雪雨，而是真正的雪。從上午下到現在，路面及家家戶戶的屋頂都變成白茫茫一片，整個世界一片寂靜。

「這裡明明也是東京。」

最近多田自言自語的症狀越來越嚴重了。理由很簡單，現在就算只是自言自語，也有人會回應。

行天已經在多田的事務所當了兩個多月食客。

多田一來早已猜到會有這種結果，二來見行天並沒給自己添什麼麻煩，也就任由行天賴著不走。

每當多田出門工作，行天一定會跟著去。當多田替人修補紗窗、打掃庭院，或是在車庫裡裝設電燈的時候，行天大多杵在旁邊發呆。不過有時他也會做一點事情，例如先把下一張要修補的紗窗拆下來，或是拿著畚箕在旁邊待命，或是玩車庫裡的電線結果觸電。基本上行天對工作的貢獻可說是微乎其微，但多田每次出門工作，他一定會乖乖地跟在旁邊。

所以多田決定依照行天對工作的貢獻，每星期付他一點工資。回想當初多田第一次將白色信封袋遞給行天的時候，行天是這麼回答的：「不用給我錢。你讓我住在這裡，我已經很感激了。何況我沒有付餐費及水電費……」

「那些我都扣掉了。」

行天朝信封袋裡探了一眼。

「哇！」他驚訝地大喊：「你以爲是在給小學生零用錢嗎？」

「既然你不屑拿，我也不勉強。」

多田想把信封袋拿回來，行天卻以最快的速度將信封袋塞進口袋。

過了一陣子，行天出門不再穿健康拖鞋，改穿一雙印著紅色線條的白色運動鞋。那似乎是他存錢買來的。至於原本那雙健康拖鞋，行天將它整整齊齊地擺在沙發底下。拖鞋旁邊還擺了一個不知從哪裡弄來的小零食罐子。拿起來輕輕搖晃，可以聽見零錢的叮噹聲響。多田在打掃事務所時發現了這些東西，不禁感慨行天的習性眞的很像一條狗。一條會把寶物藏起來的狗。

說起狗，那隻吉娃娃也在多田的事務所裡長住了下來。

每當想到那女孩對吉娃娃如此疼愛，多田挑選飼主的條件總是變得極爲嚴苛。每天光是照顧嬰兒就已焦頭爛額的年輕母親。三個孩子簡直像破壞狂一樣無法無天的家庭。很有可能比寵物早一步蒙主寵召的老夫婦。委託工作的客戶，大多是這樣的家庭，沒有一戶人家能讓多田問上一句：「願不願意養隻吉娃娃？」

但多田也認爲不能再這麼下去。於是就在五天前，多田命令行天協助尋找合適的飼主。比起多田，吉娃娃與行天的關係更爲親近。行天每天都會帶吉娃娃出去散步兩次。多田心想，現在的行天比自己更瞭解吉娃娃，應該能做出最正確的判斷，爲吉娃娃找到最好的飼養者。

沒想到這樣的推測完全錯誤。

「爲什麼要我找？」行天竟露出一臉怕麻煩的表情。「你不是很閒嗎？不如你去找？」

「我這不叫閒，只是暫時沒有接到工作而已。」多田反駁道：「自營業就是這樣。有忙的時候，也有不忙的時候。我負責趁這個時候養精蓄銳，你負責找適合飼養吉娃娃的飼主。」

行天雖然嘴裡不斷嘀咕，還是乖乖出門去了。多田一個人悠哉地在事務所和吉娃娃玩起了球。

大約過了一個小時，事務所的電話響了起來。多田以爲有工作上門，興沖沖地拿起話筒，沒想到聽見的卻是竊笑聲，似乎是惡作劇電話。不曉得是哪裡的頑皮小鬼。多田氣呼呼地放下話筒。

接下來電話又響起好幾次，絕大部分是無聲電話，但有一通是對方唱起了有吉娃娃登場的某電視廣告的廣告歌。對方聲音聽起來是年輕男人，似乎一邊唱，一邊在觀察多田的反應。男人身邊好像還有好幾個人，他們圍繞著唱歌男人不停笑鬧。此外還可以聽見熙來攘往的人群聲，以及車站的廣播聲。

多田終於恍然大悟。

他奔出事務所，衝向車站。來到人潮洶湧的南口一看，果不其然，行天就站在圓環內。只見行天身上穿著大衣，圍著圍巾，在禦寒方面可說是一點也不馬虎。重點是行天的手上，竟然拿著一面貌似宣傳告示板的東西。

那告示板粗製濫造，只是將一塊瓦楞紙板黏在一根木棍上。瓦楞紙板上以粗簽字筆寫著「贈送吉娃娃」，下方寫著事務所的電話號碼。字寫得非常大，而且非常醜。

行天旁邊站著另一名中年男人，那男人手上也舉著一面宣傳告示板。告示板上頭，卻是印著包廂影音俱樂部的廣告。這樣的組合實在過於詭異，吸引了許多路人的目光，行天卻絲毫不以爲意。

那中年男人似乎很習慣這種舉告示板的工作。告示板的握柄上，以鐵絲綁了一個寶特瓶，用來充當菸灰缸。中年男人與行天之間似乎有什麼約定，行天抽完菸，竟然也把菸蒂丟進中年男人的寶特瓶裡。

如果可以的話，多田實在很想裝作不認識行天，直接掉頭離開。但如果不立刻制止他，事務所會有接不完的電話。多田就親耳聽見一群高中生從旁邊經過時，其中一人笑著說了一句「我們打打看」。

多田低頭穿越圓環，快步來到行天面前。仔細一看，行天身上穿的確實是他自己的黑色大衣，但脖子上圍的並不是圍巾，而是多田的體育褲。多田一時目瞪口呆，不知該說什麼才好。這陣子確實很冷，簡直像是從春天退回了冬天，但不管再怎麼冷，也不能擅自拿別人的褲子當圍巾吧？

就在這一刻，多田切身感受到了什麼叫「憤怒的盡頭是最大的無奈」。

「行天。」多田輕聲喊道。

行天原本正低頭看著自己的新運動鞋，聽到了多田的聲音，才抬起頭來。

「你怎麼來了？啊，是不是有人打電話來，說想要養吉娃娃？」

行天得意洋洋地問道。

「我確實接到了電話，很多通。」

多田低聲說完這句話，抓住行天的手腕，轉身朝事務所的方向邁步。行天被多田拖著走了幾步，忽然將一個廉價打火機拋向另一名舉告示牌的中年男人。那打火機多半是向中年男人借的吧。中年男人似乎對兩人的關係瞭然於胸，默默看著行天被多田拖走。

「那老伯對我很好，他教我拿牌子的技巧。」

行天得意地告訴多田。多田不予置評，只是要求行天在事務所裡接聽電話。

兩人的共同生活能夠維持到現在，到頭來靠的是多田「不想跟他一般見識」的心情。至少多田自己是這麼認爲。當然換成了行天的立場，情況就不是這樣了。行天在接了幾通惡作劇電話之後，生了一陣子的悶氣。

「你要找飼主，應該有更好的方法，何必幹這種事？」

多田向行天解釋，但行天並不領情。

「例如？」

「例如可以先問問看交情比較好的朋友，或是把狗的照片列印出來，製作成宣傳單，張貼在適當的地方。」

「你這麼行，怎麼不自己來？」

多田察覺行天的單邊臉頰微微抽搐。過了好一會，多田才看出那是笑，而且是酸溜溜的笑。

「說到底，這是你的狗，不是我的。如果你不想要，爲什麼不直接丟掉？不管你怎麼處理這條狗，都沒有人會抱怨。」

一起生活了兩個月，多田已漸漸能掌握行天的性格。只要沒有打開話匣子，基本上行天是一種性情溫和且極度安靜的生物。雖然他臉上總是帶著不知在想什麼的神祕表情，但就算置之不理也不會有任何問題。行天能夠一個人活得很好，不需要與任何人交流。雖然他的表情神祕兮兮，但其實什麼也沒在想。

這次行天表現出如此激烈的反應，可說是相當罕見。到底是哪一點惹得他這麼不高興？多田思索了一會，終於得出答案。行天根本沒有朋友，當然也不會有交情比較好的朋友。自己的建議只是在強人所難。

多田忽然想到，自己已經很久不曾像這樣認眞推敲他人的內心。驀然間，與他人共同生活的那股煩躁感，以及那股夾雜著一抹尷尬的喜悅，同時重上心頭。

「抱歉，是我不對。」多田爲自己的粗神經誠心道歉。

「我不是故意要諷刺你，我自己也沒什麼朋友。」

行天怔怔地看著多田，那眼神宛如在路旁看見乾掉的蚯蚓。幾乎不帶任何情感，卻又流露出一絲對蠢蛋的憐憫。

「你跟女人交往，是不是每次都是剛開始很順利，後來漸漸被女人嫌棄？」

「天底下有哪個男人不是這樣？」多田努力掩飾心中的錯愕，以平淡的口吻問道：「爲什麼你會這麼說？」

「因爲你道歉的理由，完全是你想太多了。」行天嗤嗤笑了起來。「其實你只要保持沉默，對方自會想出一個能接受的理由。」

「你對女人心的分析眞是精闢入微。」

多田這次刻意諷刺了一句。當然這句話對行天完全沒有發揮任何效果。

「我瞭解的不是女人心，而是兩個人發生爭執時的心理狀態。」行天以非常認眞的口氣說道：「從以前到現在，我惹惱過非常多人，但大多時候我只要保持沉默就能化解紛爭。」

多田花了一段不算短的時間，才察覺「這個人好像在對我大放厥詞」。在腦袋想通這點的瞬間，一股怒火湧上了多田的心頭。這孤僻的傢伙，有什麼資格教我如何待人處事？但在多田怒火中燒的當下，行天早已將吉娃娃抱在胸口，躺在沙發上呼呼大睡了。睡著的行天，就像是倒在地上的石菩薩，身體從來不會移動過半分。

自從一個人開始經營便利屋生意，多田唯一開口說話的機會，是對客人進行必要的溝通與說明。行天的出現，徹底摧毀了條理分明的言詞所能帶來的安穩與明快。

回想起來，已不知有多少年不曾像這樣感覺到「說話眞是一件累人的事」。尤其當說話的對象是行天，累人的程度恐怕還得加倍計算。行天說起話來就像是一枚傷痕累累的唱片，播放時不斷跳針。多田要回應他的話，搞到後來好像連自己的唱片也開始不正常轉動。

多田越想越氣，感覺有滿腔怒火卻無處宣洩，只能在深夜的事務所獨自製作著徵求吉娃娃飼主的宣傳單。

大雪滿天飛舞。

雖然張貼了宣傳單，但短時間還看不見效果。便利軒也沒有生意上門，事務所的電話安靜得宛如一頭頑固的犀牛。多田甚至懷疑電話線沒接好，檢查了好幾次。最後他再也坐不住，決定出門尋找行天及吉娃娃。

這天下午，明明還不到散步時間，地面一開始積雪，行天就興沖沖地爲吉娃娃扣上狗繩，牽著出門去了。但如今天色已暗，一人一狗還是沒有回來。

行天要在外頭逗留多久，那是他的事。但是讓體型嬌小的吉娃娃在雪地裡待上幾小時，恐怕不是明智之舉。

多田並不清楚行天與吉娃娃平常的散步路線，所以出了事務所後只能漫無目標地亂走。

眞幌站的周邊一帶可以劃分成四個區域。南北向的八王子線與東西向的箱急線（箱根快速線），在眞幌站剛好呈直角交叉。

多田便利軒所在的位置，是在四個區域中的東南區。這裡也是眞幌站周邊最繁華的區域，百貨公司及商店街幾乎都在這一帶。市民口中的「南口圓環」，其實是一座站前廣場，這裡不論何時都人滿爲患。

多田穿過南口圓環，來到八王子線眞幌車站前。該不該繼續往前走，多田一時拿不定主意。一旦跨越八王子線，就會進入俗稱「後站」的西南區。這一帶曾經是所謂的「青線區[12]」，就算是白天，街上還是可以看到不少攬客中的風塵女子。在這些風塵女子背後，有著櫛比鱗次的老舊木造平房，瀰漫著危險而詭譎的氛圍。木造平房的後側緊鄰河川，河的另一頭就是神奈川縣。

那一帶鄰近國道十六號線。十六號線沿線有不少美軍基地。據說後車站一帶在二戰結束後發展爲風化區，當初正是爲了服務美軍。當然這些都是聽來的，詳情多田也不清楚。本地的特種行業或許與政府之間有什麼特別的默契，就連警察也很少取締。整個區域就像是遭遺棄在時代的洪流之中，還維持著舊時的面貌。

眞幌市民除非有特別的理由，否則很少踏入後站一帶。而所謂的特別理由，指的當然就是尋花問柳。在眞幌長大的男孩，有很高的比例是在後站變成男人。多田讀高中的時候，就常聽說有同學蹺課跑到後站玩樂。

行天呢？他也是這樣的人嗎？

---

12 日本在一九五六年實施《賣春防止法》之前，警察單位將政府默許可進行性交易的區域稱作「赤線區」，而將違法賣春業者大量聚集的區域稱作「青線區」。《賣春防止法》實施之後，一切性交易都受到禁止，因此就法制上已不存在所謂的「赤線區」或「青線區」。但昔日的「赤線區」或「青線區」還是會聚集大量色情行業，形成當地的風化地區。

高中時期的行天，稱得上是全校最知名的「怪咖」。多田實在難以想像他私底下會是風塵女子眼中的熟客。何況行天年紀老大不小，難道會跑到那種地方和女人胡搞？最過分的是還帶著吉娃娃？與其接受這樣的事實，多田寧願一直被蒙在鼓裡。

最後多田決定不往後站去，而是轉身走向箱根線眞幌站的方向。

四個區域中的西北區是相對較冷清的地方。那裡有一座小小的社區、一條河，除此之外什麼都沒有。除了社區居民，市民基本上不會踏入那片區域。至於東北區，也就是箱根線眞幌站的北口一帶，則有一條沒什麼人愛去的商店街。「松湯澡堂」也在那條商店街上，另外還有一些銀行、大樓，大樓裡有一些補習班。

車站前的人潮比平常少得多。南口圓環地上的積雪受到行人踐踏，變得又硬又滑。但是越往北口的方向前進，積雪就越柔軟，足跡也越少。多田幾乎可以肯定，行天一定帶著吉娃娃往北口的方向去了。

不知從何時開始，天空已不再降雪。

口中吐出的陣陣白煙，散入了昏暗的空間裡。北口前方的狹窄道路呈現壅塞狀態，一盞盞車尾燈爲地上的積雪染上了色彩。

什麼樣的路人都有。看著地上的積雪，興奮地跑跑跳跳的情侶檔。同樣看著積雪，卻是雙手提著購物袋，每一步都小心翼翼的中年婦人。多田在冷冽的空氣中緩緩前進，偶爾與走向車站的行人擦肩而過。

多田在北口前的時鐘廣場發現了行天的身影。這裡的大鐘每天都會在固定的時間演奏音樂，同時還會有人偶手舞足蹈，給人一種不按牌理出牌的瘋狂印象。行天背對著鐘，孤零零地坐在長椅上。

行天坐在那裡做什麼？多田想要上前，卻猶豫了起來。因爲行天什麼也沒做，就只是愣愣地看著前方的車流。

多田決定站在廣場外，抽上一根菸，先觀察一下再說。他從夾克口袋裡取出行天買的LUCKY STRIKE牌香菸。沒錯，行天買的。自從多田開始給行天工資之後，行天常偷偷爲多田買菸。

多田習慣把買來的香菸放在廚房的櫃子裡。有時候明明記得香菸已經抽完了，但是打開櫃子一看，裡頭卻還有菸。剛開始幾次，多田以爲是自己記錯了。但同樣的狀況一再發生，多田才察覺是行天買了菸放進櫃子裡。

像狗一樣偷偷存下零錢，然後像白鶴一樣偷偷報恩。

在多田的眼裡，行天的行爲可說是處處讓人摸不著頭緒。倘若他眞的覺得拿多田的錢很過意不去，爲什麼不趕快搬出事務所？如果他這麼做，多田反而會更感激他。但從行天最近的態度看來，他似乎短時間之內並不打算搬出去。

或者應該說，他好像眞的無處可去。

多田看著在雪中待了好幾個小時的行天，不由得對他有些同情。但是另一方面多田也明白，同情與輕蔑只是一線之隔。而且這股輕蔑的心情就像一道回力鏢，朝著行天投出去，最後卻回到自己身上。回想前幾天發生宣傳告示板騷動時，行天確實也曾對自己露出同情的眼神。

行天是孤獨的，我又何嘗不是？多田非常淸楚，自己一方面無法承受孤獨的重擔，另一方面卻又爲這樣的自己感到丟臉。

廣場的地面已積了厚厚一層雪，上頭只有行天的足跡。多田踩著行天的足跡，走向長椅。

「行天，你在這裡做什麼？」多田決定老老實實地問出口。

行天聽見聲音，卻絲毫沒有受到驚嚇。他只是將視線緩緩由路面轉移到多田的身上。

「沒做什麼。」

多田在行天的身旁坐了下來。

「吉娃娃呢？怎麼不見了？」

「在這裡。」

行天解開大衣的鈕釦，吉娃娃從行天的喉嚨處探出小小的腦袋。看來行天把狗當成了暖暖包。多田將吉娃娃抱出來，解下自己的圍巾，將吉娃娃的身體包住。吉娃娃的身體不停打顫，但那是正常現象，並不是因爲寒冷。窩在圍巾裡的吉娃娃，精神奕奕地搖著尾巴。

之前被行天拿去當圍巾的運動褲，多田已經收回去了。行天今天沒有圍巾可以用，頸項看起來相當寒冷。他將雙手從大衣口袋中抽出，點了一根菸。他的左手套著一隻毛織手套，右手卻什麼也沒戴。

「爲什麼只戴一隻？」

行天似乎花了不少時間，才聽懂多田這句話的意思。他先看了看多田的鞋子，接著朝廣場左右張望，最後才看向自己的手。

「噢……」行天說：「撿到的。」

撿到的手套也拿來用？多田心裡這麼嘀咕，但沒有說出口。

「你在這裡做什麼？」行天反問道。

「散步。」

「是嗎？」行天接著說道：「那我先回去了。」

行天從長椅上站了起來。

假如我現在跟他一起回去，不就像個蠢蛋一樣？多田遲疑了一秒，最後還是決定跟在行天身後。反正如果被問什麼，只要拿吉娃娃當藉口就行了。

行天用力吸飽一口氣，接著緩緩吐出。

「只要這麼做，就能聞到夜晚的氣味。」

多田也跟著試了一次，但只聞到香菸的氣味。行天的萬寶路牌香菸，送來了陣陣輕煙。

「好可愛！」

女人對著吉娃娃尖叫。這女人完全看不出年紀，只知道她自稱「露露」。

事務所裡，多田的臀部只坐了半張沙發。自從聽到女人的聲音，多田的身體簡直就像是凍結了一樣。坐在對面沙發的露露，將吉娃娃放在膝蓋上，一下子摸頭，一下子搔弄下巴。吉娃露出一臉幸福的表情，鼻子不斷發出聲音，身體在露露的掌心不停摩擦。

「前幾天我在南口圓環看到有人舉一塊板子，上頭說要送吉娃娃。」

下了雪的隔天早上，多田在事務所裡接到了這樣的電話。

「板子上只寫了電話號碼，我有點不放心，但我眞的很想要吉娃娃，所以打了電話。請問你們的吉娃娃已經送人了嗎？」

女人在電話裡頭連珠炮似地說。多田抓住女人語氣停頓的機會，回答道：「還沒有。」多田接著向女人解釋，自己經營一家名叫多田便利軒的便利屋，事務所就在車站前，吉娃娃也在這裡。「好，我馬上過去。」女人旋即說道。

一個小時之後，女人來到事務所。她明明說「馬上過去」，實際的抵達時間卻是一個小時後。這樣的速度是否在可接受的範圍內，恐怕就見仁見智了。多田打開事務所大門的瞬間，便看出女人一定是把一個小時中的大部分時間花在梳妝打扮上了。

「我叫露露，哥倫比亞人，職業是娼妓！」

女人一踏進事務所，立刻中氣十足地做了自我介紹。明明還不到中午，臉上畫的濃妝卻足以讓人看不出她的眞正長相。波浪捲的茶褐色頭髮上，插著鮮紅色的玫瑰花飾品。螢光綠的單薄洋裝上，畫滿了亮粉紅色的碩大鬱金香。另外她的手腕還掛著一件黃色的人造毛皮大衣，似乎是在門外脫下的。光從這一點，就可看出她是個相當懂禮節的人[13]。但是她的那一身穿著打扮，讓人聯想到「棲息在叢林裡的劇毒大蜥蜴，捕獲了一隻長得像鸚鵡的妖怪」。

「眞是破壞力十足。」行天朝露露瞥了一眼，呢喃道。

露露轉頭望著行天的方向，問道：「那個是什麼？」

行天或許因爲昨天在雪中待了太久，半夜裡突然發起高燒。他全身使不出半點力氣，只能裹著一條毛毯躺在事務所的沙發上，一直睡到現在。在露露的眼裡，此刻的行天看起來就像是躺在沙發上的「會說話的巨大蟲蛹」。

「不是什麼重要的東西，請不要理會。」

多田將空著的沙發讓給露露坐，自己則將行天的腳往後推，坐在露露的對面。

「妳是哥倫比亞人？」

多田會這麼問，當然是因爲露露看起來完全不像是哥倫比亞人。雖然化妝品在她的臉上堆砌得像座藝術品，但還是可以看出她有一張亞洲人臉孔，而且很可能是日本人。

「沒錯，現在後站可是有一大堆哥倫比亞女人呢！」

露露的一句話，讓多田「盡量不要提到娼妓這兩個字」的用心良苦在一瞬間變得毫無意

13 入門前必須先脫下大衣，在日本是基本禮節。

義。

「多虧了政府那該死的『淨化作戰』，現在大家都被趕出歌舞伎町及池袋了！」相關的傳聞，多田也曾聽說。因爲東京都廳的大規模取締，許多外國娼妓都逃到眞幌後站，而這些外國娼妓又吸引了大量的外地嫖客湧入眞幌。

露露從銀粉色的手提包中取出薄荷菸，津津有味地抽了一大口，當著多田的面將大量煙霧從鼻孔噴出。

「爲什麼是哥倫比亞？」

行天將頭探出毛毯，對著露露問道。這個問題的意思當然是「爲什麼要選擇假扮哥倫比亞人」，但露露做出了完全不同的解釋。

「當然是因爲有管道。當初還在哥倫比亞的時候，我每天都在鐵絲網的另一頭，想著『只要越過這片鐵絲網，就是美國了』。在一個可以看見滿天星星的夜晚，我跟朋友們一起翻越了鐵絲網。沒想到黑手黨早就等著我們，我們被趕進貨櫃裡，當我們走出貨櫃的時候，已經在日本了。」

多田很想告訴她「哥倫比亞的國界和美國並不相鄰」，但實在無從啟齒。就在這時，多田感覺到有股顫動不斷自腰際傳來，似乎是行天的身體正在不停抖動。多田還擔心是不是行天的高燒更嚴重了，仔細一看原來是行天在嗤嗤竊笑。

「眞是太可愛了！」

露露又對著膝蓋上的吉娃娃說了一次。畫了濃濃眼線的雙眼，以充滿慈愛的神情望著吉娃娃。

「眞的很抱歉……」多田說道。

「另外還有一個人也想要吉娃娃。那個人今天下午會來，我得和那個人談過之後，才能決定把吉娃娃給誰。」

多田感覺到背後的行天正以彎曲的膝蓋朝自己的腰椎猛頂，但多田完全沒有理會。「原來是這樣呀！」露露對著多田面露微笑。那是一種習慣了放棄的笑容。

「便利屋是什麼樣的工作？應該不是一天到晚在幫狗找飼主吧？」

「簡單來說，就是什麼都做。客人叫我做什麼，我就做什麼。」

「我家的門板有些卡卡的，不太好打開。有一次我的室友還爲了開門折斷了指甲。如果我拜託你把門修好，得付你多少錢？」

「我的價碼是一個小時兩千。」

「我的價碼是二十分鐘兩千。」

露露一邊笑，在多田遞來的便條紙上寫下地址。

「我什麼時候登門拜訪，妳比較方便？」

「你明天五點左右來吧。」

露露將吉娃娃放在地上，對吉娃娃說了一句：「拜拜。」

「你爲什麼要撒謊騙她？」

露露才踏出大門，行天立刻從毛毯裡提出質疑。「小花不是要你幫吉娃娃找個對牠好的飼主嗎？你對哥倫比亞的女人有什麼不滿？」

多田移動到對面的沙發，點了一根菸。

「行天，小花是這隻吉娃娃的名字。吉娃娃從前的飼主叫麻里。」

「眞的嗎？」

「當然。還有，那個叫露露的女人，絕對不會是哥倫比亞人。」

「在養狗這件事情上，我認爲任何國家的人都應該平等。」

行天說完這句話，將手從毛毯伸出。「來一根吧。」

「你退燒了？」

「還有點天旋地轉，但比昨晚好多了，我說來一根。」

行天嘴上這麼說，但多田看得出，他似乎還站不起來。多田將自己的菸及打火機遞了過去。原本在地板上走來走去的吉娃娃，此時忽然將鼻子湊近行天的手。或許牠以爲香菸是食物吧。行天握著菸盒，以手背有氣無力地摸了摸吉娃娃。

多田拿起露露寫的地址。看起來應該是在後站的一棟公寓裡。

「我曾經答應麻里，將來會帶她去找吉娃娃的新飼主。要是那女人對她說『我叫露露，哥倫比亞人，職業是娼妓』，你說我要怎麼對一個讀小學的女孩解釋？」

「你沒聽過『職業無貴賤』嗎？」行天說。

「那種話，只是不會墮落過的傢伙在唱高調，我想你應該很清楚才對。」

「是嗎？」

行天只抽了兩口，就把菸拿到菸灰缸捻熄了，閉上雙眼。不知道爲什麼，他的臉上似乎帶著一絲笑意。

這天下午，和煦的陽光自天空灑落。

行天睡得正熟。他的身體一動也不動，脖子及額頭都擺著裝滿冰塊的塑膠袋。簡直就像一具等待舉行喪禮的屍體，必須以冰塊延緩腐臭速度。

多田翻箱倒櫃，終於找到了感冒藥，但已經過期三年。

「人家不是說嗎？就算只是麵粉，只要騙病人說是藥，也會產生藥效。」

「我看還是別冒險。我怕以爲是麵粉，吃下去才發現是毒藥。」

「需要我去買新的藥嗎？肚子餓不餓？」

「你是我老婆嗎？別管我就行了。」

行天這個人平常食量不大，卻嗜酒如命，絕大部分的熱量都來自酒。如今生了病，似乎更不需要吃飯了。話雖如此，事務所的沙發上整天躺著一個人，也是件麻煩事。今天的行天難得思緒敏銳，他似乎看穿了多田的念頭，將臉埋進毛毯裡說：「只要睡一覺感冒就會好，以前我媽總是這麼說。」

多田心想，難道行天小時候就算感冒發燒，母親也只是叫他躺著睡覺，既不給他飯吃，也不給他吃藥？

就在這一刻，多田似乎明白行天那獨特人格的形成原因了。

「你媽難道是原始人？」

多田以半開玩笑的口吻問道，但行天完全沒有答話。多田接著又想，他還有睡覺的體力，應該不用太擔心。

多田轉低了事務所電話的音量，走出門外。租車位的地方，離事務所走路約兩分鐘。好久沒洗車了，多田打算把發財車清洗乾淨。趁著現在沒有工作委託，正應該把身邊的東西打理得乾淨整齊。幹便利屋這行，永遠不知道自己會因爲哪一點而獲得委託人信任。

多田全神貫注地洗著車子，到後來即使脫掉了夾克，身上還是不斷冒出涔涔汗水。經過一番努力，發財車簡直就像是王族馬車一樣閃閃發亮。

「搞定了。」

多田心滿意足地欣賞自己的愛車，半晌後才走回事務所。不知不覺太陽已經西墜，餘暉漸漸籠罩整片天空。地上的積雪幾乎已消融，只剩下道路邊緣還殘留著一點，而且髒得跟泥土沒兩樣。

多田不禁爲那原本白皙無瑕的積雪感到有些不捨。但他猛然驚覺，自己有多少年不曾像這樣萌生不捨的情感了？遙遠的回憶一一浮上心頭，多田趕緊將這些雜念拋出腦外。

走進事務所，行天已穿上大衣，坐在沙發上。

「你要出門？」多田問道。

「帶吉娃娃去散步。」

吉娃娃聽見「散步」兩字，興奮地衝了過來。行天緩緩蹲下，將狗繩扣在吉娃娃的項圈上。

「你感覺好多了？」

「可能會在路上昏厥。」行天一臉嚴肅地說道。

既然是這樣，爲什麼不好好休息？多田還來不及說出這句話，行天已經搖搖晃晃地站了起來，伸手抓住事務所的大門門把。

「眞的很可能在路上昏厥。」行天又說了一次。

當多田察覺上當的時候已經太遲了。他只能眼睜睜看著行天巧妙地誘導吉娃娃，以完全看不出來剛剛還臥病在床的穩健步伐，朝後站的方向走去。

相較於南口圓環一帶，後站的環境明顯昏暗得多。這裡沒有霓虹燈，只有蒼白的街燈微微照亮了泥濘的柏油路面。每一根電線桿底下都堆滿了一包包超市購物袋，裡頭裝的全是垃圾。有些袋子或許是因爲堆疊得太高，坍塌了下來，原本裝在裡頭的垃圾全散落在路面上。

蘋果核、用過的保險套、泡水腐爛得像是嘔吐物的雜誌封面。

溼答答的路面上方，整個空間就像是深海世界一樣毫無彩度，散布著各種輪廓模糊的物質。

走在後站街道上的每個男人，步伐都相當快。他們會在同一條路上來回穿梭好幾次，品評每個站在路邊的女人。有些女人只要一看見男人靠近，就會趕緊迎上前去。但也有些女人搬了張椅子放在平房的屋簷下，從頭到尾只是坐在椅子上抽菸。

「你每次都帶這麼清純的狗到這種地方散步？」

多田手足無措地站在後站的街道入口，朝行天問道。

「如果換算成人類的年齡，這隻吉娃娃的年紀肯定比你我都大。」

行天在說這句話的時候，眼睛一直盯著路旁的護欄。護欄上掛著一隻風格雅致的茶褐色皮革手套，顯然是某個路人的遺失物。可惜那手套只有一隻，偏偏還是左手。行天思索了片刻，忽然拿起那隻手套，內外翻轉之後套在右手上。

「湊一對了。」行天看著包覆雙手的兩隻手套說道。

這樣能算是一對嗎？多田在心中嘀咕。

「我要先回去了。」

「我還是第一次走到這個地方來，感覺像是黑市什麼的。原來現在這個年代還有這樣的地方。」

行天引導吉娃娃，踏入了後站的巷道。多田想要轉身離開，才發現夾克的下襬被行天緊緊抓住了。

「放開。」

「你別這麼緊張，陪我進去逛一逛就好。」

「我不要。爲什麼我要陪你逛？我們到底來這種地方做什麼？」

「眞幌的男人來到後站，只會有一個目的吧？」

「也是。你就進去消消暑氣，或許可以退燒，不過我不奉陪。」

「你別這麼緊張，陪我進去逛一逛就好。」

兩個男人一起來到這裡，還牽著一條狗，確實給人一種走錯路的感覺。行天當然絲毫不放在心上，多田可就不同了。行天硬拉著多田一直走到巷道的尾端，接著才轉過身，沿著原路往回走。回程途中，行天突然在一個嬌瘦又矮小的女人面前停下了腳步。那女人坐在屋簷下方的椅子上，興致勃勃地看著兩人。

「妳好。」行天朝女人打了招呼。

女人轉頭看著行天，一副氣定神閒的態度，彷彿是聽見了鄰居的呼喚聲。多田一邊努力想要扯開行天的手，一邊朝女人的正臉瞥了一眼。那女人看起來相當年輕。多田不禁感到有些意外，原來行天喜歡這種類型的女人。

「今天露露沒有來？」

「晚點應該會來吧。」

女人流露出了一絲戒心。「你們是露露的客人？」

「嗯。」行天再度發揮了他說謊不打草稿的本事。

「妳是露露的朋友嗎？」

「你們該不會是警察吧？」

「妳覺得這條狗看起來像警犬嗎？」

女人朝腳下的吉娃娃瞥了一眼，再度仰頭望向行天。

「我跟她經常聊天。」

「眞的嗎？好，那就決定是妳了。」

行天終於放開了多田的衣襬，從大衣口袋取出錢包。

「那是我的錢包！」多田大喊。

「二十分鐘兩千，對吧？」

行天只管與女人交涉，毫不理會多田的抗議。

「三個人？」

「妳的客人只會有一個。」

女人露出遲疑的表情。行天似乎是爲了讓她安心，二話不說便取出兩千圓，面帶微笑遞給她。

「等等！」

多田一邊摸著不知何時變得空無一物的夾克口袋，錯愕地看著女人收下了錢。

「還等什麼？難不成你想要她開收據？」

「我不是那個意思！」

多田將行天拉離女人身邊，低聲質問：「爲什麼是花我的錢？」

「你以爲小學生的零用錢夠拿來買春嗎？」

行天轉過身，正眼看著多田：「別說這麼多了，上吧。」

「我上？」

「既然是花你的錢，當然是你上。」

多田霎時感覺頭昏眼花，好像連自己也發燒了。

「爲什麼最後變成這樣？」多田哀號道。

「我認爲哥倫比亞人很適合當吉娃娃的飼主，但你不這麼認爲。爲了做出公正的判斷，你必須暗中接近哥倫比亞人的朋友，探聽她的爲人。」

「我不是偵探，查人底細不在我的業務範圍內。」

「你們到底誰上，決定好了嗎？」背後的女人不耐煩地說。

「他。」

行天指著多田，接著以輕柔優雅的動作點了菸。「你好好加油，這是爲了吉娃娃。」

「別開玩笑了，我看還是你上吧！」

「你有性冷感？」

「怎麼可能！呃，你別誤會，我不是那個意思……」

「既然沒有性冷感，還有什麼問題嗎？」

行天將吸入肺中的煙霧緩緩吐出，享受著吞雲吐霧的滋味。「那檔事我從來沒幹過，所以只能交給你了。」

「什麼？」

行天的驚人之語讓多田的腦袋一時陷入混亂。此時女人起身走了過來，抓住多田的手腕。

「不要浪費我的時間好嗎？」

沒幹過？他說沒幹過那檔事？這麼大把年紀，一次都沒有？就算沒有合適的對象，也可以花錢買吧？年輕時的那股衝動，怎麼可能有人壓抑得住？不，等等。難道是我搞錯了他的意思？或許他的意思是，那檔事他從來沒和女人做過？不，等等，我可是跟他孤男寡男住在同一個屋簷下，這意思是我現在正面臨人生最大的危機？不，等等。這應該只是我的偏見。就算是男人跟女人，湊在一起也不見得就會做愛。或許我打從一開始，就不是行天的菜？太好了，眞是太好了……不，等等，我在想什麼？那傢伙不是說過他有小孩嗎？難道我又被騙了？爲什麼他甚至不必動用臉部肌肉就可以騙人？對，沒錯。一定是被他騙了。這麼大把年紀，怎麼可能一次都沒有？就算沒有合適的對象，也可以花錢買吧？

一股濁流在多田的腦袋裡不斷旋轉、翻騰，就像是把髒襪子丟進運轉中的洗衣機。在這段時間裡，女人已脫掉身上的大衣，以及紫色的絲質連身吊帶裙。沒有脫第三件是因爲身上已經沒有東西可脫了。

「要我幫你戴套嗎？還是你自己來？」

「啊，我自己來。」說完這句話的瞬間，多田才回過神來。

這裡的平房都是長屋[14]建築，每個房間都有獨立的出入口。拉開面對街道一側的拉門，首先看見的是約莫兩塊抹布大的脫鞋處。

整個室內空間只有四張半榻榻米大，天花板垂吊著一盞小小的圓形日光燈，地板鋪了一塊看起來又薄又潮溼的墊被。除此之外的家具就只有一面大鏡子，以及一個看起來像縫紉道具箱的塑膠製小置物盒。

多田看了屋內的寒酸景象，猜想女人並不是整天住在這裡。還記得非常多年前，自己曾有一次基於好奇心及衝動，跑到後站來買春。當時，娼妓們都把狹窄的平房當成住家兼工作室。這麼說來，露露應該也跟這女人一樣另有住處，並不在這裡生活吧。或許是爲了追求組織化及效率化，如今的經營者把這裡的平房改成單純的工作場所，讓大量娼妓到這裡出勤上班。

「拿去。」

14 日本傳統的集團式住宅，由長方型屋舍分隔成數間，左鄰右舍牆壁相連，多見於江戶時代至近代的中下階層地區。

多田跪坐在表面嚴重磨損起毛的榻榻米上，全裸的女人將一枚保險套遞了過來。「時間到我就會喊停，所以你最好動作快。」

女人說完之後，仰躺在墊被上，張開雙腿。大腿根部的細瘦骨頭自皮膚下隱隱浮現。

多田反射性地望向女人的雙腿之間，內心不由得充滿感慨。這樣的畫面，眞的是好久沒看見了。女人拿起枕邊一個沒有加蓋的瓶子，瓶身似乎是果醬的空瓶，裡頭裝的卻是黏糊糊的透明液體。女人的右手抓著瓶子，左手手指以有些彆扭的動作撈起一些成分不明的糊狀物，深深塗入自己的陰部。多田看著女人的動作，內心不由得哼起「左撇子少女……」，他總覺得有點不太對勁，不知道爲什麼，就是覺得心頭有個疙瘩。但是下一秒，女人的一句「來吧」，將多田的意識拉回了現實。

「呃……抱歉，可以商量一下嗎？」

「怎麼？站不起來？等等如果時間到了……」

「不是，我只是沒有自信能把時間抓得剛剛好，所以還是算了吧。」

女人在墊被上坐了起來。

「我可是不會退錢的。」

「無所謂。」多田點了點頭，心想一定要從那傢伙的工資中扣回來。

「我想問妳露露的事。」

多田從枕邊的面紙盒抽出兩、三張面紙遞給女人，女人擦了擦手指。屋內沒有暖氣，抵禦不了陣陣襲來的寒意。

「我就知道，你是警察。」

「露露做了什麼會讓警察找上門的事？」

女人將大衣披在肩上，抱著單邊膝蓋。或許是爲了禦寒，她不停搓著腳趾。

「你想知道露露的什麼事？」

「其實也不是什麼大不了的事。」

這可不是客套話，眞的是雞毛蒜皮的小事。多田也不明白，爲什麼事情會演變成這個狀況。多田在心中暗暗咒罵行天，同時將剛剛拉開的蓋被推到女人面前。

「我只是想知道，露露是不是一個會疼愛狗的人。」

「狗？」

女人抬起了頭。這是她第一次正眼看多田：「你指的是你朋友牽的那隻吉娃娃？」

多田點了點頭。

「眞的假的？」女人興奮地說：「我跟露露老早就想養狗了。若是每天回到家，能有狗陪伴，不知該有多好！但因爲我們住的是公寓，只能養小型犬，最近吉娃娃很熱門，我們根本買不起。」

「等等，妳該不會……呃，抱歉，請問妳叫什麼名字？」

「海希。」

「海希，妳跟露露住在一起？」

「我們是室友。」

多田低頭望向海希的手指，她的右手食指指尖包著ＯＫ繃。

就在這一瞬間，多田終於恍然大悟。原來剛剛心頭的疙瘩就是這個。不管是那神祕的糊狀物還是面紙盒，都是放在右手容易拿取的位置，正是這一點讓多田起了疑竇。原來海希並不是左撇子，只是右手的指甲斷了。折斷指甲的原因，是門板太難開關。

既然海希與露露是自己人，不管向她問多少問題，都不可能做出「公正的判斷」。換句話說，打從行天找上海希的那一刻起，局勢就注定對多田不利。爲什麼行天能夠從眾多的女人中找出海希？是憑藉野性的嗅覺，還是認眞觀察每一個女人後得到的結論？不管答案是哪一個，只能說行天實在不容小覷。

「門的事情，露露跟我說過了，明天我會去修理。」

「你是露露的新男友？」

「不是。」

對於海希這個令人不寒而慄的誤解，多田盡可能以不失禮的語氣做出了毫無模糊空間的否定：「我經營便利屋。」

「噢。」

海希一邊說，一邊拔著被套上的小毛球。「露露就是不肯跟那個男的分手。」

哪個男的？多田的腦海閃過了這個疑問，但沒有問出口。少知道一件事，就少惹一個麻煩。何況不管海希如何強調她們對吉娃娃的喜愛，畢竟她們的生活實在太不安定，並非合適的飼主人選。多田於是起身說道：「海希，我得向妳說聲抱歉。我已經決定把吉娃娃給別人了。明天我也會這麼告訴露露。」

「噢……爲什麼？」

海希仰頭看著多田。「你剛剛還在問露露的事，怎麼現在就決定不給了？露露心地善良，而且很會照顧人，她一定會好好照顧吉娃娃，當然我也是。」

或許吧。多田暗想，但是不行就是不行。多田在海希面前蹲了下來。

「露露說她是哥倫比亞人，是眞的嗎？」

「我沒有親口問過她，但我猜應該不是吧。哥倫比亞人在這裡很搶手，所以她才會那麼說。」

「那隻吉娃娃是重要的客人託付給我的，我不能把牠輕易交給一個會說謊的人。」

多田說完，起身穿上鞋子，拉開了門。

「既然打從一開始就不肯給，你來找我做什麼？」海希抱怨道。

多田心想，這眞是個好問題。

行天正坐在屋簷下的椅子上，吉娃娃則坐在他的膝蓋上。

「你都聽見了？」多田問。

「聽見了。」行天回答。

吉娃娃一被放下，立刻快速動起四肢，走在最前頭。兩人看著吉娃娃的屁股，並肩跟在後頭。

「錢包還我。」

行天一聲不吭地將錢包扔向多田的胸前。多田接下錢包，放回夾克口袋。

「你的身體是不是有什麼毛病？」

「燒已經退了。」

「我不是指發燒……」

多田吞吞吐吐，不知道該怎麼說才好。行天突然醒悟，輕輕一笑。

「應該是沒有什麼問題，但我自己也搞不清楚。」

「嗯……」多田似懂非懂，沒有多問。驀然間，海希那一絲不掛的肉體浮現在腦海。

說起來眞是不可思議。爲什麼從前的自己，能夠毫不猶豫地與女人做愛？爲什麼肉體的連結與重疊，能夠讓心靈獲得滿足？爲什麼當時的自己，會把做愛當成一種理解女人的手段？已經學會的外語如果長久不用，終究會遺忘。同樣的道理，如今的多田不管再怎麼探索自己的內心，都無法找回當年的熱情與希望。

多田不禁感慨，麻里眞的做了一個錯誤的決定。如果是我，絕不會把重要的寵物託付給這種人。沒有任何値得信賴的朋友，工作只能餬口，而且還差點因爲不值一文的廉價同情，把狗送給了娼妓。

但是識人不明並不是麻里的錯，畢竟她只是個小學生。她對感情的理解，頂多只到失望與悲傷的程度，距離空虛還非常遙遠。

多田依照約定，來到露露與海希所住的公寓。行天也跟在旁邊。他說體溫已恢復正常，但是鼻涕流個不停，所以腋下夾著一捲衛生紙。至於吉娃娃則留在事務所，沒有帶出來。

「多田，你身上有沒有塑膠袋？擤完鼻涕的衛生紙，口袋已經塞不下。」

「沒有。」

門開了。一張臉還處在建設階段的露露探出頭來。她臉上的粉底厚到簡直像剛打上石膏模。沒有眉毛，眼睛周圍也還沒畫上眼線。多田能夠確定那是露露，完全仰賴嗓音及獨特的說話口氣。

「歡迎！進來吧、進來吧！」

一走進玄關大門，首先看見的是鋪了木頭地板的狹窄廚房。廚房的後頭，是一間西向的房間，約六張榻榻米大，那應該就是露露與海希的生活空間。

露露對著剛脫下鞋子的多田說：「就是這扇門。」她指著分隔廚房與房間的合板拉門。

「哎唷，你鼻子好紅。」她接著轉頭望向不斷消耗衛生紙的行天。

「海希上班去了。聽說你們昨晚見過了？」

露露說著，坐回鏡臺前繼續化起了妝。她畫眉毛的手法之前衛大膽，簡直堪比得了精神病的畫家。

「眉毛畫成那樣，眞的不會有問題嗎？」行天吸著鼻涕，低聲問道。

不管是自己的眉毛，還是別人的眉毛，多田這輩子都沒畫過，卻在心裡斬釘截鐵地應了一聲「有問題」。

「露露，關於吉娃娃的事……」

「我知道、我知道。」露露以開朗的口吻打斷多田的話。

「我本來打算等確定之後再告訴海希，就是怕發生這樣的狀況。那孩子比我年輕，一定對你們發了脾氣吧？你們不要跟她一般見識，好嗎？」

露露裝上假睫毛，等到兩邊的假睫毛完全固定在眼皮上，才轉頭望向多田。

「別說那些了，我這扇門修得好嗎？」

多田仔細一看，露露竟然將假睫毛固定在眼皮的中間。難道她要堅稱那個地方以下都算眼睛？到底是什麼給了她這樣的勇氣？多田內心驚疑不定，但不敢顯露在臉上，趕緊蹲下來檢查拉門。

畢竟是老舊公寓，門框整個都歪掉了。如果要勉強修理，只能將門板的下半部削掉一些。但這麼一來，當木頭質地因爲濕度變化而萎縮時，門板可能會出現晃動、關不緊的情況。

多田如此告訴露露。「那你就削吧。」露露一邊在假睫毛上塗抹大量的睫毛膏，說：「反正這屋子哪裡都在晃，到處都有風灌進來，也不差這一扇門。」

多田於是拿出合約書，露露在上頭簽了「露露」兩字，付了兩千圓。這兩千圓，就相當於露露在那個充滿黴味的平房裡的二十分鐘。多田遞出事先寫好的收據，收下鈔票，便開始施工。

多田先趴在地板上，仔細確認門框與門板之間的咬合狀況，評估必須切削幾公釐。接著從帶來的工具箱中找出小型鉋刀，調整刀刃位置。在這段時間，行天將門板從門框上拆下。鉋刀就像是一種切削時間的工具。將鉋刀抵著木頭表面，每拉動一次，時間的沉澱物就會被削掉一分，讓沉睡在內部的木頭質地隱隱飄出香氣。

多田每削幾下，就把門板裝回門框上，確認滑順程度。

「眞是厲害。」

露露在一旁看得嘖嘖稱奇。因爲畫了眼線，她的眼睛幾乎是先前的兩倍大。

確認開門跟關門都非常滑順之後，只要在門框上塗一層蠟，就大功告成了。類似的修理工作，多田已做過好幾次，很清楚絕對不能切削太多。

「行天，上蠟。」

上蠟是非常簡單的工作，就算是行天應該也能勝任。除了拆裝門板的時間之外，行天只能杵在廚房發呆，所以得找個工作給他做，增加他的信心。

行天擤了擤鼻子，朝露露說：「上蠟之前，我想上廁所。」

你這傢伙到底是來幹什麼的？多田心裡這麼斥罵，但知道說了也沒用，只好隱忍不發，默默取蠟塗在門框上。

廁所傳來陣陣水聲。多田心想，他多半是把擤鼻涕的衛生紙也順便沖掉了吧。

「這個人真有點古怪，他是你朋友？」

「沒那麼倒楣。」

多田清掉房裡的木屑，將工具收拾好。起身之後，多田又開關一次拉門，向露露確認：「這樣可以嗎？」就在抬頭望進房間的時候，多田整個人僵住了。露露竟然全身光溜溜地站在眼前。

「哎唷，抱歉。我得出門了，不換衣服不行。」

露露一面套上光澤鮮豔的藍色絲質連身吊帶裙，朝多田走來。「我來試試看。」那穠纖合度的下半身，從多田的角度一覽無遺。

這女的該不會在測試我吧？行天那傢伙上個廁所怎麼還不出來？

現在該怎麼辦？誰能來救救我？正當多田在心中如此哀號時，玄關大門突然被人用力拉開，門外傳來一聲：「露露！我來拿『那個』了！」多田轉頭一看，一個典型流氓樣的年輕男人站在門外。男人一看見多田，霎時愣住了。

「這個人是誰！」男人大喝一聲。

「阿慎！」露露也跟著大喊一聲，但她才剛把吊帶裙套在頭上，胸部以下一絲不掛。

海希說的那個男的，應該就是這個男的吧？多田心裡猜想。如果是的話，眼前的情況可說是糟糕到了極點。因爲露露那模樣，簡直就像是多田將她的吊帶裙拉到了胸口。

果不其然，被露露稱作「阿愼」的男人連鞋也沒脫，就跨著大步走進屋內。

「我才一陣子沒來，妳就搞上別的男人？」

男人忽然眼珠一橫，朝多田瞪了一眼，低聲恫嚇道：「露露，我那個東西，妳該不會丟了吧？」

多田根本來不及反應。「阿愼，你別衝動，這個人是……」露露一句話還沒說完，男人猛力揮出一拳打在露露臉上。露露的背部撞上門板，整個人摔倒在廚房的地上。

「露露！」

多田朝男人猛推一把，奔到露露的身邊，將她扶起。這是多田第一次親眼目睹男人打女人，心中的驚愕與慌張遠勝於憤怒。

「我沒事……」露露抬起了頭，左眼又紅又腫。

男人剛剛被多田推倒，上半身栽進流理臺裡，此時半跪在地上的多田聽到男人掙扎著想要爬起的聲音，迅速翻過身，同時將雙掌朝著男人的腹部用力推。這種動作就像是幼稚園的孩子互相推鬧，根本稱不上是打架。畢竟多田的打架經驗並不豐富，一時之間不知道該怎麼做才好。趁著男人失去平衡之際，多田站了起來，擋在露露的前方。

「你冷靜點。」

明知道男人不可能冷靜，多田還是試著向他解釋：「我是經營便利屋的，來幫她修門。」

男人早已失去理智，全身冒出涔涔汗水，朝著多田猛撲過來。多田抵擋不住那強大的推力，兩人一起摔倒在房間裡。多田的心裡充滿了疑問，明明這裡已經打得天翻地覆，爲什麼行天那傢伙還沒從廁所出來？摔倒的瞬間，多田的腰部狠狠撞在地板上，讓他痛得閉上眼睛，躺在地上不停發出悶哼聲。

沒想到就在這時，原本壓在多田身上的男人忽然發出短促的慘叫聲，從多田身上滾了下來。多田睜開眼睛一看，行天正站在自己的腳邊，手上捏著一根菸。他剛剛似乎是將灼熱的菸頭抵在男人的脖子上，現在又把菸放回唇邊。

「哪裡冒出來的毒蟲？」

行天一邊朝著男人的腹部猛踹，一邊問蜷曲在廚房地板上的露露。

「他是我男友。」露露說。

「噢？」

行天蹲了下來，再度捏著香菸，慢慢伸向神情痛苦的男人，菸頭逐漸逼近眼球。

「行天，你出來得太晚了吧！」

多田在榻榻米上坐了起來：「喂，別做那種事！」

「馬桶塞住了啦。」行天縮回了香菸。

男人對站在旁邊的行天心生恐懼，躺在地上不敢動。屋內終於恢復了寧靜。

「哥倫比亞的小姐，妳看這個提議如何？」行天朝露露說道。

「妳跟這個男人徹底分手，養一條可愛的狗。」

露露抬起紅腫的臉，多田咕噥了一句「這結論是怎麼來的」，男人則咒罵了一聲「這傢伙在胡搞什麼」。

「你想要的是這個吧？」

行天當著男人的面，從他隨身攜帶的衛生紙捲的軸心裡抽出一袋透明的塑膠袋。那塑膠袋包得非常緊密，裡頭裝著看起來像麵粉的東西。

「這東西是哪裡來的……」多田錯愕地問道。

「我在馬桶的水箱裡發現的。」行天若無其事地說道。

就算發現了，爲什麼要拿出來？難不成這傢伙想要吸食，或是拿去賣掉？由於行天的舉止太過熟練，反而讓多田心生懷疑。

「還給我！」

男人大喊，行天將菸灰彈到他的頭上。

「小姐，妳考慮得如何？」

「我願意！」

露露說：「反正海希也叫我別再跟阿愼交往。只要有吉娃娃，我願意分手！」

「妳別鬧了！」男人喊道。

「你別搶臺詞，這是我要對你說的話。」

行天剛說完這句話，鼻水又流了下來，趕緊拿衛生紙抹去。

「以後你敢接近這個女人，我就燒了你的眼珠。」

行天將那一小包塑膠袋塞進男人手裡：「你可以滾了。」

男人懊惱地朝地板捶了一拳。但或許是最重要的東西失而復得，他沒有多說什麼，踏著重步走出了門外。

大門一關上，露露立即問：「你們眞的願意把吉娃娃給我？」

此時她終於拉下了連身吊帶裙，表情有些不安。

「當然。」

行天走到廚房，把菸頭扔進流理臺內。

「你別擅自作主。」多田提出抗議，行天與露露都充耳不聞。

「妳要去工作了，對吧？明天來事務所領吉娃娃，我們會事先準備好。」

行天提起工具箱，看向多田。

「我們回去吧。」

多田按著隱隱作痛的腰，走在夜晚的街道上。

「你眞的相信露露會跟那個阿愼徹底分手？」

「不太相信。」行天老實說道。

「既然不相信，爲什麼答應給她吉娃娃？」

多田氣呼呼地說：「吉娃娃被養在那個房間裡，難保飼料不會被摻毒！」

「多田，你知道對狗來說，最幸福的事情是什麼嗎？那就是被需要狗的人飼養。」

「吉娃娃親口對你說的？」

兩人來到車站前，行天看見有個女孩子在發面紙包，竟然被吸引了過去。多田餘氣未消，不想再理會他，腳下毫不停留。

「對你來說，養吉娃娃只是義務而已。」

行天從後頭追了上來，手上捧著大量的面紙包，再度與多田並肩前進。「但是哥倫比亞人不一樣，吉娃娃是她的希望。」

行天以單手開了一包面紙，似乎想要擤鼻涕，多田只好伸手接過工具箱。接下來兩人陷入一陣沉默。

穿過南口圓環，行天淡淡地說：「你知道被需要代表什麼意思嗎？那就是成爲那個人的希望。」

多田不置可否。雖然行天說得煞有其事，但難道世界上有人會需要這個「怪咖」，將他視爲希望？

今晚是吉娃娃待在事務所的最後一個晚上。多田故意繞遠路，到特價商店買了最貴的狗罐頭，想要給牠吃一頓特別的晚餐。

「你嘴上說不惜砸大錢，到頭來還不是買了特價品？」

「因爲有個吃閒飯的傢伙，沒搞清楚自己的立場，竟然跑到後站亂花錢，所以我現在手頭很緊。」

行天以濃濃的鼻音說：「我看你差不多也該找個正當職業了。」從他的口氣聽來，這似乎是非常認眞的忠告。

驀然間，多田感覺彷彿從很久以前就非常習慣和行天這樣閒扯淡。當然這完全是錯覺。在多田對自己的「需要」與「被需要」毫不存疑的那些歲月裡，自己和行天一次都不曾交談過。

「我一直很好奇，爲什麼你可以把日子過得這麼悠哉？一般做你這種工作的，不是都會盡早打廣告嗎？例如打電話給熟客，或是發宣傳單什麼的。」

行天一面說，一面走上通往事務所的階梯。跟隨在後的多田停下腳步，站在建築物前方的人行道上，抬頭仰望夜空。

如今的百貨公司，宛如一團巨大的黑影。一粒明亮的發光體，高高掛在黑影的屋頂邊緣。多田原本以爲那是正要返回基地的軍機，但仔細一看，那發光體動也不動，只是持續綻放光芒。

原來是夜空中的星辰。

多田深深吸了一口氣，聞到帶著些許水氣的春夜氣味。

三　工作車傷痕累累

已經過了好一段時間，發財車幾乎沒有前進。

從行天所打開的副駕駛座車窗，悄悄湧入了眞幌站前的嘈雜人聲、五光十色的霓虹燈底下的拉客聲、有如尖叫聲一般交互響起的喇叭聲及平交道警示聲，當然還夾雜了一陣陣預告山雨欲來的暖風。

「我好餓。」

箱根線的列車剛好通過，爲了不被隆隆聲響蓋過，多田刻意拉高音量。

「是嗎？」

行天將手肘倚靠在開啟的車窗上，朝著窗外吐出香菸的煙霧。隔著前擋風玻璃，可以看見一個上班族剛好走過發財車的側邊。含有大量有害物質的白煙，剛好就吐在那個上班族的身上，上班族回頭咒罵了一聲。

爲了一些零星的委託工作，多田與行天在眞幌市內四處奔波了一整天，如今才終於回到站前。

委託他們清除庭院裡的死貓屍體。衣櫥裡吊衣服的橫桿鬆脫，委託他們重新裝好。房間承租客半夜逃走了，委託他們處理遺留的家具。

雖然每一起委託工作，都讓人不禁想問「這種雞毛蒜皮的小事，爲什麼不自己做」，但正是靠著這些小事的積沙成塔，便利屋這一行才能生存下去。

吉娃娃還住在事務所的那段日子，兩人每到晚餐時間就會早早結束工作，回到事務所。除了餵吉娃娃，也順便吃些正常的食物當晚餐。晚上的時間，不是在事務所裡鬼混，就是帶吉娃娃出門散步。

但是自從把吉娃娃送給那個自稱哥倫比亞人的露露，多田與行天的生活就變得越來越不規律。每天都睡到日上三竿，晚上才熬夜工作。

多田發現這是件很糟糕的事。當然從多田的立場來看，只不過是回歸到收留吉娃娃之前的不規律生活，並沒有什麼大不了。眞正的問題是在行天身上。自從名爲吉娃娃的枷鎖消失，行天就像陷入了無底的沼澤，只要稍加不注意，他就會毫無警覺心地過起自甘墮落的每一天。

他幾乎不吃固體的食物。不管是白天還是晚上，睏了就倒頭呼呼大睡。如果只是這樣，那也還罷了，反正只是回歸原本的狀態而已。但是不洗臉也不洗澡，可就讓多田難以忍受了。之前行天帶吉娃娃出門散步，似乎都會順便去大眾澡堂洗個澡。如今吉娃娃不在了，行天似乎也把上澡堂洗澡的事情忘得一乾二淨。

想要訓練狗學會「坐下」，剛開始或許得仰賴食物的力量。久而久之，就算沒有食物，狗還是會記得「坐下」的動作。相較之下，沒有了吉娃娃就把所有事情忘得一乾二淨的行天，簡直比狗還不如。多田暗自作出這樣的判斷：「行天是一種比狗更笨的生物。」

爲了盡可能讓行天習慣人類的生活模式，多田可說盡了最大的努力。因此即便行天反應冷淡，多田還是繼續向他搭話：「你晚餐想吃什麼？」

坐在副駕駛座的行天還是一副意興闌珊的態度，隨口應了一句：「隨便。」

再加上飢餓與塞車，多田霎時感覺到一股怒火在胸中熊熊燃燒。

剛剛選擇從箱根線北口一帶彎進車站前，可說是最大的失策。道路過於狹窄，很容易就出現車流回堵的現象。實在應該像平常一樣走公車路，這樣的話應該早就回到事務所了吧。把車子停進停車場後，到街上吃飯，順便去大眾澡堂……

「我有一種感覺……」行天的一句話，打斷了多田的美夢。

「我們最近是不是越來越少聊天？」

越來越少聊天？最近？我們？我跟你的關係什麼時候好到經常聊天了？你以為不常聊天是誰的問題？明明我已經做球做到閉著眼睛也能擊出全壘打，你這傢伙還是會把每一球都打成疲軟無力的滾地球，讓我覺得連撿球都是一件愚蠢的事。

多田深吸一口氣，只淡淡應了一句：「會嗎？」

「會，就好像孩子成家立業之後的中年夫妻。」

這傢伙難得主動提供話題，卻投出一顆任何天才捕手都接不到的大暴投。

「你這個比喻讓我背脊發涼。」

多田放下手煞車，只前進了大約女人一步的距離，又拉起手煞車。

「這條路為什麼這麼塞？」

行天將菸頭拿到車上的菸灰缸捻熄，關上了車窗。「現在可是晚上九點，這些人到底要去哪裡？」

「他們哪裡也不去，他們要回家。」

多田伸出手指，指著前方。

箱根線眞幌站北口前方矗立著一棟棟高樓，每一棟裡頭都有各式各樣的補習班。其中有些專門準備國中入學考的補習班，正不斷吐出難以計數的小學生，這些小學生來到路上，有的和朋友一起走向車站，有的則坐上家人停在路邊的車子。

「我沒看錯吧？」

行天高高抬起了單邊的肩膀。能夠做出這樣的動作，也算了不起。「難道這條路會塞車，是因爲有一堆車子要來接補習班下課的小鬼頭？」

「沒錯，你說對了。」

多田才應了這句話，就看見一個貌似小學生的女孩子，坐進前頭車子的副駕駛座。開車的母親不停朝女孩子搭話，女孩子卻愛理不理，並沒有謝謝母親前來迎接，還把從便利商店買來的肉包子底下的紙拋出車窗外。

「這傢伙……」多田目睹這一幕，忍不住嘀咕了一聲。

此時行天忽然將手伸向方向盤，擅自用力按下喇叭。

「你這傢伙！」

第二次的「傢伙」指的是行天。「誰准你按我的喇叭？」

前方車內的母女聽見喇叭聲，同時透過後照鏡望向後車。行天搖下副駕駛座的車窗，對著前方破口大罵。

「把垃圾撿起來！妳這傢伙！」

此時前方平交道的柵欄升起，車陣開始緩緩前進。前方的車子似乎被行天的怒吼嚇了一跳，趕緊拉開距離。多田也轉動方向盤，朝事務所前進。

「行天，我猜你一定也餓了吧？你現在的人設跟平常完全不同。」

「我最痛恨這種沒教養的猴子。與其讓他們上補習班，搞得這裡大塞車，不如好好教他們做人的道理。」

行天罵得振振有詞，似乎完全忘記他平常丟在地上的菸蒂都是多田幫忙撿的。只見他越說越氣，又點了一根菸。

「你不知道嗎？眞幌的父母大多很重視小孩的課業。」

「聽都沒聽過。」

「嗯。你不知道也很正常。畢竟在我們小時候，幾乎沒有人上補習班。」

車子終於回到事務所附近。多田將車子停進停車場裡的固定位置，關掉引擎。「你沒注意眞幌市內越來越多公寓住宅嗎？對於小孩正在上小學的年輕夫妻來說，眞幌不僅房價平實，通勤上下班也很方便。當一棟公寓裡住的都是類似的家庭，父母親互相有樣學樣，對孩子的教育就會越來越重視。」

「眞是一群傻子。」

行天下了車，快步穿越停車場。

「喂！吃『圍爐屋』的便當如何？」

多田朝著行天大喊，行天卻絲毫沒有停下腳步，獨自走進事務所所在的公寓。

這傢伙到底在氣什麼？多田帶著滿心狐疑，在經常光顧的便當店買了兩個海苔便當，以及一盒炸雞。今晚無論如何一定要說服行天去大眾澡堂才行。多田不禁暗自搖頭，這傢伙比吉娃娃還難搞。

驀然間，養兒育女的事情浮上心頭，多田趕緊將這些思緒拋出腦外。

行天似乎真的餓了。

吃完海苔便當，行天的氣完全消了，乖乖跟著多田去了大眾澡堂。

「我喜歡現在的季節，至少洗完澡不會冷。」

兩人走出大眾澡堂，行天捧著溼答答的臉盆跟在多田身後。此時雖然是晚上，但街燈照出了行天長長的影子，一直延伸到多田的腳下。行天以橡皮筋將瀏海綁成一束，在頭頂上輕輕搖擺，看起來像沖天炮。

「我看你明天還是去理個頭髮……」

多田一句話說到一半，越想越不對勁。爲什麼我還得管他的頭髮？多田無奈地望向身後，沒想到原本跟在身後的行天竟已不知去向。

「阿愼！」

多田聽見聲音，轉頭一看，只見露露的前男友站在已經熄燈的箱急百貨公司後門附近，臉上帶著煩躁的表情。行天發現了他，忽然朝他衝去，還發出異常尖銳的詭異呼喚聲。

行天伸出右手，比出「耶」的手勢，以排山倒海的氣勢衝向阿愼，兩根手指瞄準了阿愼的兩顆眼球。「哇啊！」阿愼被行天的殺氣嚇得手足無措，在千鈞一髮之際躲開了這招戳眼攻擊。

「你幹什麼？」

阿愼大聲尖叫，躲開後才察覺眼前的人是行天。行天堪稱是阿愼的天敵，阿愼嚇得直挺挺地站著不動，緊閉雙眼及雙唇。

「阿愼，我才想問你，你在這裡幹什麼？」

行天以兩根指頭戳了戳阿愼的臉頰。「我還以爲你早就離開眞幌了。我問你，你該不會還在對哥倫比亞人糾纏不清吧？」

「我沒有。」

「看著我的眼睛說話。」

阿愼戰戰兢兢地睜開雙眼，沒想到行天手腕一伸，兩根手指又戳向他的眼球。阿愼反射性地又閉上眼睛，行天的指尖碰到了阿愼的眼皮才停止。

「好痛！」阿愼大聲哀號。

「眞是可惜，沒戳到。」行天笑著說。

「如果你敢找哥倫比亞人的麻煩，我會把你的腦漿連同眼珠子一起挖出來。」

行天輕聲細語地說完這句話，才放開阿愼。阿愼本來想在逃走前撂下幾句狠話，但或許是不敢招惹行天，最後他什麼也沒說，小跑步消失在路上的人群之中。

「你剛剛是不是有什麼話要對我說？」行天回到多田的身邊，朝多田問道。

多田站在不遠處目睹了剛剛那一幕，只是淡淡地說：「沒什麼。我只是要告訴你，明天你負責接電話，給我乖乖待在事務所裡。」

行天再三提出抗議，多田完全不予理會，上午出門採買工作上需要用到的物品，把行天獨自留在事務所。

電燈泡、膠帶……對了，有客人委託修理狗籠，得順便買些鐵絲網。多田翻開腦海裡的購物清單，在眞幌車站前的東急手創館上下往來各樓層，添購各種必需品。

或許是因爲從前當上班族時累積了足夠的經驗，事務性的工作及採購器材對多田來說並不是什麼難事。雖然多田很喜歡體力工作，但事前的準備也完全不馬虎。因爲這樣的能力，便利軒的帳簿收支總是淸淸楚楚。而且因爲每次購買工具材料的數量都相當精準，不僅贏得了顧客的信賴，收費也能秉持誠信透明的原則。

「我眞是太完美了。」

多田相當滿意自己的表現，將買來的東西全放到發財車的車斗上。只要有消費，就可以在手創館的停車場免費停車兩小時。由於時間上相當充裕，多田決定到後站的露露住處，去看看吉娃娃過得好不好。

此時才剛過中午沒多久，後站的街道上幾乎沒有行人，絕大部分居民都還在睡夢中。多田本來擔心那個假哥倫比亞人也還沒起床，幸好在公寓的門上一敲，門內馬上傳出了聲音。

「誰啊？」

「多田便利軒。」

「噢，進來吧。」

露露與海希笑臉盈盈地開了門。兩人都沒有化妝，身上穿著有如昆蟲翅膀般半透明的薄紗性感內衣。吉娃娃緊緊跟在兩人腳下，一邊跳來跳去，一邊快速搖動尾巴。跟當初住在事務所時比起來，吉娃娃的毛色變得更有光澤，耳朵上還綁著小小的紅色蝴蝶結。

「進來吧。」兩人邀請多田進屋。

但多田直接在門口將買來當伴手禮的罐頭交給兩人。今天來只是確認吉娃娃過得好不好，是否受到良好照顧。

由於多田沒有要脫鞋的意思，原本拿了鐵水壺正要燒水的海希，無奈地關掉了火，抱起吉娃娃。

「怎麼不進來喝杯茶再走？」海希抱怨道。

「他還有便利屋的工作要忙啦。」露露幫忙緩頰。

「對了，今天怎麼沒看到你那個怪怪的朋友？」

「他在顧店。」

多田小心翼翼不碰到海希的胸部，摸了摸吉娃娃的頭。「對了，露露。妳最近跟阿愼見過面嗎？」

「一次都沒有。」

露露以紅腫的眼睛仰望多田說：「我可是個守信用的人。」

「我知道，抱歉。」多田笑著說道。

果然把狗送給她們是正確的決定。

「爲什麼突然提到阿愼？」

「我本來以爲他應該不會再來這一帶，沒想到昨晚在車站前看到他。」

「聽說那傢伙最近生意不太好。」

海希一邊將吉娃娃耳朵上的蝴蝶結重新綁好，一邊說道。她的口氣帶著幾分幸災樂禍，只差沒補上一句「我想到就很爽」。

「生意？」

「嗯，那傢伙是個藥頭，平常總是在車站前面晃來晃去，把毒品賣給一些年輕小夥子。但我聽說最近有個集團利用更安全的方法買賣毒品，所以阿愼那傢伙的生意做不下去了。」

「更安全的方法？什麼樣的方法？」

露露氣定神閒地問道。

「誰知道呢。阿愼要是知道，或許還有機會挽回一點生意。算了，反正跟我們無關。」

在眞幌這種地方，買毒的人本來就不多。對黑道幫派來說，只要能拿得到錢，不管是把毒品交給阿愼販賣，還是轉交給那個新的集團，都沒什麼不同。多田想到阿愼的生活陷入困境，就忍不住暗自竊笑。上次被阿愼撞了那麼一下，腰椎痛得不得了，連打噴嚏都需要相當大的勇氣，多田絕對不會忘記這個深仇大恨。

「有空來我們事務所坐坐。」

「嗯，拜拜。」

多田走下了鏽蝕嚴重的公寓外牆階梯，轉頭一看，露露與海希還站在門口，目送多田離去。海希舉起懷裡吉娃娃的前腳，對著多田輕揮。

不管是那兩個女人，還是吉娃娃，看起來都很幸福。

我呢？我的生活過得幸福嗎？多田一踏進事務所，不由得搓揉起隱隱抽痛的太陽穴。

只見行天大剌剌地躺在沙發上，菸灰缸裡堆滿菸蒂，整間事務所內瀰漫著白煙，簡直像是浦島太郎剛打開了從龍宮城帶回來的寶盒。多田將買來的東西放進櫃子，打開窗戶通風。

「我不在的時候，有人委託工作嗎？」

行天默默地將一整本全新的收據拋向多田。空白收據的背面，以原子筆寫著醜到看不懂的字。

「爲什麼寫在這上面！」

「我找不到便條紙。」

「不就在電話臺下面的抽屜裡嗎？」

「是嗎？」

他故意的！就好像被獨自關在家的狗，會故意在家裡亂小便一樣。多田懊惱地將前兩張沒辦法再使用的空白收據扯了下來。

「好吧，你告訴我，這上頭寫的是什麼字？」

「一件是委託拔草，一件是委託修理狗籠。」

「修理狗籠那件，不是說好下午過去嗎？委託人是中村先生吧？」

「好像吧。」

多田不由得大感後悔。與其叫這個人接電話，當初不如打開電話答錄機。

「拔草那件呢？委託人是誰？」

「不知道……反正在他家被草淹沒之前，應該會再打電話來吧。」

多田比對電話機的來電紀錄及顧客名單，確認了委託人，打電話敲定前往拔草的日期。接著又打電話給中村，確認了下午的時間後，放下話筒。

「我看來電紀錄，另外還有兩通電話，這兩通又是怎麼回事？」

一通是隱藏號碼的電話，另一通則是過去從來不曾來電的新客戶。行天叼著菸，在沙發上抱著膝蓋說道。

「一通說希望某個人從世上消失，願意支付一千萬。原來你也接這種工作？」

「你覺得有可能嗎？」多田也點了一根菸，重重嘆了口氣：「偶爾就是會有這種人，以爲便利屋什麼工作都接。後來呢？你怎麼回他？」

「我說：『我知道有個殺人不眨眼的高手，比我厲害十倍。』然後告訴他眞幌警察署的電話號碼。」

「難得你有一件事情處理得不錯。」

多田稱讚了一句，行天自豪地搖了搖綁在頭頂的沖天炮。

「另外一通，是虎媽打來的。」

「虎、虎媽？」

「她希望你去接補習班下課的兒子。虎媽還叫你今晚去她家，要跟你當面談。」

「虎媽的家在哪裡？」

「我不是寫在上面了嗎？」

行天將吸了一半的香菸塞進菸灰缸，站了起來。

「我要是看得懂，還需要問你嗎？」

「我出去買午飯。」

「不准給我買酒。喂，聽到了嗎？行天！」

行天走出了事務所，多田只好獨自解讀起收據背面那些不知道是數字還是文字的密碼。

這天下午，多田前往中村家修理狗籠。

那狗籠大到住得下人類的小孩，裡頭住著兩條凶悍的杜賓犬。鐵網上的破洞似乎不是被撞破，而是被鋒利的牙齒咬斷的。多田的手才剛摸上鐵網，裡頭的兩條狗都激動地將臉湊了過來。

「行天。」

「幹嘛？」

「你進去籠子，幫我引開狗的注意力。」

「我拒絕。」

多田無計可施，只好和飼主中村商量，讓中村早點把兩條狗帶出去散步。多田與行天便趁這段期間，以最快速度裝上新的鐵網。保險起見，鐵網上了兩層，而且爲了避免狗兒撞傷，兩人仔細檢查了每個角落，確認沒有突出的鐵絲。

修狗籠花費的時間遠超過原本的預期，結束時已將近七點。

「跟『虎媽』見面的時間是七點半？」

不趕快出發，會趕不上約定的時間。根據多田的解讀，收據背面寫的是「七點半，林田町2-13公園之丘公寓1214室，田村」。林田町最近新開了一家購物商城，且陸續有建商興建大型公寓，但在眞幌市內還是屬於比較偏僻的地區。

「行天，快上車！」

在多田的催促下，行天坐進發財車的副駕駛座。但是多田一看行天的模樣，不由得將頭埋在方向盤上，大喊：「糟糕。」今天果然應該把接電話的工作交給電話答錄機，叫行天去理頭髮才對。那頭長得不像話的頭髮，以及綁在頭頂的沖天炮，絕對不可能獲得委託人的信任。

「你的頭髮……沒辦法弄得像樣一點嗎？」

行天望向後照鏡。

「現在不像樣嗎？」他一臉狐疑地問道。

「算了，至少你別開口說話。」

多田放棄與行天溝通，踩下了油門。

行天稱打電話來的委託人爲「虎媽」，但是實際見了面，多田對那母親的印象完全不同。田村家住在一棟高樓層的公寓大樓之中，夫妻兩人只有一個就讀小學四年級的兒子。此時父親還沒回家，只有母親及兒子由良坐在嶄新而明亮的客廳裡。

「我兒子固定會去車站前的升學補習班上課。」母親淡淡地說明委託的工作內容。

「每個星期一、三、四，上到晚上九點。我想要麻煩你，在我兒子下課的時候，去把他接回來。」

「當然沒有問題，不過……」

多田小心翼翼地拿起握柄細得好像一捏就會斷的茶杯。「可以請問爲什麼嗎？」

「聽說我們這棟公寓最近常有搭訕孩童的可疑男子出沒。我平常因爲工作的關係，回到家已經很晚了，所以不太放心。」

女人的聲音平淡到幾乎沒有抑揚頓挫。如果要比可疑，翻電話簿找來的便利屋搞不好比可疑男子還要可疑。更何況自稱便利屋的兩個男人，一個身上穿著骯髒的連身工作服，另一個頭頂綁了一束搖來搖去的沖天炮。多田心裡暗想，如果自己是這個母親，絕對不會把寶貝兒子交給這樣的兩個人。

那個名叫由良的兒子，從頭到尾都沒有參與母親與兩人的對話，只是目不轉睛地看著客廳電視上播放的卡通影片。

「由良，從明天開始，這兩位便利屋的叔叔會去接你下課，你來打聲招呼吧。」

由良聽了母親的呼喚，才將視線移開畫面，朝多田及行天說了一句：「麻煩你們了。」他看的似乎不是電視節目，而是ＤＶＤ。

「你好，我是多田，他是行天。」

由良朝兩人低頭鞠躬。行天自從被多田交代「別說話」之後，竟然連招呼也不打，從頭到尾連吭都沒吭一聲。比起這個愛鬧彆扭的傢伙，由良表現出的態度更像個大人。多田想要與這孩子拉近一點距離，於是看著電視畫面問道：

「這好像是很久以前的卡通吧？你喜歡看？」

「嗯……」由良朝自己的母親瞥了一眼。

「我想知道最後的結局會怎麼樣。」

「會哭。」行天突然說道。

「那我們先走了，明天見。」

多田硬生生地斬斷對話，帶著行天離開了田村家。

兩人走進公寓電梯，行天說：「那小鬼不太老實，他只是裝裝樣子而已。一般孩子根本不會對那種世界名著卡通ＤＶＤ感興趣。」

「唔，我也覺得有點古怪。」多田同意行天的說法。

「那個母親，我也覺得不是一般的『虎媽』。在我看來，她對兒子不是太關心。」

「只要是讓孩子上補習班的媽媽，就是虎媽。」

自從上次發生塞車事件後，行天就對送孩子上補習班的父母相當反感。

矗立在田中央的好幾棟高樓層公寓，就像一群朝著地平線邁進的寂寞恐龍。裝在大樓屋頂的紅色燈光，在夜空中不停閃爍，宛如在對其他星球發送著訊號。

「對了，行天。你也會哭？」

多田打開發財車的車門時，想起了剛剛的事，忍不住對行天這麼調侃。「那當然。」行天一臉嚴肅地說道。

「那部卡通的完結篇，沒有人能夠看了不哭。」

由良正在看的卡通，是《龍龍與忠狗》[15]。

到了隔天，事實證明由良這孩子不太老實。兩人在補習班門口等了老半天，由良根本沒有出現。

「難道他自己跑回家了？」

「搞不好是在晚自習。」

行天丟下這句話後，竟然就跑得不見人影。多田獨自等在大樓門口，心裡苦苦思索著「晚自習是什麼來著？」。半晌之後，多田終於想起來了。晚自習的意思，是「晚上留下來讀書學習」。因爲畢業太久的關係，竟然把這些從前的用語忘得一乾二淨。

「找到了。」

不一會，行天走了回來，手指捏著由良的耳朵。由良臭著一張臉，手上抓著便利商店賣的炸雞塊。

「這小子不想被我們抓到，故意搭員工專用電梯。」

多田聽了行天的解釋，朝由良微微一笑。

15《龍龍與忠狗》原名「フランダースの犬」，是日本動畫公司依據英國作家薇達（Ouida）的童話作品改編的卡通。

「請不要增加我們的麻煩。」

「我根本不想麻煩你們來接我。」

由良把炸雞塊的袋子隨手扔在地上。多田見行天的手背冒出了青筋，趕緊拾起袋子，放進自己的口袋。

「我們回家吧，由良大人[16]。」

「不要這樣叫我。」

由良甩開行天的手，看著多田所指的發財車，說：「搭這種車？要是被我朋友看到，我肯定會變成笑柄。」

「爲什麼？」

「遜。」

「小鬼就是小鬼，竟然不懂工作用車的優點。」

多田旋即坐進駕駛座，扣上安全帶。行天粗魯地將由良抱起，兩人一起擠進副駕駛座。

「喂！這輛車只能兩個人坐吧？」

由良幾乎是坐在行天的膝蓋上，不舒服地扭動身體。

「你不算『一個』人。」

發財車剛發動，行天立刻點起一根菸，把煙吐在由良臉上。多田不禁感到好笑。行天這傢伙眞是沒有大人的風度，竟然跟小孩子一般見識。

「在補習班讀到這麼晚才能回家，眞是辛苦。」

爲了維持良好關係，多田向由良搭話。「你是搭公車來的？」

「嗯。」

從車站到林田町，車程將近三十分鐘。由良還是小學生，每星期竟然要搭公車來回好幾次，將來一定能夠出人頭地吧。

「由良大人，你以後想做什麼工作？」

「只要不是經營便利屋就行。」

看來雙方還是沒有成功締結友好同盟條約。「眞是不會做人的小鬼。」多田忍不住嘀咕，行天「桀桀桀」笑了起來，接著車上陷入一片寂靜。

發財車停下來等紅燈，行天怕由良摔下去，以左手按著他的腹部，同時以空著的右手將車上的菸灰缸拉出來。

「好可怕的傷痕。」由良說。

「你的手指眞的還連著嗎？」

行天還沒開口，多田的反應竟然早了半拍。多田一拳捶在方向盤上，行天與由良同時吃了

---

16 原文「由良公」，「公」爲日本對於重要歷史人物或成年男性的尊稱，日常生活中極少使用。

一驚，轉頭望向多田。

「不准再提他手指的事。」

低沉的聲音自多田的雙唇之間緩緩發出。由良嚇得不敢再說一句話，車內頓時又陷入了沉默。

兩人將由良送到公寓大樓的家門口，由良掏出鑰匙開了門，在兩人的注視下頭也不回地走進屋內，將門關上。多田朝屋內瞥了一眼，裡頭不僅一片漆黑，而且鴉雀無聲。

「你何必跟孩子一般見識？」

回程的車上，行天說道：「而且我的手指完好如初，動起來完全沒問題。」

曾經被切斷的東西，就算接回來也不可能完好如初。

不管是當時還是現在，行天從來不曾指責多田。但是多田心裡很清楚，行天的手指會斷，自己是罪魁禍首。

接下來的日子，兩人與由良的關係依然沒有改善。

某天晚上，多田與行天又在員工專用電梯的門口逮住了由良。

由良對兩人說：「我眞的可以自己回家。你們沒出現之前，我都是自己一個人回家。你們放心，我會對我媽說是你們送我回家的。」

「不行。」多田一面說，一面取下由良背上的書包。

書包非常重，小學生要背著走，應該相當吃力吧。從蓋子的縫隙可以看到裡頭塞了好幾本厚厚的課本。

「你媽媽很擔心你，怕你被壞叔叔拐走，怕壞叔叔對你惡作劇。」

「誰是壞叔叔？」

「總之不是我。」

由良哼了一聲。

「上車吧。」

多田朝由良輕輕一推，催促他上發財車。「我答應過你媽媽，要把你平安送回家，我必須遵守約定。」

上車之後，由良同樣將臀部微微倚靠在行天的膝蓋上，默默看著車窗外。昏黑的夜景不斷向後流逝。

「我媽根本不會擔心我，她從來沒在乎過我這個兒子。」半晌後，由良呢喃道。

「同一棟公寓裡的其他孩子，上補習班都是由母親或傭人接送。我媽叫你們來接，只是想挽回面子，讓鄰居知道『我家也有錢派人接送孩子』。」

「你家的火藥味眞重。」

多田聽了由良的描述，反而佩服起這個孩子。自己小時候根本不曾煩惱過這種事。多田讀小學時，腦袋裡的煩惱只有「今天晚餐吃什麼」及「明天的營養午餐吃什麼」。不是因爲天眞，而是因爲傻。一個標準的傻小子。

「你就盡情地煩惱吧。」

多田打開車窗，抽起自己的LUCKY STRIKE。車外無聲無息地下起了雨，不知不覺又到了梅雨季。

「早點習慣煩惱，或許長大之後就不會那麼痛苦。」

「你不覺得在小孩面前不應該抽菸嗎？」由良說。

「不覺得。」多田雖然嘴上這麼說，還是把煙吐向車窗外。

「讓美麗的肺，被骯髒的煙玷汙吧，少年。活著不就是這麼一回事嗎？」

「你在說什麼鬼話？」

由良朝副駕駛座前方平臺的收納盒踢了一腳。原本一直沒說話的行天，此時突然問：「狗的卡通看到哪裡了？」

「老頭子死了。」

「噢，那快完了。」

行天繼續以平淡的口吻問道：「你爲什麼喜歡那齣卡通？」

「主角是孤兒。」由良說。

臨別之際，行天交給由良一張多田便利軒的名片。多田有些驚訝，那名片應該放在自己的褲子後側口袋裡，不曉得行天是怎麼摸走的。

「如果有什麼事，就打上頭的電話。」

行天很少會像這樣主動關心他人，這點也讓多田頗爲意外。由良接過名片，只瞥了一眼，便把名片拋在旁邊的鞋櫃上。

接著由良一如往昔粗魯地關上門，連一句「晚安」都沒有。

「這麼多天了，還是沒辦法跟這小鬼好好相處。」

返回事務所的路上，多田忍不住對著行天發牢騷。

「這樣很好，證明他是個健全的孩子。」行天說。

「健全？」

「不跟可疑男子好好相處，難道不健全嗎？」

多田恍然大悟。這麼說也有道理。

「我記得你說過，你有小孩？」

多田嘆了一口氣：「在養小孩這件事情上，我眞的是沒皮條。」

「我有過孩子，但我從來沒有養過。」行天歪著腦袋說：「你覺得我適合養小孩？」

「不，你是最糟糕的父親。」

天底下的孩子，都需要父母的關愛與保護。沒有一個孩子不對此抱持渴望，彷彿那是他們活在世上的唯一食物。但是眞正被餵飽的孩子並不多。不管是行天，還是由良的母親，看起來似乎都不曾眞正關心過孩子。孩子在她們眼裡，彷彿不曾眞正存在過。

這讓多田感覺到莫名煩躁。但他旋即明白「是我自己的問題，與他們無關」。

多田曾有機會能對孩子投注關愛。但因爲自己的疏失而失去了這個機會。多田心裡很清楚，他根本沒有資格批評別人的親子關係。

而且在接了這次的工作後，多田才清楚地感受到，自己對孩子抱持著一種恐懼。

每當與孩子近距離接觸，多田就會想起自己曾經摧毀了什麼，曾經鑄下了什麼無法挽回的大錯。

「我也曾經那麼想過。」行天低聲呢喃。

「從前我看那齣卡通時，也曾覺得沒有父母眞是件美好的事。」

所以你才不和你的孩子見面？

多田本想這麼問，但略一遲疑，問了另一個問題。

「就算最後必須跟狗一起死在魯本斯[17]畫作前，你也不在乎？」

「那是最幸福的結局。」

當然，由良一次都不曾打電話到事務所。

在一次偶然的機會，多田在橫中公車上看見了由良。

梅雨季已近尾聲，濕氣及高溫讓公車內的地板又溼又黏。多田趁著今天沒太陽，完成一件庭院拔草的工作，正搭上公車要回事務所。時間臨近傍晚，公車上擠滿要到站前購物的乘客。

多田挑了不用去補習班接由良的日子，將發財車送去快速安檢了，預定今天由行天去領回。讓行天開車是個非常令人不放心的決定，車子才剛安檢完，馬上就面臨報廢的風險。但多田便利軒眼下人手不足，晚上就必須接送由良，除了讓行天去領車之外別無他法。

因爲這個緣故，多田現在無車可用，只能搭上這班由林田町開往車站前的公車。一上公車，多田就看見由良獨自坐在後側的單人座位上。由良只是老實地坐著，膝上放著多田看過很多次的補習班書包。

多田本來想走過去打招呼，臨時改變主意，迅速鑽進數名乘客之間，讓由良看不見自己。

在多田的注視下，由良先是假裝若無其事地左顧右盼，確認沒有人在看自己後，將手伸進書包，取出一根約手指長的條狀物。接著他稍微彎曲上半身，將拿著條狀物的手掌伸到座位底下。當由良重新抬起上半身時，手中已空無一物。

「這小子在搞什麼鬼？」

多田皺起眉頭，有股不好的預感。

公車抵達了眞幌站前，多田不想讓由良看見自己，趕緊下了公車。其他乘客也陸陸續續下車，多田躲在建築物的陰暗處，等待所有乘客離開。由良下車後，在補習班前遇上了朋友，臉上露出開朗的笑容，與朋友一同走進補習班大樓。

---

17 彼得．保羅．魯本斯（Peter Paul Rubens，一五七七年—一六四〇年），佛蘭德斯畫家，巴洛克畫派早期的代表人物。

公車依然停留在原地，只不過車頂的目的地標示牌變成了「向坂社區」，似乎正在等待既定的發車時間。多田走過去敲了敲車門。公車司機原本已脫下帽子坐著休息，聽見敲門聲，於是打開自動門。

「抱歉，我好像有東西忘在車上，能讓我上去找找嗎？」

「請進。」

獲得許可後，多田進入車內。趁著司機沒注意時，多田走向由良剛剛坐的座位，蹲了下來。

伸手一探，果然有長條狀的東西黏貼在座位的底面。多田將那東西撕下，拿在手裡細看。那原來是一條糖包，上頭印著「零熱量」的字樣。看起來沒什麼異狀，跟一般咖啡廳、餐廳常見的糖包毫無不同，只是表面貼了一片雙面膠，可以黏貼在座位的底面。

多田仔細檢視糖包的尾端，明顯可看出袋口曾被打開過。有人曾經打開了袋口，又刻意將袋口封合。多田看完之後，將糖包重新黏回座位的底面。

「找到了嗎？」

多田走下公車時，面容和藹的司機問道。

「找到了，謝謝。」多田說。

走回事務所的路上，多田陷入了沉思。

「你回來了。」

行天早已坐在事務所內，擅自吃起了多田買來囤放的杯麵。雖然只是杯麵，但行天願意主動進食，畢竟是好事一樁。多田像失了魂，以機械般的動作跟著燒了開水，倒入杯麵中，加入調味粉，等了三分鐘。

「調味醬那一包要等泡完才能加。」

「好。」

「怎麼了嗎？」

「好。」

多田愣愣地吃起了還沒有泡軟的麵條，半晌後問道：「車子還好嗎？」

「好得不得了。」行天沒有絲毫遲疑地回答。

多田吃完杯麵，收拾了桌子，便走到停車場去看愛車。副駕駛座的車門上多了一道明顯的刮痕。

多田回到事務所，朝行天喊道：「行天，你過來這裡，坐下。」

行天極度反常地打掃起廁所。聽見多田呼喚，他乖乖走過來，坐在多田對面的沙發上。

「那個路眞的太窄了，我根本彎不過來。」

行天解釋道：「所以就從人家的水泥圍牆上很用力地……」

「我想聽聽你的意見。」

「修理費可以從我的工資扣，我不會有意見。」

「假如有一個你認識的人，你發現他在協助犯罪，你會怎麼做？」

「什麼都不做。」

「什麼都不做？」

「嗯。」

多田不再說話。行天畏畏縮縮地問道：「就這樣？沒別的事了？」

「嗯。」

多田瞥了一眼時間，接著說：「該去接由良了。」

由良坐上發財車之後，顯得有些無精打采。若是平常的由良，看到車門上的刮痕，肯定會大大譏諷嘲笑一番。但此時他整個人癱軟在行天身上，看起來有氣無力。

「你是怎麼搞的？爲什麼身體這麼熱？」

行天抱著由良，將下巴放在由良的頭上，不停搖晃他的身體。

「你別鬧了。」

由良有些倦懶地扭動身體。「我頭很痛。」

原本手握方向盤的多田將一隻手掌伸了過來，放在由良的額頭上。看來是發燒了。小孩子就是這樣，傍晚時還活蹦亂跳，到了晚上就突然身體不適。多田只好把心中擔憂的事情先擱在一旁，以最快的速度將由良送回公寓。

由良進了家門，回頭想要將門關上，多田卻硬闖了進去。

「你爸媽還沒有回來？」

「他們大概要十一點左右才會回來。」

多田環顧屋內，發現客廳及廚房都整理得乾淨整潔。可見得由良的父母雖然陪伴孩子的時間不長，但是很認眞工作賺錢，而且把這個家打理得很好。雖說身爲父母並不只是盡義務就好，但是說實在的，由良的父母也不算多糟糕。

可惜由良似乎並不甘於只把缺乏父母關愛的委屈藏在心裡。雖說由良一定也有一套冠冕堂皇的理由，但他沒有意識到問題的嚴重性，做出那種事情，或許這代表他比年輕時的我還要愚蠢。多田在心中如此感慨。

多田把由良趕上床，並且決定在屋內等由良的父母回來。多田從冰箱冷凍庫找來保冷劑，用浴室的毛巾包裹住，放在由良的脖子上。

多田在床邊跪了下來，看著由良那紅通通的臉龐。

「吃飯了嗎？」

「上補習班前就吃了。」

「好，如果你肚子餓了，就吃這個吧。」

多田在床角放了一個盤子，裡頭是一片片削了皮的蘋果，而且切削成兔子的形狀。

「我可沒有允許你削我家的蘋果。」

「生病就應該吃蘋果，這是傳統。」

多田站了起來。「我會一直待在客廳，如果你很不舒服就叫我一聲。」

來到客廳一看，行天竟大剌剌地坐在別人的客廳裡，看起別人的《龍龍與忠狗》卡通DVD。

「小鬼還好嗎？」

「身體還很燙，但我想應該很快就退燒了。」

行天看的似乎是最後一集。

「直接從這裡看，精神的打擊不會太大嗎？」

「都幾歲人了，還打什麼擊？再說，片頭曲的精華片段就已經暗示這個結局了。」

於是兩人並肩坐在地板上，看起別人家的電視。就在兩人大量使用別人家的面紙的時候，由良的母親回來了。母親一打開門，看見的是哭紅了眼的多田，心中的驚愕不言而喻。但得知兒子發燒後，她卻沒有走進房間關心兒子。

「原來是這麼回事。眞的很抱歉，給你們添麻煩了。」

母親的口氣一樣毫無抑揚頓挫。她說完這句話，開始泡起紅茶。

「請不用麻煩，我們要告辭了。」

多田一邊說，心想由良那句「我媽從來不會在乎過我這個兒子」，或許眞的是這樣沒錯。雖然這樣的母親實在有些古怪，但畢竟一樣米養百樣人，多田也不好多說什麼。

「告辭之前，我再去看看由良。」

多田取得了母親的同意，打開孩子房間的房門。沒想到一開門，就看見行天的背影，站在昏暗的房間裡。

「你什麼時候溜進來的……」

就在由良的母親踏進家門的瞬間，行天竟然像隻蜥蜴，一溜煙就不見蹤影。由良似乎已經睡著了，正發出規律的呼吸聲。盤內的蘋果似乎減少了一些。

「這小鬼恐怕吃太多糖了。」

行天轉過頭，朝多田舉起手中的透明塑膠袋。塑膠袋裡裝著大量的棒狀糖包。

「你是在哪裡找到這東西的？」多田吃驚地問道。

行天默默指著書桌最下層的抽屜。

「麻煩你不要隨便在別人家裡翻箱倒櫃。」

多田搶下塑膠袋，放回抽屜裡。

「難道你要睜一隻眼閉一隻眼？」

「你自己不是說過嗎？遇上這種事，你什麼都不做。」

「你不怕他得糖尿病？」

「你放心吧。這裡頭裝的並不是砂糖。」

「我知道。」

多田不耐煩地拉住行天的手腕，將他拖出房間。

「你到底想表達什麼？」

「沒什麼。」行天露出詭異的笑容。

兩人坐上發財車，朝著車站前進。多田以彷彿想要說服自己的口吻說：「我不想跟愚蠢的小孩扯上太多關係。」

「噢？」行天臉上還是帶著賊兮兮的微笑。

沒錯，絕對不要跟那小鬼扯上太多關係。多田在心中提醒自己。

但是到了隔天下午，一通由良打來的電話，就讓多田的決心動搖了。

接電話的人是行天。

「多田便利軒。」

行天的口氣既沒有朝氣也稱不上客氣。他慵懶地躺在沙發上，接著說：「噢，是你呀。身體還好嗎？」

行天的這句話，讓多田察覺來電者是由良。多田比了個手勢，要行天交出話筒，行天卻假裝沒有看見。

「噢，算你可憐。咦？今天嗎？唔……今天很忙，應該沒辦法。而且我們從來不接小屁孩的委託……啊，掛斷了。」

行天慢條斯理地放下話筒。

「你哪一隻眼睛看見我今天很忙了？」多田問道。

行天沒有回答這個問題，只是在沙發上蹭來蹭去，身體縮成一團。

「當初可是你自己告訴由良，有事可以打電話給我們。他剛剛在電話裡說了些什麼？」

「當初可是你自己說，不想跟小屁孩扯上太多關係。」

「行天……」

多田揪住行天頭上的沖天炮，將他的腦袋往上拔起。「多田便利軒的營業方針，是不問委託人的年齡及性別，工作能接就接。」

行天無奈地在沙發上坐起上半身，重新紮好沖天炮。

「他說發燒一直不退，沒辦法出門，所以希望我們『代替他搭公車』。」

「這可不得了！」

多田趕緊從桌上找出放置委託書的資料夾，以最快的速度找出田村家的電話號碼並回撥，但沒有人接電話。

難不成由良出門搭公車去了？原來並不是只有要上補習班的日子，才需要在公車座位底下貼「糖包」？倘若因爲由良的關係，對方的交易沒有成功，由良會遭受什麼樣的對待？

多田在事務所裡繞起圈子，苦苦思索有沒有什麼解決辦法。行天默默看著多田繞來繞去，過了一會，意興闌珊地打了個呵欠，又在沙發上躺了下來。

由良坐上發財車。

「昨天順利嗎？」多田劈頭便問。

「什麼順不順利？」

「不用裝傻了，我知道你把糖包黏在公車座位底下。」

後方傳來喇叭聲，多田在擁擠的站前道路發動了車子。

由良沉默不語，行天將由良抱在膝蓋上，聽著兩人的對話，露出一臉幸災樂禍的表情。

「我不知道你蹚了什麼渾水，但我得告訴你，很快你就會後悔莫及。」

發財車朝著眞幌市的郊區前進，來到一處平緩的下坡路段，道路兩側都是農田。這一帶沒有街燈，路面相當昏暗，林田町的一棟棟公寓大樓的黑影，有如一座座老朽的高塔，浮現在遠方的夜空中。

一輛沒有開車頭燈的白色轎車，以極快的速度從後方追了上來。多半是飆車族吧。多田心裡猜想，同時放慢了車速。白色轎車駛入對向車道，試圖超越多田的發財車。

「昨天你跑去公車座位貼糖包了？」

「這跟你無關。」

就在這個瞬間，整片擋風玻璃上出現了宛如蜘蛛絲的細微白色裂縫。一秒鐘之後，大腦才意識到似乎聽見了刺耳的碎裂聲。

「哇……」

裂縫幾乎完全遮蔽了視線，多田反射性地用力踩下煞車。發財車在田間道路中央停了下來。

「這是怎麼回事！」多田一臉錯愕地咕噥道。

「這是在模仿誰啊？一點也不像[18]。」行天笑了出來。

「我沒有模仿任何人，這是我的眞實心聲。」

多田對著副駕駛座提出抗議。「這種時候你還有心情開玩笑？腦袋到底是裝什麼來著。」

「你冷靜點。」行天拾起副駕駛座地板上的金屬塊。

「這應該是步槍的子彈吧。」

「是眞槍嗎？」

「多半是可以發射實彈的改造槍。」

多田以手肘將布滿裂縫的擋風玻璃撞開一個大洞，確保行車視野。開槍的車子當然早已不知去向。潮溼的晚風自失去了屏障的車體破口灌入車內。

「由良大人，你沒事吧？」

沒想到這小鬼還挺有膽識，竟然沒有尖叫。多田才剛這麼想，卻見由良逐漸從驚愕中回過神來，五官逐漸扭曲。

18 多田在此處說出口的「這是怎麼回事（なんじゃこりゃあ）」是日本七〇年代影集《向太陽怒吼》中松田優作的著名臺詞，所以多田與行天才會有接下來的兩句對話。

「啊！要哭了！要哭了！」行天取笑起由良。

「該哭的人是我。」多田嘀咕道。

「車子才剛安檢完，就變成這副德性。」

「這樣也不錯，省了開窗戶的麻煩。」

行天一面搖晃膝蓋，安撫著抽抽噎噎的由良，一面點了根菸。多田也跟著取出菸來抽。遇上這種鳥事，確實得抽根菸來壓壓驚。

二十分鐘後，多田開著沒有擋風玻璃的發財車返回眞幌市中心，三人進入一家連鎖餐廳的包廂。

「這裡可能是整個眞幌市最安全的地方了。」多田說道。

行天與由良點頭同意。這家連鎖餐廳就在眞幌警察署的正對面，從包廂往窗外看，還可以看見手持長警棍站在警署門口的警察。

「由良大人，你到底幹了什麼好事，差不多該說出來了吧？」

由良依然臉色蒼白，拿著免費續杯的飲料杯子，低著頭不說話。多田忽然感覺一陣疲憊，身體向後一倒，靠在椅背上。桌子底下的擁擠空間裡，多田鬆開了蹺起的二郎腿，改蹺另一隻腳。

「你這小子，害我可愛的小發財變成那副模樣，難道還想繼續隱瞞？」

「你就說一句『幫幫我』吧。」

坐在多田旁邊的行天淡淡地說道：「多田這個人最雞婆，他一定會幫你。」

多田正想頂一句「你才雞婆」，卻聽見由良眞的說了一句「幫幫我」。那聲音非常微弱，幾乎被店內的音樂聲掩蓋。多田默默望向由良。

「我眞的沒想到事情會變成這樣……」

「你先把來龍去脈原原本本給我說清楚。」

由良一聽，眼淚似乎又快掉下來，但他伸出手背在眼角一抹，忍住了悲傷。

「上個月，在我家附近的公園，有個男人走過來，問我有沒有到眞幌車站的公車月票。」

「長什麼樣子？」

「我不太記得，但是很年輕。」

「後來呢？」

「我說有，他就問我要不要打工。他叫我在星期一到星期五，每天傍晚五點半，搭乘從林田町出發的公車。上車後，坐在面向車頭時的右手邊最後一個單人座位。坐下之後，把糖包偷偷貼在座位底下。一天貼一個，不可以被人看見。說完之後，他給了我一個塑膠袋，裡頭全是糖包。」

「你算過總共有幾包嗎？」

「原本總共有五十包，現在剩下二十多包。」

「他給你多少工資？」

「五千圓。」

「太少了吧！」多田與行天同時大喊。

「會嗎？」由良顯得有些不滿。

「這藥頭可眞聰明。」行天一臉佩服地說道。

「拉攏一個小學生，不需要花多少錢，而且還不容易引來懷疑。」

「想買毒的人，只要坐上回程開往向坂社區的公車，就可以拿到座位底下的毒品……」

「等等。」行天在桌面上以手肘拄著臉頰。

「用這種方法販毒，可能會有人根本沒付錢，就上車把東西拿走，不是嗎？」

「應該不可能。」由良說道。

「那個男人曾經警告我，如果我偷懶沒做，他一定會知道。所以我猜想，在我貼完糖包之後，他應該會找人上車監視。」

林田町跟眞幌車站都是公車路線的首站，只要算準時間到公車站牌排隊，就不用擔心座位被別人坐走。

「監視的人該不會也是小學生吧？」

多田本來只是開個玩笑，沒想到由良竟然一臉認眞地點頭說道：

「或許吧。我搭的那班公車抵達眞幌站的時間，剛好是補習班的前一個班級上完課的時間。那家補習班每天都會有各年級的小學生從裡頭走出來，搭乘公車回家。」

「你的意思是說，每天會有像你一樣的打工小學生，坐在貼了毒品的座位上？他們可能會以暗號之類的方法，確認客人的身分。等到小學生下車後，客人就可以坐上那個座位，取得底下的毒品？」

行天將毒品交易的流程從頭到尾說明了一遍。

「眞虧那藥頭可以想出這麼邪門的手法。」

多田啜了一口煮得濃稠的咖啡。「沒想到昨天由良大人因爲感冒的關係，沒去『打工』。」

「嗯。」

「對方馬上就用非常凶惡的手法來威脅你。」

「嗯。」

「除了『嗯』之外，你沒有別的話要說嗎？臭小子！」

多田大聲斥罵，同時朝桌面重重拍了一掌。由良的肩膀劇烈抖動，店內其他客人都朝這裡望來。

「你可別告訴我，你不知道這不是一般的糖包。」

多田擔心再度吸引其他客人的目光，因此稍微壓低了音量。「一個陌生人問你要不要打工，你就輕易答應了？」

「我知道那糖包一定不是什麼好東西，只是當初覺得很有趣……」

由良的眼眶積滿了淚水。「我會去向警察自首。」

「你先冷靜點。」行天慢條斯理地說道。

「對方知道你的長相，也知道你住在哪裡。就算你去自首，處境還是一樣危險。」

「不然我該怎麼做？」

「把剩下的糖包都給我。」

「等等，你說什麼？」多田插嘴說道。

「行天，你的腦袋在想什麼？」

「我想賺點外快。」

「小心我把你趕出家門。」

多田咂了個嘴，轉頭面對由良。「由良，你聽清楚了。這件事交給我來處理。在我聯絡你之前，你絕對不能踏出家門一步。不管是學校還是補習班，暫時都別去。你媽媽那邊就隨便找個理由搪塞過去，譬如假裝感冒還沒好，你做得到嗎？」

「做得到，反正我媽根本不在乎我有沒有去上學。」

「剩下的毒品都在家裡？」

「嗯。」

「就這樣繼續放著，不要再去碰。」

「我知道了。」

多田開著通風變得極度良好的發財車，送由良回公寓。由良的雙親都已經回到家了。

「我回來了。」由良一邊走進門內，一邊說道。

多田與行天在確定門內傳來扣上鍊條的聲音後，搭電梯回到一樓。

「得先把阿慎找出來才行。」多田說。

「知道了。」行天踏著輕快的步伐，跟隨在多田的身後。

正在後站等待客人上門的海希，看見多田突然在半夜前來打聽事情，還是很樂意於提供資訊，並沒有流露絲毫的不悅之色。

「妳知道阿慎的聯絡方式嗎？」

「他好像換了手機，我不知道他現在的號碼。你很急嗎？」

海希轉頭朝背後氣氛好像不太對勁的平房大喊：「露露！露露！」

「幹什麼？」

露露好像正在忙，但她還是以氣喘吁吁的聲音應了一聲。

「妳知不知道阿慎的電話號碼？」

「不知道啦，我對已經分手的男人沒興趣。」

「好吧。抱歉打擾妳了。」

多田只好轉身離去。或許是那背影太過沮喪，海希趕緊補了一句：

「對了，阿慎大部分的時間，都在箱急百貨公司的後門附近閒晃，我也不知道爲什麼。」

多田回想起上次阿愼被行天戳眼睛，確實是在箱急百貨公司附近。

「謝謝，妳幫了我大忙。」

到了隔天，多田與行天根據海希提供的線索，一整天監視著箱急百貨公司的後門。

在街頭販賣廉價銀飾戒指的白人。向路上的國中生推銷二手服飾店的黑人。將手搭在年輕少女肩膀上裝熟的男性推銷員。手上拿著詭異的問卷調查表走來走去的中年婦人。

眞幌站前的大街上聚集了形形色色的人物，不管是人種還是年齡皆大相逕庭。

多田與行天坐在路旁的花圃邊緣，耐著性子等待阿愼出現。兩人輪流到百貨公司裡頭上廁所，肚子餓了就買圍爐屋的海苔便當果腹。

到了傍晚，就在兩人漸漸不抱希望時，阿愼終於出現在百貨公司後門。

「行天，上！」

多田一聲令下，行天有如發現了獵物的鷹犬，立刻撲了過去。多田心想，搞不好行天其實挺喜歡阿愼這個人。

多田走上前去時，行天正親熱地搭著阿愼的肩膀。「你們又想幹什麼啦？」阿愼哭喪著臉說道。

「想問你幾個問題。」

「爲什麼你們要這樣糾纏不清？」

阿愼反覆吸著鼻子。「我已經照你們的吩咐，跟露露分手了，爲什麼你們就是不肯放過我？」

「停，不准再吸。我不准你浪費大家的空氣。」行天這麼一喊，阿慎瞬間變得安安靜靜。

「最近是不是有個藥頭跑來搶你的地盤？你知道那傢伙的聯絡方式嗎？」

「你們問這個做什麼？」

「你知道嗎？這年頭講究節約空氣。」

行天一威脅，阿慎想也不想便改口：「我知道。」

「那是個很臭屁的傢伙，從來不肯透露交易手法。」

「我來幫你教訓他。」多田拍胸脯說道。

「你把他的名字和聯絡方式告訴我。」

「大家都叫他『星』，我不清楚這是不是本名。他的手機號碼是……這個。」

阿慎從口袋取出手機，在畫面上點開一組電話號碼。多田立刻將那串數字輸入自己的手機裡。

接著多田朝行天使了個眼色，行天放開阿慎。阿慎神經質地整了整凌亂的襯衫。

「你們真的會幫我教訓那傢伙？」阿慎問道。

「放心交給我吧，我在這方面可是高手。」

多田無禮地揮揮手，說道：「你可以走了。」

阿慎離開後，多田立刻撥打星的手機號碼，同時回到花圃邊坐下。鈴聲響到第五次，對方接了電話，聲音聽起來是年輕男人。

「打擾了，我得了糖尿病，請問該吃什麼藥？」多田說道。

「誰？」

一旁的行天露出賊兮兮的笑。

「玩笑話就免了吧。」星以溫和的口吻駁斥道。

「我知道你是跟在那小鬼身邊的便利屋。」

「託你的福，我發財車的擋風玻璃變成了冰糖。」

「我還可以讓你的骨頭變紅糖。」

將耳朵湊在手機旁的行天聽到這句話，興奮地手舞足蹈，直喊著：「讚！讚！」

「星先生，或許我們可以來場交易。」

「我拒絕。」

對方掛斷了電話。多田並不氣餒，又撥打了一次。

「你可別忘了，東西在我的手上。」對方一接起電話，多田立刻出言恫嚇。

「你我都是生意人，做生意最重要的就是信用，對吧？」

「你可別忘了，我知道那小鬼住在哪裡。」星以調侃的語氣說道。

「這我也很清楚。我不想失去客戶，你想拿回糖包，我們有著相同的利害關係。」

「你開條件吧。」

「只要你答應不再找那孩子的麻煩，我可以把剩下的糖包全數還給你。」

「要是我拒絕呢？」

「那我就告訴阿愼，以後搭公車時記得摸摸看座位底下。或許我還會告訴警察，橫中公車是糖尿病的溫床。」

「好，我就饒了那小鬼。」星以帶著笑意的聲音說道。

「但你必須提醒他，不要在外頭亂說話。」

「當然。」

「三十分鐘後，把糖包帶到車站前的市營停車場來。」

「我拒絕。」多田回答得小心翼翼，不讓焦躁顯露在口氣中。

「如果約在眞幌警察署前面，或許我會考慮。」

對方再度切斷了通話，但這次多田並沒有重新撥號。

「你認爲該怎麼把東西還給他？」多田詢問行天的意見。

「你完全沒想過就打電話？」

行天搖了搖頭，露出一臉難以置信的表情。此時手機響起了來電鈴聲。

「星先生，你也未免太沒有耐性了。或許是累了吧？我建議你攝取一點糖分。」

「你想好要怎麼做了嗎？」

星的口氣依然氣定神閒，令人不禁懷疑他是不是躲在某個地方偷看。這種時候先慌了手腳的就會是輸家。多田將一股力氣凝聚在下腹部，勉強自己維持鎮定。此時行天指了指手上的便當店塑膠袋，多田恍然大悟，點了點頭。

「站前的大街上，有一家名叫圍爐屋的便當店。明天中午，你去那裡買十八個海苔便當及二十三個鮭魚便當。」

行天壓低聲音說：「太多了啦！」多田並沒有理會。這大概是唯一能找對方麻煩的機會了。

「領便當的時候，你就會拿到你的糖包。」

「我明白了。」星的口氣平淡到像是在說反話。

「希望以後我們井水不犯河水，互相別打擾對方的工作，便利屋。」

「我也有同感，再見。」

「談妥了？」行天問道。

「嗯。」

多田打電話到田村家，由良似乎等到心焦，電話一接通，多田旋即告訴由良：「我現在去你家，到你家門口會再打電話。在我到之前，任何人按門鈴都別開門。」

眼前的街景已籠罩在夜色之中。多田踩滿油門，全速趕往林田町。就在兩人爲了這件事而東奔西走的期間，晴朗的天氣似乎宣告著梅雨季的結束。沒有下雨可說是不幸中的大幸。

「這小鬼或許撿回了一條命……」

行天坐在副駕駛座，瞇著眼睛承受著迎面撲來的風。「但是其他的打工小學生呢？難道就這麼放著不管？」

「誰管得了那麼多？」

多田握著方向盤，眼睛幾乎睜不開。「你不也說過嗎？遇上那種協助犯罪的人，最好的方法就是什麼也不做。」

「看來你沒辦法成爲正義使者。」

「當然，我經營的是便利屋。」

對於還在讀小學的由良來說，明明沒生病卻把自己關在房裡一整天，似乎無聊到難以忍受。他把一整袋糖包遞給多田，同時說：「我已經看膩那些ＤＶＤ了。」

「明天你就可以去學校了。」

「你看了《龍龍與忠狗》的最後一集了嗎？」行天問。

「看了。」

「一定哭了吧？」

「誰會哭啊，遜爆了。」

由良又變回原本那個高傲又臭屁的少年。

「眞的假的？你當眞沒哭？」

「就這樣吧。由良大人，我們星期一照樣會去補習班接你，知道嗎？」

多田拉著不停碎碎唸的行天走出房間。

「差了一點點就哭了。」由良關上大門之前呢喃說道。

圍爐屋老闆聽了多田的要求，面有難色地說：「多田小老弟，這些糖包……該不會讓我惹上什麼麻煩吧？」

但他一聽到有人會來買大量便當，態度登時一變，二話不說就接下塑膠袋。

「我辦事，你放心。」他信誓旦旦地告訴多田。

事後，多田從老闆口中得知，來買十八個海苔便當及二十三個鮭魚便當的，竟然是兩個讀小學的女生。

但多田畢竟不以正義使者自居，何況多田心裡也明白，繼續蹚渾水下去，恐怕有幾條命都不夠死，因此聽了之後並沒有什麼特別的想法。

行天得知這件事，也只是「噢」了一聲。

到了週末，多田接到由良母親的來電。

「下次接送是最後一次，以後不必再麻煩你們了。」

多田一聽，擔心是不是星在暗中搞鬼，趕緊問：「請問發生了什麼事嗎？」

由良母親的反應依舊冷淡。

「鄰居的太太說，他們家的孩子今後會跟由良上同一家補習班，能夠順便幫我接送由良……爲什麼這麼問？有什麼不對嗎？」

「沒什麼。如果是這樣的話，當然沒問題。」

星期一，兩人與由良見面的最後一天。

由良一如往昔，坐在行天的膝蓋上。

「眞的假的？你們竟然還沒裝擋風玻璃。」

「手頭很緊啦。反正已經進入夏天了，暫時先這樣吧。」

「遜爆了。」由良哼了一聲。

但是車子抵達公寓時，由良遲遲沒有下車。

「你該不會在思考怎麼道別吧？」行天一臉興奮地問道。

「才不是！」

由良遭到取笑，有些惱怒地說：「我只是在思考《龍龍與忠狗》的劇情。」

「噢？哪一段？」

多田與行天抽著菸，等待由良的回應。由良遲疑了好一會，才低聲說：「打從一開始就沒有父母，跟不被父母關心，哪一種比較可憐？」

「你的母親……」

多田說出心中的想法：「並不是不關心你。只是她關心你的方式，可能跟你期望的不同。」

由良默默下了車。搭電梯時，三個人都沒有說話。

來到大門前，多田看著由良打開門鎖，突然說：「由良大人，你認爲那部卡通的結局是好結局嗎？」

「當然不認爲。」由良轉頭說道。

「人都已經死了。」

「我也不認爲。」

多田在由良的面前蹲了下來。「人一旦死了，就什麼也沒了。」

「只要還活著，就有機會從頭來過，對吧？」

由良露出充滿譏諷意味的笑容。

「不，幾乎沒有什麼事情能從頭來過。」

多田垂下了頭，清楚地感覺到站在背後的行天正抓著身上冰冷的部位，凝視著自己與由良。多田再度抬起視線，正眼凝視著由良。

「不管你再怎麼期待，你的父母大概也不可能以你渴望的方式愛你。」

「我想也是。」

由良開了門，毫不遲疑地走了進去。

「由良，你聽我說。」多田抓住由良的手。

「或許你得不到父母的愛，但你還有機會。你可以用你渴望的方式，把你最想得到的愛，給予你最想愛的人。這就是你有的機會。」

由良掙脫了多田的手。多田並不在意，繼續朝著即將關上的門縫說道：「記住我這句話……只要活著，你永遠都有這樣的機會。」

在門完全掩上的前一瞬間，多田彷彿看見由良轉過頭來，對自己輕輕點了點頭。

「眞是精闢又深刻。」行天說道。

「沒想到我竟然會說出這種話。」多田起身說道：「我們回去吧。」

發財車馳騁在夜晚的街道上，行天的沖天炮在風中搖曳。

「唉，換一片擋風玻璃不知得花多少錢。」

「改裝防彈玻璃如何？」

「你要補差價的話，我很樂意。」多田說道。

「你可別忘了，副駕駛座的門板重新烤漆的費用，也會從你的工資中扣除。」

「只要活著……應該能夠還完吧。」行天笑得樂不可支：「總有一天。」

四　跑吧！便利屋

這些都是後來才聽說的事。

那一天，行天原本想要殺人。

偏偏多田這個人，總是後知後覺。

夢境中明明流了淚，醒來時眼角卻無淚水。多田以手掌抹去滿臉的汗珠，在床上坐了起來。

每到炎熱的季節，原本沉睡在內心深處的記憶總會浮上心頭。

街燈的光芒射入深夜時分的事務所，讓整個空間宛如悠游著詭異深海魚的藍色海底。大街上徹夜毫不停歇的喧鬧聲，自敞開的窗戶外頭乘著暖風緩緩飄了進來。

穿梭在事務所前方道路上的一盞盞車頭燈也照進事務所內，彷彿一次又一次舔拭著牆壁與天花板。多田的視線自然而然地追隨著那一條條白光。爲了盡可能提升通風性，分隔會客區與居住空間的掛簾並沒有拉上。在光線的引導下，多田的視線落在沙發上，這才察覺行天並沒有躺著。

多田遲疑了半晌，開口問道：「我吵醒你了？」

只見行天整個人癱在沙發的靠背上，轉頭看向多田。

「熱都熱死了，誰睡得著？」

行天一臉倦懶地點了根菸。「我對你不裝冷氣的理由極度好奇。你可別告訴我，這是某種神奇的修行。」

「沒有錢。」多田直截了當地說。

「貧窮會奪走心靈的寧靜。」

大量的煙霧自行天的口鼻噴出，他完全沒有提及多田在睡夢中呻吟一事。

多田下了床，打開小冰箱，先享受一會空氣的沁涼感，接著取出兩罐啤酒。轉頭一瞧，行天卻已經熄了菸，躺平在沙發上。多田走了過去，仔細觀察行天的模樣。行天一如往昔，身體宛如石菩薩般僵硬不動，緊閉雙眼。小涼被底下的胸口正規律而緩慢地上下起伏。

「這不是睡著了？」

多田低聲咕噥，將一罐啤酒輕輕靠在行天的右邊脖子，打開另一罐啤酒，一口氣喝乾了，重新躺回床上。

這晚，多田沒有再作夢。

隔天早上，行天一邊轉動右側肩膀，說：「不知道為什麼，右肩感覺痠痠的。」

多田心知肚明，那多半是著了涼，但什麼話也沒有說。昨晚那罐沒開的啤酒，早已滾到地上，多田默默以腳尖將啤酒推進會客用的矮桌底下。

「今天的行程……行天，就像我之前說的，看吉娃娃的事情，就交給你負責了。」

吉娃娃的前飼主佐瀨麻里來電，說她要來眞幌找朋友玩，希望順便去見一見吉娃娃的新飼主。

全國的學生都在放暑假。麻里在這時提出要求也是合情合理。永遠處於放暑假狀態的行天，當然立即提出抗議。

「什麼？爲什麼我得一個人帶著小孩去看狗？那你呢？」

「我早上有點事要辦，辦完事之後就要趕去山城町的岡先生那裡。」

「辦什麼事？」

多田毫不理會行天的問題，自顧自地洗了臉、刮了鬍子，穿上剛洗好的T恤。

「露露那邊，我已經通知了。你好好照顧麻里，結束後就回事務所，知道嗎？」

「什麼啦！」行天再次抗議。多田不再理他，離開了事務所，坐進發財車，朝眞幌市郊外的丘陵地帶前進。

蟬鳴，在擋風玻璃外不斷向後流逝的墨綠色樹影，懸浮於蔚藍天空上的那城塞般的雲堆。

夏天再次到來，宛如無論如何逃避都無法擺脫的夢魘。

多田將車開進市營墓園的停車場。輪胎撞開碎石的聲音，與纖細的骨頭遭輾碎的聲音如出一轍。

這陣子是中元節[19]連假，墓園裡到處可見老人以及攜家帶眷的掃墓者。「眞是熱鬧啊。」多田一如往年，腦海浮現了這樣的想法。明明是墓園，卻使用「熱鬧」這樣的字眼，好像不太妥當？類似的疑問，同樣每年都浮現在多田的心頭。但多田實在找不到比「熱鬧」更貼切的字眼，思緒及情感皆呈現空白狀態。

多田登上墓碑林立的平緩斜坡，手上沒有水桶，沒有線香，也沒有鮮花。當然也沒有能夠遮蔽陽光之物，一滴滴汗水自太陽穴流向下巴，濡溼了胸口的T恤。乾燥的墓碑投射在地面的一幢幢黑影，全都指向相同的方向，宛如是擔心多田迷路一般。

多田早已把位置記得一清二楚，根本不需要指引。

多田來到一塊小小的墓碑前。那墓碑是一塊沒有稜角的圓弧狀白色石塊，是多田親自挑選的。墓碑的表面什麼也沒刻，多田要石匠別在上頭刻任何文字。

範圍狹小的墓丘內，野草並不茂盛。插在墓碑兩側的花朵早已枯萎，卻還殘留著幾分原本的色澤。

多田每年只會來這裡一次。但從墳墓的狀況來看，「她」上個月一定來過。不，不只上個月，這個月的明天，以及下個月的明天，這裡多半都能看見她的身影。

多田大致拔除了墓丘內的雜草。遲疑了半晌，決定將枯萎的花也取下。如果可以的話，多田不希望留下任何自己來過的痕跡。每到忌日，她總是會來到這裡，面對心中的罪愆。自己也跟她一樣，永遠沒有辦法將那段過去完全拋開。正因爲如此，多田努力想把自己藏起來，無論如何不想讓她感覺到自己曾經站在相同的地方。

---

19 原文作「お盆」，實際上是由道教的中元節與佛教的盂蘭盆節融合而成，但日本「お盆」的許多習俗又與華人文化的中元節及盂蘭盆節有所不同，翻譯上除譯爲「中元節」之外，亦常譯爲「盂蘭盆節」。

但多田也明白，這種想法不過是最虛僞的謊言，否則自己爲什麼會在確認她經常來到墳前後，感到如此安心？爲什麼要把墳墓整理乾淨，彷彿故意要讓她看見？爲什麼多年來總是把那些老舊的書信，放在沒有上鎖的抽屜裡？

多田已無法判斷，哪一邊才是自己最眞實的心聲。

趕快把那件事忘了吧。那只是一場意外，妳我都很清楚，那件事沒有辦法怪罪任何人。我決定要原諒自己了，我希望妳也這麼做。

多田想要這麼告訴她。但是另一方面，在得知她依然每個月都來掃墓後，多田心中萌生了一股陰沉的雀躍感。

除了自己之外，這世上還有另一個女人，永遠無法打從心底感到幸福。

永遠不要忘記，埋藏在這地底下的小小容器，以及那容器裡的白骨！不管是妳，還是我，永遠都不應該獲得原諒！

多田沒有辦法對著墓碑合十膜拜，或是垂首冥思。只能愣愣地站在墓碑前，直到太陽接近頭頂正上方。

此時，據說行天正前往眞幌站前的南口圓環與麻里會合。根據麻里事後的證詞，行天穿著沒有皺紋的水藍色T恤，頭髮也梳理得整整齊齊。平常的行天，身上總是披著一件洗得皺巴巴的襯衫，頭髮隨時都處於亂翹的狀態。自從理了髮之後，簡直就像奇蹟大變身。或許他認爲這也算是見客戶，所以在穿著打扮上花了一些心思吧。

當初麻里只和行天見過一次面，而且還是在光線昏暗的傍晚時分，但麻里還是一眼就認出了行天。相較之下，行天卻遲遲沒認出麻里，只能站在圓環廣場的人群中，遠遠地看著麻里，不敢輕舉妄動，簡直就像剛被帶進麻里家飼養的吉娃娃小花。根據麻里的描述，當時行天的臉上彷彿貼滿了警戒心與問號。麻里還因爲行天那副表情實在太過逗趣，故意裝傻了一會。

兩個人就這樣站在圓環廣場的兩端僵持不下，陷入了膠著狀態。最後是麻里耐不住性子，朝行天看了一眼。行天這才像是獲得許可命令的狗兒，鼓起勇氣走上前去。

「妳是小花嗎？」行天朝麻里問道。

「小花是吉娃娃的名字。」麻里回答。

接著兩人便並肩走向後站。行天幾乎沒說話，只是配合著小學生的步伐徐徐前進。麻里回憶當時的情況，說行天「雖然是個怪人，但一點也不可怕」。

當然這些都是多田事後才得知的事情。

下午，多田開著發財車抵達位於山城町的岡家。「我再也受不了了。」岡頂著一顆涔涔冒汗的禿頭，向多田抱怨道。

「你知道我上次等了多久公車嗎？二十三分鐘！明明完全沒有塞車，我竟然等了二十三分鐘！我敢打賭，橫中一定偷偷減少了班次！」

這種話爲什麼不直接去對橫濱中央交通公司說？就算要說，爲什麼不趁涼爽的春天或秋天說，偏偏總挑寒風刺骨或暑氣逼人的季節說？何況上次調查公車運行狀況是在過年期間，而現在是中元節連假，爲什麼他就是沒有辦法明白「調查應該要挑平常日」的道理？

多田心中充滿牢騷，但什麼話也沒說，只是默默接下活頁夾。幸好這次不必整理庭院，只需要一直盯著公車看。

多田就這麼頂著大太陽，坐在公車站牌旁邊的長椅上，勉強支撐住逐漸朦朧的意識，默默盯著大馬路。岡的妻子還算有良心，送來了兩公升裝的寶特瓶烏龍茶，以及一頂草帽。多田直接以瓶口就著嘴猛灌，補充水分。所有水分都會變成汗水排掉，所以完全不會想上廁所。

陸陸續續有好幾輛公車停在多田面前，打開了車門。公車司機看見頭戴草帽坐在長椅上動也不動的多田，不約而同地露出詫異表情，半晌後才無奈地關門駛離。接著多田就會將公車到站時間記錄在手邊的紙上。因爲流汗的關係，紙面早已變得凹凸不平。

不知過了多久，一輛從眞幌車站開來的公車，停在大馬路對面。一名母親抱著年約兩、三歲的女兒下了車。那小女孩落地後急著想要往前走，但母親緊緊抓住了她的手。爲了避免發生危險，母親走在靠近車道的那一側。母女倆就這樣手牽著手，往住宅區的方向走去。

多田以模糊的視線凝視著母女的身影。開心閒聊的母女，落在小女孩身上的陽傘陰影，交握的手掌，緩慢前進的步調。

地面的柏油彷彿隨時會被陽光燙焦，透明的波浪在柏油路面的上方微微搖擺。多田感覺到草帽的下方似乎凝聚了大量的熱能，腦門彷彿有一把火在燒。

「呃……我好像看見海市蜃樓了……」

多田獨自嘀咕著。這搞不好是生命瀕臨危險的徵兆，多田才冒出這個想法，下一秒意識已逐漸遠離。

「好像中暑了。」遠方傳來了女人的說話聲。

「你振作點，便利屋！」

耳畔忽然響起老人的呼喊聲，同時多田感覺到有大量的冷水潑在自己臉上。多田吃驚地睜開雙眼，只見岡正瞪著自己，手上抓著一個空水桶。

「醒了？」岡心滿意足地點了點頭。

多田趕緊坐起上半身。或許是因爲昨晚睡眠不足，自己好像躺在站牌旁邊的長椅上睡著了。從太陽掛在天上的位置來看，似乎只過了一下子而已。

「如果不是她們跑來告訴我，你已經被曬成人乾了吧。」

多田朝著岡的手指方向望去，看見了剛剛那對母女。母親的年紀約莫四十歲，臉上幾乎沒有化妝，穿著打扮頗爲樸素，但皮膚乾淨白皙。女兒似乎還不到上幼兒園的年紀，躲在母親的雙腿後方，一雙眼珠不停朝多田窺望。小女孩雖然年紀還小，但有著高挺的鼻樑，看起來聰明伶俐。

母女說她們來到公車站牌，想要搭公車回眞幌車站，發現了倒在長椅上的多田。母親研判多田急需救助及補充水分，於是就近向岡家尋求協助。

「算了，你今天先回去吧。」岡說。

「你要是有什麼三長兩短，人家還以爲我把你給操死了。」

「謝謝，那我今天就先告辭了。」多田心想「人家說的也沒錯」，但沒有多作爭辯。多田站了起來，朝守在一旁的婦人鞠了個躬：「眞的很抱歉，給妳添麻煩了。」

「會不會想吐？」婦人問道。多田搖了搖頭。

「好，我建議你馬上補充水分，最好是運動飲料。同時泡個冷水澡，或是待在有冷氣的地方，讓體溫降低。」

多田正想著「這女人的講話口吻眞像醫生」，一旁的岡已經說了出口：「妳的講話口吻眞像醫生。」

「我是醫生沒錯。」婦人淡淡地說道。

接著她又以完全相同的口吻斥責女兒：「小春，妳別一直拉媽媽的裙子。」婦人所穿的長裙，腰際只以鬆緊帶固定，年幼的女兒拉得太用力，導致裙口下滑，露出了裡頭的內褲。多田和岡趕緊將頭別開，婦人淡定地拉起裙口，彷彿什麼事也沒發生。

多田想到一個人，性格與眼前這個婦人如出一轍。更重要的一點是……她剛剛是不是喊女兒叫「小春」？

多田心中頓時有股不好的預感，而且是非常不好的預感。

但婦人似乎沒有察覺多田的異狀。

「幸好沒有釀成大禍。」婦人說完這句話，轉頭朝向岡的方向。

「不好意思，我想順便打聽一件事。前面不是有一棟很大的舊房子嗎？那戶人家原本應該姓『行天』，但是我今天前去拜訪，門口的姓氏牌已經換了。請問你知不知道原本的行天家搬到哪裡去了？」

果然沒錯！多田在心中暗想。此時名叫「小春」的小女孩忽然指著馬路的遠方大喊：「公車來了！公車來了！」

岡見時間不多，匆匆說道：「住在那裡的老夫妻突然把房子賣了。我記得沒錯的話，應該是去年十二月左右吧。那對老夫妻曾經跟我提過，想要搬到溫暖一點的地方養老，但他們最後搬去了哪裡，我也不清楚。妳是他們的親戚嗎？」

「不是……」婦人說：「謝謝，我們先告辭了。」

公車剛好到站，婦人拉著女兒的手，正準備要上車，多田趕緊說：「行天春彥。」

婦人停下正要踏上臺階的腳步，轉頭望向多田。

「妳想找的人，是不是行天春彥？」

公車司機再度無奈地關上車門，駛離了站牌。

據說這個時候，行天正在露露及海希的家裡，與麻里一起陪著吉娃娃玩耍。根據露露事後的描述，行天其實只是抱著膝蓋坐在房間的角落，但因爲吉娃娃很喜歡逗弄行天，麻里又很喜歡逗弄吉娃娃，以結果來看就等於是行天與麻里一起陪著吉娃娃玩耍。

因爲多田曾再三交代，露露絕口不提自己是哥倫比亞人，當然更沒有說自己是娼妓。但是麻里從公寓的周遭環境、兩個女人同居的狹窄生活空間，以及掛在室內的服裝款式，或許已察覺有些不對勁。剛開始麻里顯得有些緊張，但在吃了露露端出來的冰淇淋之後，緊張感頓時一掃而空。

爲了迎接麻里來訪，露露與海希從好幾天之前就開始準備了。平常兩人根本沒有機會和小學女生接觸。到底該準備些什麼來款待麻里，兩人經過一陣激烈的爭辯，最後的結論是「天氣這麼熱，不然就冰淇淋吧」。

眞幌市內有幾座酪農場。由於位在住宅區內，這些酪農場皆使用不易散發異味的高科技牛舍，牛隻都是在牛舍裡悠哉地吃著乾牧草長大。某天一大清早，露露與海希特地走了一個半小時，到其中一座酪農場買了些「眞幌印特製冰淇淋」。回程因爲擔心冰淇淋融化，她們搭了公車。

靠著這些生乳製成的美味冰淇淋，她們成功讓麻里卸下了心防。冰淇淋的口味有草莓、抹茶、巧克力與香草，依照麻里、海希、露露的順序挑選，行天默默地吃掉了最後剩下的香草口味。吉娃娃不停甩著尾巴，在四人之間繞來繞去。大家都不理會吉娃娃，唯獨行天不敵牠的眼神，以手指掬了一點快溶化的冰淇淋，拿到牠的嘴邊讓牠舔。

「不能給狗吃甜的食物！」海希發起了脾氣。

「這動作好那個喔。」露露說道。

海希立即朝她的腦門拍了一掌。

「好那個是什麼意思？」麻里錯愕地問道。

行天不知如何應答，只好笑了笑。

「我們去便利商店買些茶。」海希說完，帶著行天離開了屋子。露露與麻里一邊陪著吉娃娃玩耍，等待兩人回來。

正當露露與麻里疑心為什麼兩人還沒有回來時，行天與海希終於回來了。由於海希的臉色很不好看，露露立刻就猜到一定發生事情了。但因爲麻里在場，露露不方便多問。行天還是那副讓人捉摸不透的表情，手上拎著塑膠袋，袋裡放著三大瓶兩公升裝的寶特瓶茶。

「想喝什麼儘管開吧。」行天先讓麻里挑選茶。

「便利屋的朋友雖然有點冷冷的，但是個性很溫柔。」露露如此形容。

當然這些都是多田事後聽來的。

多田站在便利商店裡消了消暑氣，買了瓶寶礦力水得，回到發財車上。自稱三峯凪子的婦人抱著女兒小春，坐在副駕駛座上，看著多田所給的名片。

「原來你經營的是便利屋？眞是沒想到。」凪子說道。

「比較像是拉麵店嗎？」多田問道。

凪子保持沉默，沒有回答這個問題。多田調整了冷氣出風口的方向，避免冷氣的風直接吹在小春身上。

「總之先到我的事務所去吧。」

多田打了方向燈，朝眞幌車站的方向轉動方向盤。

開了一會，凪子陡然冒出一句：「抱歉，我不太明白你剛剛那句拉麵店的意思。」

多田幾乎嚇傻了。難不成在這段沉默的時間裡，這女人一直在思考這個問題？不愧是行天看上眼的女人，幾乎就跟行天一樣古怪。多田心想，這種時候就算說「不用放在心上」，肯定也沒辦法讓她釋懷，於是反問道：「妳剛剛說沒想到，是有什麼特別的原因嗎？」

「因爲阿春他……」

「阿、阿春？」

「啊，我指的是行天。我習慣這麼稱呼他，所以一時脫口而出……這樣叫很奇怪嗎？」

凪子的口氣帶了幾分靦腆，簡直像是少女在聊天時提及自己的表哥。多田幾乎不敢相信自己的耳朵。

「不、不會呀。」這好像是唯一能選擇的答案。

「阿春他……」，凪子接續了剛剛的話題：「討厭做任何勞累的工作。便利屋這個工作應該很需要體力吧？」

「唔……是沒錯。」

多田心裡想著，難怪那傢伙從來不做任何需要耗費體力的事。

「而且我沒有預料到他會有像你這樣的朋友，這一點更是讓我意外。」

「其實也稱不上朋友，只是因爲一些機緣巧合……」

多田說得吞吞吐吐。原本乖乖坐在凪子膝蓋上的小春，或許是因爲想睡覺的關係，突然抽抽噎噎地哭了起來。凪子抱起女兒，在她背上輕拍。小春將臉緊靠著母親的脖子，閉上了眼睛。

這個女人就是行天的前妻，而她懷裡的小女孩，是行天的女兒……或許是因爲中暑的症狀還沒有完全消失，多田感覺腦袋深處異常鈍重且隱隱作痛。眼前這個女人與行天到底適不適合當夫妻，多田也說不出個所以然來。畢竟天底下要找到像行天這樣不適合走進家庭的男人，恐怕也很困難。但是另一方面，行天又像是一尊風獅爺的塑像，不管擺在哪裡似乎都不會太突兀。

凪子似乎是個可以忍受沉默的人。交談的話題一結束，車內立刻陷入一片寂靜。多田一方面煩惱於找不到話題，另一方面也隱約能明白行天爲什麼會突然變得那麼多話，簡直像脫胎換骨了一樣。凪子這個女人雖然外觀及說話的口吻都低調而平淡，卻散發出一股讓人感到莫名緊張的氛圍。

多田不想吵醒小春，壓低了聲音問：「行天或許已經回事務所了，要不要打電話看看？」

「不必了。」凪子說。

「阿春要是知道我來眞幌，搞不好會躲起來不想見我。」

這次輪到多田陷入沉默。看來家家有本難唸的經，就算離了婚也一樣。

傍晚的風，不斷自事務所的窗外灌入。

小春躺在行天平日睡覺的沙發上，蓋著小涼被睡著了。凪子坐在小春的腳邊，喝著即溶咖啡。多田坐在對面的沙發上，看著眼前這對母女，內心著實有些忐忑難安。

「那傢伙眞慢，不曉得跑去哪裡鬼混了……」

凪子聽見多田的牢騷，抬起了原本正在喝著咖啡的臉龐。多田感覺像在遭受指責，趕緊解釋：「是這樣的，我請行天幫我帶一個小學女生去找一條狗……」

這樣的解釋，恐怕沒有辦法讓凪子明白到底是怎麼回事。而且印象中，行天好像說過他從來沒見過自己的女兒。在這種情況下，自己卻說出「小學女生」這種字眼，或許實在是有一點思慮不周。多田越想越是迷惘與錯亂，自顧自地慌了手腳。

「看來阿春眞的變了。」凪子將杯子放在矮桌上。

「他以前很討厭小孩。」

「我想他現在應該還是討厭。」

多田說完才驚覺失言，趕緊補救：「不只是他，我想絕大部分的大人都不喜歡小孩。」

凪子撫摸著沉睡中的春子那圓滾滾的小腿。

「他很害怕孩子。因爲他永遠忘不掉自己在當孩子的時候，受過多少折磨，吃過多少苦。」

多田並不明白凪子這句話是什麼意思。但是在行天不在場的時候談論他的事，總是讓多田感覺過意不去，多田在事務所內左顧右盼，想要找其他話題來聊，偶然間注意到了小春的睡相。

閉著雙眼，睡得如此安詳。

「她跟行天好像。」

這句話不僅是多田的眞實想法，同時也是預期了天下父母心的場面話。沒想到一說出口，多田才發現自己似乎又說錯話了。

「是嗎？」凪子淡淡地回應道。

那口氣除了懷疑，甚至還包含了一點「絕對不可能」的質疑。多田不由得大感狼狽。難道這小女孩不是行天的孩子？

「我看我還是聯絡行天看看吧。」多田說。跟這女人繼續對談下去，實在是太累人了。

「我知道他現在在哪裡，應該可以聯絡得上。」

沒想到凪子的回答依然是那句「不用了」。

「我跟阿春見面，其實是違約的行爲。」

「違約？」

多田登時感到一頭霧水。又不是好萊塢明星，夫妻之間怎麼會有「違約」這種事？此時小春忽然爬下沙發，眼睛依然半開半闔，嘴裡低聲說著「尿尿」。多田趕緊告知廁所的位置，凪子於是帶著小春走向掛簾的後頭。

就在這個時候，事務所的電話響起，來電者正是行天。

「你在哪裡？」多田問。

「這我不能說。」行天回答。

多田隱約聽見電話另一頭傳來車站的廣播聲，而且那廣播聲聽來並不是眞幌車站。多田不禁大感納悶。明明叫他帶小女孩去看狗，怎麼會跑到莫名其妙的車站去了？爲什麼這傢伙總是沒有辦法好好完成交代的工作？多田不禁有些惱怒，但此時只能暫時忍下來。

「阿春啊……」多田低聲說道：「快回來吧。」

話筒另一頭傳來短暫的沉默。

「凪子來了？這是怎麼回事？」

「你問我，我問誰？對了，你女兒也來了。你快給我回來搞定這件事。」

「這可眞傷腦筋。」行天的口氣聽起來一點也沒有傷腦筋的感覺。

「我這邊遇上了一點小麻煩，回去時可能已經很晚了，你先幫我問問看她有什麼事吧。」

「喂！你該不會是想逃避吧？」

「先這樣吧。」行天掛了電話。

多田氣呼呼地放下話筒，這才驚覺凪子正無聲無息地站在自己身後。

「阿春打來的？」

「嗯。」

知道了啦，多田在心中喊道。這種尷尬到讓人快要窒息的感覺，就像是放學後跟一個腦筋頑固的女教師在資料室裡頭單獨相處。

「行天說他今天會比較晚回來。如果妳有什麼話想要告訴他，我可以代為轉告。」

凪子似乎說了一句什麼話。但此時多田正處於努力為自己找藉口的狀態，因此沒有仔細聽清楚。「我剛剛那句話，可不是繞著圈子暗示妳快走，千萬不要誤會……」多田想到這裡，才猛然回過神來，問道：「抱歉，妳說什麼？」

「阿春說了『回來』這兩個字？」

「嗯。」

凪子的臉上第一次露出微笑。她拉著女兒重新回到沙發坐下。小春每次和多田四目相交，總是會露出羞赧的笑容，把整張臉緊貼在凪子手臂上。多田不禁有些懊惱，冰箱裡沒有適合小春喝的飲料。

「我要對阿春說的話很簡單，請你告訴他，以後不要再匯錢給我了。」

「好。」多田應道。

從剛剛到現在，自己對她說的話，幾乎不是「嗯」就是「好」。但比起這個，更令多田吃驚的一點，是行天竟然還給前妻匯錢。一天到晚抱怨自己的工資像「小學生的零用錢」的行天，到底是哪來的錢匯給前妻？

難道那傢伙私底下在做什麼不可告人的生意？難怪他剛剛說「遇上了一點小麻煩」。

「每次都只有三、五千。」凪子似乎察覺到多田的疑惑，趕緊解釋。

「有一次甚至只有八百五十圓。」

「這金額未免太……」

「但他每個月一定會匯一筆錢給我。」

眞的是「小學生的零用錢」。爲了匯這種小錢，還要負擔匯款手續費，多田越想越覺得這實在有點愚蠢。

「去年年底阿春匯了一大筆錢給我，但是到了今年，他匯給我的都只有一點點。我擔心他是不是出了什麼狀況，打電話到他上班的地方。一問之下，他同事才說他突然離職了。」

多田心想，那時行天確實已經住進事務所。行天的遭遇之謎，如今正在逐漸明朗。

「行天從前做的是什麼樣的工作？」

「你不知道？」

「三峯小姐，或許妳有些誤會，我跟行天稱不上是朋友。」

多田在沙發上挺直了腰桿，認眞地說道：「我根本不清楚他從前過的是什麼樣的生活。只是因爲一些機緣巧合，莫名其妙他就住進來了。」

多田忍不住想抱怨自己被行天糾纏的慘況。但凪子接著問：「你很在意阿春過去的人生遭遇？」多田聽到這個問題，不由得愣住了。

我很在意那傢伙的人生遭遇嗎？多田捫心自問。沒錯，我確實有點好奇。但好奇是人之常情。任何人遇上一個從來沒見過自己的孩子，還被年紀至少比自己大五歲的前妻喚作「阿春」的男人，多少都會對其過去的人生遭遇感到好奇。

「畢竟我是他的雇主，當然會有些在意。」多田做出了這樣的結論。

「阿春原本在一家藥廠工作。」凪子說道。

這個業種遠比多田原本預期的要穩健、務實得多，又讓多田吃了一驚。不過多田轉念又想，不管凪子說出口的是什麼，光是「行天曾經認眞工作過」這一點，就已經夠讓人吃驚了。沒想到凪子接下來說的話，更是讓多田聽得瞠目結舌。

「他是業務員。」

「什麼？」

「『什麼』是什麼意思？」

「沒什麼，我只是合理懷疑這家藥廠是不是故意想倒閉。」

「他雖然是業務員，但不負責賣藥，而是負責蒐集血液。」

「蒐集什麼？」

「具體來說，就是到各大醫院，拜託病患提供血液。我是內科醫師，就是在那個時候認識了阿春。」

多田的腦海浮現了行天拿著裝有血液的試管，徘徊在醫院走廊上的畫面。

「爲什麼要蒐集血液？」

「用來進行分析，研發新藥物。」

「噢……」

除了「噢」之外，多田眞的不知道該說什麼才好。

「但是要取得病患的血液並不是件容易的事。這些病患既然住在醫院裡，當然是生了病。生了病的人哪會有餘力去管那些與自己無關的事？而且他們每天都必須接受很多檢查，一天到晚要抽血，在這種情況下，很少有人會願意把自己的血液提供給藥廠進行研究。」

「確實有道理。」

更何況負責索討血液的那個人，還是行天。每個病患都會擔心那傢伙可能會不小心把血液灑在地上，或是把血液當成精力增強劑偷偷喝掉。

「蒐集血液的工作，做得還算順利嗎？」

「非常不順利。」凪子嘆了一口氣。

多田心想，果然不出所料。

「他很快就被轉調到一家公共研究中心。」

多田不禁想，這明明是可以預期的結果，爲什麼不打從一開始就這麼做？

「他被分配到針對血液樣本進行病理研究的研究室。後來我回研究所攻讀博士，因爲教授的要求，經常進出那家研究中心。我們在那裡重逢，後來就結婚了。」

「最後面好像省略了很多東西？」

瓜子的臉頰染上一抹紅暈。就在這時，小春突然喊了一聲「熊熊」，瓜子於是從提包裡取出一隻針織布材質的兔子布娃娃，遞給小春。

「這布娃娃看起來不太像熊。」多田朝小春說道。

「它是一隻名叫熊熊的兔子。」瓜子代替全神貫注抱著布娃娃的小春說。

「我很想要小孩。但我年紀已經不小了，再加上工作忙碌，就讀研究所那段期間是我最後的機會。」

瓜子看著女兒。小春正認眞地抓著布娃娃的手腳動來動去。

「阿春答應要幫我這個忙。」

這段話還是省略了很多東西。沒有說明淸楚的部分，像一團模糊的東西懸浮在空氣中。多田雖然有這樣的感覺，但沒有繼續追問。內心有股非常想要抽菸的衝動，但總不能當著幼童的面吞雲吐霧。

「行天怎麼還不回來……」多田說道。

「既然阿春說會回來，他就一定會回來。」瓜子再度露出微笑。

「多田先生，小春是靠人工授精出生的孩子。」

「什……什麼？」

「我有一個伴侶，一起生活很多年了。但是現在的日本，只要不是具有婚姻關係的男人與女人，就沒辦法接受不孕症治療，也沒有辦法收養孩子。爲了這件事情，我和伴侶非常煩惱。

我們曾經考慮過，乾脆由我們其中一方，隨便找一位男性發生關係，就可以有孩子了。雖然這也是可行的做法，但我們眞的很不想這麼做。阿春得知了我們的狀況，答應幫忙……我這樣說，你明白我的意思嗎？」

凪子滔滔不絕地說了這一長串，多田一時反應不過來，只能在腦中慢慢咀嚼。凪子剛剛確實說的是「由我們其中一方」……而且行天從前也曾說過「那檔事我從來沒幹過」。

「我明白了……」

多田說出這句話時的表情簡直像剛吞下一條蛇。或許是表情太過古怪的關係，小春停下了遊玩的動作，一臉迷惘地仰望著多田。

「可是……爲什麼選上行天？」

說出這句話的前一秒，多田勉強拿掉了「偏偏」這兩個字。

「阿春像水，你不認爲嗎？」

凪子這句話說得詩情畫意，簡直像在朗讀詩篇。「在某些人的眼裡，他宛如暴力的奔流；在某些人的眼裡，他宛如冷冽清澈的湧泉。水可以呈現出各種不同的風貌，可以帶來各種不同的元素。就像生物不能離水而居，即便未來再也沒有相見的一天，阿春還是我們無可取代的好友。所以我將女兒取名爲『春』。這對我們來說，是意義非常重大的名字。」

行天對眼前這個女人來說，無疑是希望之光……多田不禁大受感動。原來在這世上，有人將行天的名字視爲希望的代名詞。有人帶著喜悅之心，擁抱及養育一個與行天有著相同名字的小女孩。

「為什麼要告訴我這些？」

「雖然我跟阿春僅止於表面上的婚姻關係，但我們還是一起生活過。在那段日子裡，他從來不曾使用過『回去』或『回來』這樣的說法。我和伴侶要他『把這裡當自己的家就行了』，但每到要回家的時候，他總是會問：『我也可以一起去嗎？』就算是他自己租的公寓房間，在他眼裡似乎也只是晚上睡覺的地方。」

多田聽到這裡不禁暗想，凪子似乎過度膨脹了自己與行天之間的關係。如今兩人雖然一起生活，但自己與行天並沒有太多交集，沒有必要深入瞭解彼此，生活當然也沒有什麼樂趣可言。現在的自己，只是剛好滿足於這樣的生活環境而已。行天想必也是如此吧。即便是野獸，也會把什麼都沒有的洞窟當成自己的巢穴。

想到這裡，多田決定問出一個自己心目中最在意的問題。

「行天他……是男同志嗎？」

「這我不清楚，但應該不是吧。」凪子斬釘截鐵地說：「阿春只是不喜歡做愛而已，不管是跟男人還是女人。」

「難道他喜歡……跟人類以外的動物……」

「多田先生，你眞是個怪咖。」凪子哈哈大笑，轉頭對小春問了一聲：「對吧？」

小春當然聽不懂剛剛的對話是什麼意思，卻也應了一句：「對吧？」多田的內心不禁有些受傷。如果是被其他人這麼說也還算了，竟然被感受、想法及行爲模式都偏離常識的凪子喚作「怪咖」，簡直是奇恥大辱。

「基於健康或思想之類的理由而必須克制欲望的人很多，這並不是什麼稀奇的事情。」凪子說。

「妳的意思是說，行天可能有病，或是信仰某種宗教？」

「就我所知，都沒有。」

凪子端起咖啡杯，從沙發上站了起來。「我剛剛不是說了嗎？阿春討厭做任何累人的事……謝謝招待。」

多田送凪子母女到箱急線的眞幌車站，一路上緩步而行。

「研究中心裡沒有人知道阿春跟我結婚。我依照合約的規定，在請產假期間就與阿春離婚了。生下小春後，我回醫院工作，一次都不曾再與阿春見面。阿春每個月都會匯錢給我，但我和伴侶都有工作，基本上不缺錢。我好幾次打電話教他眞的不用再匯錢，但他總是笑著應了聲『嗯』。我和伴侶不想再違拗阿春的心意，決定把阿春匯來的錢存起來留給小春。」

「那爲什麼現在又決定要行天別再匯錢？」

凪子沒有立刻回答這個問題，似乎陷入了沉思。多田忽然感覺到手掌傳來一陣暖意，低頭一看，原來是小春握住了自己的手指。只見她一手拉著凪子，一手拉著多田，彷彿這是理所當然的事情。多田不禁瞇起了雙眼。看來她們一家三人平常都是這麼一起走路。雖然並不是一般人眼中的正常家庭，但肯定是個幸福的家庭。

「阿春的父母不知用什麼方法查到我的電話號碼，一再打來說要把小春接回去。我無計可施，只好找阿春幫忙。阿春叫我們不必擔心，說他會想辦法說服父母……我記得那是去年十一月的事情。」

空氣中瀰漫著可麗餅與烤肉串的氣味。剛入夜的眞幌站前整條街道上，充塞著一股幾乎讓人窒息的熱鬧氛圍。

「後來阿春的父母沒再打來。但我也聯絡不上阿春，只知道他辭去了工作。阿春匯給我的錢越來越少，這樣的情況持續了大約半年。我和伴侶最後得出結論，那就是阿春的生活可能陷入了困境。所以我決定鄭重地告訴阿春，眞的不用再匯錢給我了。我聽說阿春的老家在眞幌，所以用電話簿查出了他老家的電話。畢竟『行天』這個姓氏相當罕見，要查出電話號碼並不困難。我想要向他的父母問問看，他現在到底在哪裡。」

「沒想到他老家的電話竟然打不通？」

「我急得不得了，擔心事情已經演變到無可挽回的地步。」

多田覺得未免有些杞人憂天，凪子的表情卻相當認眞。

「我眞的非常害怕，因爲阿春常說：『爲什麼天底下有很多把孩子虐待致死的父母，卻很少有孩子把虐待自己的父母殺死？』我越想越覺得一定發生什麼可怕的事情了。我懊惱自己沒有早一點想到這個可能性。今天終於能向醫院請一天假，就下定決心帶著小春來眞幌。」

多田回想起當初與行天重逢的那晚，行天說著「老家住著我完全不認識的人」時的那個表情。接著又回想起行天使用暴力手段對付阿愼時，那種彷彿早已習慣暴力行爲的感覺。

「多田先生，請問你是在哪裡認識阿春？」

「我跟他本來就是高中同學。後來我們重逢的地點，就是今天遇上妳的公車站。時間是在今年的過年期間。」

「那個時候……阿春可能正在考慮殺死父母。就算沒有殺死，至少也會痛打一頓。」

小春或許走累了，在馬路中央蹲了下來，凪子轉身將她抱起。

「但是阿春的父母當時似乎已經逃走了。」

「眞的是好險。」多田說道。

「沒錯，眞的是好險。」凪子也跟著說道。

「多田先生，眞的很謝謝你。」兩人走到看見車站時，凪子轉頭對多田說。

「剛剛你不是說我女兒很像阿春嗎？我是眞心希望她能夠像阿春……不管是長相還是性格。」

多田雖然心裡想著「那可不太妙」，但畢竟沒有必要貶低凪子心目中的行天，因此只是點頭說了一句：「我明白。」

在凪子購買車票的時候，多田幫忙抱著小春。孩子的身體比想像中更重。小春雖然乖乖地被多田抱著，但視線還是隨著凪子移動。

「有了小春之後，我眞的非常幸福。」

凪子從多田的手中接過小春，並將一張寫著聯絡方式的便條紙交給多田，理由是阿春一定早就把她的聯絡方式忘得一乾二淨。

「小春讓我們深深感受到，眞正的愛並不是『施予』，而是與對方共享『想要愛對方』的心情。」

多田完全不知道該說什麼才好。從前自己似乎也有過類似的感受，但是對現在的自己來說，一切都像是根本不存在的海市蜃樓。

通過檢票口，凪子轉過身，輕輕舉起懷裡的小春的手朝著多田揮了揮。

「請幫我轉告阿春，隨時歡迎他打電話給我。」

「好，我也會勸他別再把零錢匯給妳。」

凪子一聽，登時笑得樂不可支。多田這時才察覺，凪子是個很美的女人。

「另外還有一句話，也請幫我告訴他。」凪子說：「千萬不要踏進『另一邊的世界』。就這樣，再見了。」

多田一直站在原地，直到凪子的身影完全消失在人群之中。直到確認凪子絕對聽不見，多田才輕輕應了一聲：「好，我知道了。」

多田與行天的心中存在著非常相似的空洞感。這股感覺從來不曾從胸中消失，而且有如一頭緊盯著獵物的猛獸，隨時會喚醒心中那些無可挽回的回憶、得不到的回憶，以及失去的回憶。但是凪子告訴多田，絕對不能踏進另一邊的世界。無論如何一定要克制住自己。

那天晚上，在那公車站牌處，行天是否因爲遇見我，心境產生了某種變化？多田試著這麼問自己，但是最後得到了否定的答案。那潛藏在深淵之中的靈魂，是永遠無法見到陽光的靈魂。多田不認爲那靈魂有機會獲得救贖。

走回事務所的路上，多田不停地思考著。唯一可以確定的，是行天曾經讓他人獲得幸福，而我並沒有做到這一點。

對多田來說，這是非常漫長的一天。不僅歷經了掃墓及中暑昏厥，還從行天那名義上的前妻口中聽到了不少祕密。多田來到事務所門前，將鑰匙插入鑰匙孔內，轉動。本來打算要開鎖，卻反而把門鎖起來了。多田愣了一下，內心暗想，難道行天回來了？於是多田再度轉動鑰匙打開門鎖，踏入門內。沒想到在事務所等著自己的是完全沒有預料到的客人。

多田這才驚覺，漫長的一天還沒有結束。

這些都是後來才聽說的事。

海希最近有個煩惱，她被一個古怪的小混混看上了。

那個小混混自稱姓山下，年紀似乎才二十出頭。剛開始他只是抱著走馬看花的心態來到後站。

在如今這個時代，後站的娼妓們依然堅持在破舊的長屋內接客，有些尋芳客將這樣的特殊經營模式視爲一種「花柳界的角色扮演遊戲」。偶爾會有男人基於好奇心，抱著「不曉得會遇上什麼樣的醜八怪」的心情踏入後站，並將這個壯舉視爲自己的豐功偉業。山下正是其中之一。

在海希眼裡，這男人就是個蠢蛋。

每天在長屋裡「上班」的女人們，如同一群無法享受社會保障的業務員。上下班採輪班制，收入多寡主要看業績。雖然營業額會被黑道幫派抽去一大部分，但只要業績夠好就可以領到分紅獎金。爲了在激烈的競爭世界中獲得勝利，這裡多的是年輕貌美的下海女子，而且環肥燕瘦任君挑選。

像露露這樣臉上濃妝豔抹，身上穿得花枝招展且有一點年紀的娼妓，在這裡其實是異類中的異類。當然這樣的看法露露是絕對不會同意的。露露能夠在後站的夜世界裡存活下來，靠的是聰明的腦袋、完全看不出年齡的姣好身材，以及熟練的技巧。

山下這種客人是海希最討厭的類型。這種人來到後站，多半只是想要做一點跟平常不一樣的事情，好在朋友面前說嘴。但是見到小姐之後，他們卻會隨口胡謅出一些煞有其事的理由，把兩人的關係形容得錯綜複雜。等到辦完該辦的事情後，他們就會拍拍屁股走人，將剛剛說的話全忘得一乾二淨。

海希只希望永遠不要再看見這個糾纏不淸的男人。二十分鐘兩千圓，這既是海希的價碼，也是海希眼中這些男客的價值。海希實在不明白，這麼淺顯易懂的道理，爲什麼山下會不懂？

據說兩人第一次見面時，海希坐在長屋門口的椅子上，山下朝她走了過去，臉上帶著若有似無的微笑。當時海希滿腦子只想著明天得去買吉娃娃的便溺紙墊。

自從那次之後，山下就經常來找海希。所有男客最愛問且最讓女生厭惡的問題，他全都問過一遍。例如妳的老家在哪裡、妳從什麼時候開始下海幹這行等等。海希總是隨口敷衍，暗想二十分鐘怎麼還不趕快結束。

後來山下開始對海希說些「我喜歡妳」、「要不要一起出去玩」之類的話，有時還會露出賊兮兮的眼神，要求在二十分鐘之內做第二次。到了這個地步，海希終於決定要想辦法對付這個男人。海希先拜託了幫派內的監視人員，設法摸清楚山下這個人的底細。

不久之後，海希就得知山下是在「星」底下辦事的一名小混混。「我已經幫妳跟星稍微反映過了，星應該會處理，妳不用擔心。」監視人員如此告訴海希，海希當然沒有全盤相信。每次見面時，海希還是隨時注意著山下的一舉一動，以免他偷偷在保險套上頭塗抹什麼奇怪的藥物。

山下以客人的身分出現在海希面前的頻率確實降低了，但取而代之的是他開始做出跟蹤的行徑。不管是工作完要回家的時候，還是出門遛狗的時候，海希都會感覺到有一股視線，自陰暗處朝自己的方向投射過來。海希原本告訴自己應該不會有這種事，多半是自己的錯覺。但後來發生一件事，讓海希確信並不是自己想太多。

某天早上，海希及露露所住的公寓房間門口，竟然被人擺了十個用過的保險套，而且排列得整整齊齊。

「哎唷！」露露輕呼一聲，戴上橡皮手套，把保險套撿起來丟進塑膠袋裡。接著她以水桶裝了一些水，將門口沖洗乾淨，並且把塑膠袋的袋口綁緊，拿到垃圾場丟掉。

「妳想得到誰可能做這種事？」露露詢問海希。

「我大概知道是誰。」海希說出事情的原委。語氣中流露出憤怒、噁心與驚恐，差一點就掉下了眼淚。

「不要理那種人。」露露聽完後斬釘截鐵地說。

「如果他太過分，我們可以找便利屋幫忙。」

據說露露還拿出三萬圓，交給海希。「如果真的有危險，就用這個錢搭計程車逃走吧。」那是露露好不容易才存下來的錢。海希決定恭敬不如從命，暫時收下那筆錢，內心充滿感激。

露露與海希就是在這樣的狀況下，以最真誠的心意迎接了麻里與行天。

四人度過了一段快樂的時光，但是當海希與行天一起去便利商店買茶的時候，遇上一件令她不寒而慄的事情。海希在便利商店裡偶然抬頭，竟看見山下站在玻璃外的馬路對面直盯著自己。過去山下糾纏海希都只是躲在暗處，從來不曾像這樣大剌剌地顯露身影。

「怎麼了？」行天拿著寶特瓶來到海希的身邊，見海希臉色發白，納悶地問道。

「有人在跟蹤我。」海希垂下頭，不敢與山下對上眼。

「噢，那個男的？」

行天低聲嘀咕了一會，忽然摟住海希的肩膀。「我們故意惹他生氣。」

海希嚇了一跳：「喂，你別胡亂刺激他，那個人眞的不太正常。」

「要幹掉蟑螂，就得先把蟑螂從冰箱底下引出來！」

據說當時行天提出了這樣的主張。海希說她完全無法理解，多田也深有同感。

行天就這麼摟著海希的肩膀，走出便利商店。通過妒火中燒的山下面前時，行天還故意大聲說：「今天我陪妳出勤。」

事實上長屋並沒有陪伴出勤[20]的制度，但海希並沒有說破。山下氣得彷彿隨時要撲上來，海希看得心底直發毛。

聽說後來行天將麻里送到站前的公車轉運站去搭車。麻里喜孜孜地告訴行天，今天晚上會借住在好朋友阿忍的家裡。送麻里上車後，行天就回到露露與海希的公寓。海希不想讓露露多擔無謂的心，所以沒有告訴露露詳情。

「你們兩個什麼時候變成這種關係了？」露露一邊化妝，一邊調侃兩人。

海希沒有多說，帶著行天前往長屋。經過彎道的時候，兩人淸楚地看見山下緊緊跟在後頭，眼神彷彿想要將兩人生吞活剝。

行天一踏進長屋的房間，立刻下達指令：「來吧，叫大聲一點。」

行天的口氣簡直像是色情片的導演。海希看時間差不多時，眞的喊了起來。才喊沒兩句，就聽見山下在格板門上猛敲，同時以口齒不清的聲音大喊：「混帳東西！海希是我的女人！」

「是哪個傢伙在打擾我拍片？」

行天咕噥一聲，倏地拉開格板門，將山下拉進房內，接著又迅速將門關上。「你說誰是誰的女人？再說一次看看吧！」

據說當時行天的說話口氣，讓人聯想到貼在手掌上的寒冰。

行天嘴上說「再說一次看看」，卻完全沒給山下再說一次的機會。他揪住山下的領子，朝著臉上就是一拳。濃稠的鼻血大量灑在夯土地面上，但行天不知使用了什麼樣的揍人技巧，拳頭竟然完全沒有撞上山下的門牙，所以手背連一點傷都沒有。海希見了這一幕，登時停止了嬌喘，驚愕地看著簡直像變了一個人的行天，完全不敢插手干預。

「我說你啊……」

行天正要發話，忽想起不曉得眼前這個男人叫什麼名字，轉頭望向海希。「山下。」海希說道。

「我說你啊，山下。讓我看看你有多愛海希吧。我隨時都在真幌，哪裡也不會去。」

行天一放手，滿臉鮮血的山下有氣無力地坐倒在地。

20　原文作「同伴出勤」，指酒家女在客人的陪伴下進入酒店上班，通常客人必須支付額外的費用，而對酒家女來說，這也是業績的一部分。

「海希，我帶妳出場。我們去橫濱如何？」

這裡根本沒有出場制度。海希心想，但同樣什麼也沒說，默默奔向行天。山下伸出手想抓住海希的腳踝，海希甩開他的手，跟著行天走出長屋。

附近的娼妓們或許是聽見了不尋常的聲響，全都聚集在門口。海希朝其中一人說：「拜託幫我聯絡露露。」值班期間離開崗位可能會惹上一些麻煩，但露露應該有辦法幫忙擺平。

行天摟著海希的腰，慢條斯理地走在後站的巷道內。山下竟然沒有追上來，或許是還站不起來吧。兩人搭上開往橫濱的八王子線列車，行天才將手從海希身上移開。

「現在要怎麼辦？」海希問。

「妳有錢嗎？」行天問。

海希隨身的提包裡，放著露露給的那筆錢。

行天見海希點了點頭，說：「那太好了，我身上沒什麼錢。既然妳有錢，就暫時別回眞幌，去別的地方避避風頭吧。」

「那你呢？你對山下說了那種話，他一定會守在眞幌車站等你。」

「我只要想辦法讓他鬧出一點事情，等到他被警察逮捕，妳就安全了。」

「你爲什麼要爲我做這種事？他搞不好會把你殺了。」

「妳要是有什麼三長兩短，吉娃娃的飼主就只剩下哥倫比亞人，到時候吉娃娃的飼料難保不會被摻入白粉。這麼一來，我肯定會挨罵。」

據說在這一刻之前，海希一直以為行天幫她是因為對她有意思。但見了行天的眼神，海希才明白行天只是不在乎一切而已。行天根本不在乎海希，不在乎吉娃娃，甚至也不在乎自己的安危。

大約三十分鐘後，海希與行天一抵達橫濱車站，立刻前往綠色窗口[21]確認時刻表。

「出雲號臥鋪列車！妳就搭這班到鳥取縣去吧。」行天告訴海希。

「為什麼要去鳥取縣？」海希問。

「因為那裡有沙漠。」行天說道。

鳥取縣沒有沙漠，只有沙丘。海希心裡這麼想，但並沒有出言訂正。

「總之妳快上車吧。要是山下追到橫濱來，可就不太妙了。」

行天買了最便宜的票交給海希：「妳先搭慢車到靜岡那一帶，再從那邊轉搭出雲號。」

行天則買了回真幌的票，兩人一起走上東海道線的月臺。「等我一下。」行天丟下這句話，走向商店。海希看見他似乎打了一通電話。

「給妳，這是便當。」行天交給海希一個包著橙紅色紙張的盒子。

「既然來了橫濱，當然得吃崎陽軒的便當。」

21「綠色窗口」指的是日本JR鐵路車站的人工票務窗口。雖然大多數車站都有自動售票機，但若要購買比較特殊的車票，或是需要劃位時，還是必須前往綠色窗口。

海希拿著便當走進車廂。在等待發車的短暫時間裡，兩人站在尚未關上的車門邊說話。

「你眞的要回眞幌？」

「嗯。」

「太危險了！你不如跟我一起走吧。」

海希說完這句話，自己吃了一驚。這句話的口氣就像是個愚蠢的男人。

「一起去看沙漠嗎？」行天笑了。

「我這邊會盡快搞定，過幾天妳再打電話給哥倫比亞人問問狀況。」

車門關閉，電車開始前進，行天獨留在月臺上。「如果我們是一般男女，我早就愛上他了。」海希事後如此描述。

「但是我在車廂裡打開崎陽軒便當的蓋子，裡頭竟然只有三十顆燒賣，沒有白飯！那根本不是便當，買之前也不確認清楚，眞是的。」

「呃，請問你們是哪位？」

多田站在事務所門口，朝侵入者客客氣氣地詢問。兩個男人面對面坐在屋內的沙發上。

其中一個男人相當年輕，看起來不到二十歲，耳朵上戴了大量的耳環。那身打扮要是走在站前的大街上，應該會被二手服飾店的黑人店員叫住吧。另一個男人則大約二十五歲前後，長得虎背熊腰，不僅占據了行天睡覺的地方，還很沒禮貌地把腳跨在矮桌上。

「便利屋，你的搭檔呢？」開口說話的是年紀較輕的男人。

多田一聽聲音，便明白他就是「星」。雖然早已預期星是個很年輕的男人，但沒想到竟然會這麼年輕。多田狐疑地轉頭望向坐姿粗魯的男人。應該不可能是他在用腹語術說話吧？

多田像個老年人一樣，帶著世風日下的感慨，走向坐在沙發上的兩人。星輕輕揮動手指，體格魁梧的男人立刻默默站了起來。

「坐吧。」星說道。

多田心想「這裡明明是我家」，在星的對面坐了下來。起身的男人也沒閒著，立刻走到多田的背後。

「同樣的問題，我不喜歡問第二次。」星說道。

「我沒有當搞笑藝人的打算，所以沒有什麼搭檔。」多田說。

背後的男人正要動粗，卻被星揮手制止了。星將上半身往前傾，雙手手指在膝蓋上交握。超過一半的手指都戴著粗大的銀戒指。

「現在發生了一點緊急狀況。便利屋，立刻用手機把你的搭檔叫回來。」

星的表情帶著幾分焦慮。多田看出他神色有異，心裡也有些不安。

「他沒有手機。」

「沒有手機？天底下怎麼會有人沒有手機？」

「發生了什麼事？」

星的上半身劃了一道弧線，仰靠在沙發的椅背上，瞪視著天花板。半晌之後才說：「我有個姓山下的手下，這陣子經常爲了女人的問題惹出麻煩，我正打算要跟他斷絕關係。今天我接到通知，那傢伙流著鼻血在車站裡走來走去。我擔心會驚動警察，所以立刻派了些人，想要把他叫回來。」

「噢？」

多田不曉得星爲什麼說這些，只是愣愣地望著星那纖細的頸子。星站了起來。

「就在剛剛，我又接到通知，山下和某人在車站前的大街上追逐。山下追的那個人，就是上次搞出糖包事件的便利屋的兩人之一。」

行天那傢伙，到底又惹了什麼麻煩？多田無奈地搔了搔額頭。

「清理狗屎是飼主的責任，關我什麼事？」

多田說完這句話，突然有股想要抽菸的強烈衝動，於是取出菸盒，甩出一根菸。站在身後的男人忽然伸出粗大的手指，捏起多田叼在唇邊的菸，對折後拋在地板上。

「星哥討厭菸味。」男人說道。

多田以舌尖舔了舔牙齒內側，以附著在牙齒表面的菸垢稍微緩解了菸癮。

「既然你這麼說，那就由我這邊處理了。」

星接著說：「山下要是被警察盯上，我會有點麻煩，何況我也不想被道上弟兄關切。既然那傢伙愛惹事，那我就只好請他消失了。」

「手段會不會太狠了？」

「這是最簡單的方法。我得趁他還沒亂說話之前把他解決掉。到時候，我會連你的搭檔一併處理。」

「等等！」

多田想要站起，卻被男人從背後抓住兩側肩膀，按回沙發上。「爲什麼要連行天也幹掉？是那個姓山下的在追他，行天只是受害者。」

「要是看見有狗把屎拉在自己家門口，你會怎麼做？既然飼主不會教，我只好代爲處理。」

「好，我去撿。」多田嘆了口氣。

「我去把狗屎撿回來，麻煩你給我一點時間。」

但麻煩的是不知道行天現在在哪裡，就算想撿也撿不了。

「狗沒套項圈，會自己回來嗎？」星將那薄薄的嘴唇靈巧地揚起一邊。「也罷，如果在他們惹出事情之前，我的人順利找到山下，這件事就這麼算了。以後麻煩管好你的搭檔，別讓他隨便亂吠。」

就在這時，響起了冰冷的來電鈴聲。發出聲音的是星的手機。那是一支相當輕薄的白色限定款手機，上頭卻掛著眞幌天神[22]平安符，看起來極不協調。

那是祈求什麼的平安符？消災解厄？交通安全？還是學業進步、事業有成？多田盯著那晃來晃去的平安符，想要看清楚上頭寫的字，但是星接下來說的話，卻讓多田將這個念頭拋到九霄雲外。

「找到人了嗎？立刻備車！什麼？已經出事了？快去找！一定還在附近！」

星一面對著手機迅速下達指示，一面快步走出事務所，對多田再也不瞧一眼。多田想要追上去，卻被身後的男人按住了。

「放開我！」

「你給我乖乖待在這裡。」

多田假裝若無其事地將腳伸入矮桌底下，左右探摸。果不其然，腳尖碰觸到了硬物。那是今天早上踢到桌下去的一罐啤酒。多田以腳掌夾起那罐啤酒，伸右手抓住後用力揮向身後。下一瞬間，砰的一聲沉重聲響，啤酒罐擊中了魁梧男人的鼻樑。男人悶哼一聲，按住多田肩頭的力氣也減弱了。

多田甩開男人的手，快步跑出事務所，以一次三格的步伐跌跌撞撞奔下混凝土階梯。此時星已走到街上，正要將手機收進口袋，多田從背後抓住星的手腕。

「星！」

雖然距離很短，但因爲全力奔跑，多田已上氣不接下氣：「出了什麼事？」

星轉過頭來，見了多田的模樣，忍不住笑了出來。此時的笑容完全符合他的年紀，跟之前的笑容有著天壤之別。

「便利屋，看你急成這樣。」

「我跟你不一樣。同樣的問題，我喜歡多問幾次。到底出了什麼事？」

背後傳來一陣腳步聲。多半是魁梧男人從後頭追了上來。星朝多田的身後瞪了一眼，腳步聲戛然而止。

「我的人找到山下了。」星輕輕地將多田的手從自己的手腕上拉開。

「聽說他現在情緒很激動，嘴裡直喊著『幹掉了』。我相信你的搭檔一定也在附近，所以我叫我的人繼續找，把你的搭檔也找出來。到時候，我的人會將山下及你的搭檔一起處理掉。」

「他在哪裡？」多田大喊。

星沒有應聲，只是默默凝視著多田。

「你想怎麼處置山下，那是你的事，我管不著。但行天必須讓我來找。我會提醒他，別在警察面前亂說話。所以快告訴我，你的人到底在哪裡發現了山下？」

「公車轉運站，橫中公車定期票販賣窗口附近。」

星朝著道路的方向抬了抬下巴：「跑吧！便利屋。」

多田當然是乖乖地拔腿狂奔。

22「天神」指的是祭祀菅原道真的神社，又稱「天滿宮」。

暑假的夜晚，眞幌站前的人流毫無規則可言。人群有可能往任何方向流動，有可能擴散，有可能停止，有可能聚集在一起，當然也有可能隨意改變路線。

多田穿梭在人潮之中，拚了命往公車轉運站的方向奔跑。整座城市籠罩在一股濕度極高的空氣之中。行人雖多，除了多田之外找不到一個全速奔跑的人。

公車轉運站的正上方，有連結箱急線車站及八王子線車站的大型連通道，因此即便是白天也不會有直射的日光。夜晚的公車轉運站，雖然有著一列列排隊人龍，卻幾乎沒有人開口說話。

定期票的販賣窗口，在轉運後站方兩棟大樓的夾縫間。那裡瀰漫著嘔吐物臭氣與尿騷味。多田在大量的違停腳踏車之間穿梭而過，來到販賣窗口前方。由於營業時間已過，窗口已拉下鐵捲門。偶然間，八王子線的電車自近處通過，車廂內的白光斷斷續續自車窗內投射出來。腳踏車的黑影灑落了一地，有如碳化的骨骼標本。多田環顧四下，不見任何人影。

多田再度奔跑，仔細檢視轉運站通道沿路上的一間間冷清店面，以及大樓與大樓之間的每一道縫隙，想要找出行天的身影。不少正在等公車的乘客對多田投以異樣的眼光，多田當然沒有心思理會。

汗水雖然沒有滴落，身上卻已溼透。多田已分不清那是冷汗，還是炎熱天氣造成的排汗。

轉運站的角落處有一家大型超市，正在播放著朝氣十足但荒腔走板的主題曲。由於使用了大量的照明燈光，整座轉運站就只有這一帶特別明亮。多田下意識邁開步伐，偶然間卻又停下了腳步。

超市旁有一條昏暗的巷道。巷道的遠端，就只有一座與八王子線交錯的箱急線天橋，以及一座小小的社區。巷道內同樣沒有任何人影。

不知道爲什麼，多田決定走進這條巷道。這時多田已經完全跑不動了，每走一步都感覺心臟隱隱抽痛，而且指尖越來越冰冷。一臺臺冷氣室外機不斷送出熱風，但不知從何時起，多田的身體竟已不再冒汗。

好幾臺自動販賣機緊貼著超市的外牆排列，在小小的範圍內製造出了人工的白晝。通過了那段區域後，不再有自動販賣機，取而代之的是數量多到不可思議的證件照快拍機，在昏暗的空間中整齊排列。一張張褪了色的塑膠門簾在風中微微搖曳。

驀然間，多田聽見了細微的水花聲。低頭一看，運動鞋的前端踏進了一小片淺淺的水窪中。多田退了一步，凝神細看路面上那片黑色的水窪。

那不是水，是血。

多田拉開水窪旁那座證件照快拍機的塑膠門簾。

「行天！」

行天坐在狹窄空間內的椅子上，簡直像是被人硬塞了進去。

「咦……？」

原本低著頭的行天微微抬起了頭：「你怎麼好像變黑了？」

「只是曬黑而已。起來吧，我們走。」多田伸出手，本來想搭在行天的肩膀上，但才伸到一半，多田整個人僵住了。行天的腹部有一樣東西，看起來像是短刀的刀柄。刀柄周圍沾滿濃稠的血漿，連T恤原本是什麼顏色都看不出來。

行天爲什麼特地打電話回事務所，說「可能會比較晚回去」？行天從來不曾打過這種電話。難道行天打從一開始就知道會是這樣的結果？所以才打了電話？

偏偏我這個人，總是後知後覺。

「行天！」

四·五　曾根田老奶奶再度預言

病房裡的床上空無一人。

多田坐在沒有包覆床單的床墊上，將自己帶來的紙袋摺起，放在膝蓋上。

這是一間四人房，房內非常安靜。一人高高吊著骨折的腳，正在看漫畫雜誌；一人拉上了掛簾，似乎正在午睡；還有一人似乎到交誼廳看電視去了。

問題是三天前還躺在這張床上的男人，怎麼會憑空消失了？多田暗自思索著這個問題。難道是傷勢突然惡化，搬到太平間去躺了？

「啊，多田先生！」一名熟識的護理師從走廊上經過，朝多田說道：「你要找行天先生嗎？他搬到走廊盡頭那間六人房了。」

「那裡是專門收容重傷者的病房嗎？他肚子的傷口是不是突然裂開，把飯都噴了出來？」

「你在說什麼啊？」

「沒什麼，只是個人的小小心願。」

「有位今天下午剛動完手術的病患要住進這間病房，我們請行天先生搬到另外一間。他明天可以按照預定計畫出院，恭喜！」

雖然完全不是什麼值得恭喜的事，多田還是回應道：「謝謝你們的照顧。」

多田接著走出病房，沿著走廊走到盡頭。

走進六人房一看，行天也不在裡頭。多田看了一眼掛在門口的病床表，走向行天的新病床。潔白的床單上到處是餅乾屑，床邊的鋼製小矮櫃上還擺著啃了一半的蘋果，大概是露露及海希送來的吧。

多田攤開紙袋，打開小矮櫃，把行天的隨身物品胡亂塞進紙袋裡。沒收行天暗藏在枕頭底下的一小瓶威士忌，把空的零食袋子丟進垃圾筒。這些事情都做完了，行天還是沒回來，多田只好走出病房去找他。

行天在醫院裡躺了一個半月。當初他躺在活動病床上，從手術房被人推出來時，不僅緊閉著雙眼，而且面色蒼白、臉形浮腫。多田本來還有點擔心這傢伙「大概要領便當了」，沒想到麻醉藥效一退，行天醒來後的第一句話竟然是「好想來一根」。

剛被搬進醫院時的行天不僅嚴重失血，而且內臟跟腹肌都破了大洞。誰也沒料到這傢伙只要一沒人注意，就會偷偷下床，溜到醫院對面的超商。

「行天先生的痛覺似乎不太靈敏。」就連主治醫師也歪著腦袋這麼說。

剛開始的時候，多田每天都會到真幌市民醫院探望行天。即使是最近，也是每隔幾天就會前往探望一次。所以醫院裡的格局及環境，多田早已大致摸清楚了。

從走廊就能看見的中庭長椅。可以看電視的交誼廳。曾根田老奶奶住的病房。多田找了這幾個地方，都沒有發現行天的蹤影。除了這些地方，行天有可能逗留的場所，就只剩下一處了。

多田登上病房大樓的昏暗階梯，打開通往屋頂的門。秋日午後的清澈陽光，灑滿整個空中廣場。一般電視劇裡若有醫院屋頂的場景，大多有一根根晾衣桿，上頭晾滿床單及繃帶。但真幌市民醫院的屋頂卻空空蕩蕩，什麼也沒有。據說床單類都是外包給專業的公司負責清洗，所以屋頂有相當良好的視野。

果然不出所料，行天幾乎整個人貼在屋頂的鐵絲網上，正在抽菸。

隔著高高架起的鐵絲網，行天遠眺著眞幌市的街景。從這座醫院的屋頂往下看，全市的景色一覽無遺。

平原地帶上，是站前大樓群，以及環繞其周圍的住宅區。穿梭於其間的是河川的滾滾流水以及道路。一座座社區散布於各處。郊外的平緩丘陵地帶上，是一片片寬廣的農田及綠色的森林。

「行天！」多田喊了一聲，同時走向鐵絲網。

幾乎無人踩踏過的混凝土地面縫隙，冒出了許多不知名的野草。

行天轉過身，背對鐵絲網，面對多田。唇邊的香菸所冒出的裊裊輕煙，被逐漸帶有涼意的清風帶上了蔚藍的天空。

「我這次住院，職災保險會賠嗎？」行天問道。

多田在陽光下仔細打量行天，發現他的氣色比住院前更好。三餐正常加上每天睡午覺，讓他反而比以前更健康了。

「會賠才有鬼。」

多田走到行天的身旁，也取出香菸：「喂，我看你還是別抽了，煙都從傷口噴出來了。」

「噴得出來才有鬼。」行天低頭望向包覆著綠色病人袍的腹部，確認過之後才這麼說。

「明天就出院了，今天抽菸應該不過分吧？」行天說道。

住院的這段期間，你早就躲起來偷偷抽了，別以為我不知道。多田雖然心裡這麼想，但說這些也只是浪費口水，多田決定直接切入正題。

「我明天沒辦法來接你出院，所以今天會幫你把大部分的東西帶回去。」

多田舉起紙袋。行天點了點頭，問：「醫藥費該怎麼辦？」

「只能我幫你先墊了，不然還能怎麼辦？」

多田從口袋裡掏出一個信封袋，遞給行天。「這些錢應該夠付了。」

「我欠你的錢又增加了。」

行天接過信封袋，將菸頭丟到地上踏熄。運動鞋上還殘留著變成茶褐色的血跡。

「你一直沒有打電話給三峯小姐？」

多田撿起行天亂丟的菸頭，放進攜帶式菸灰缸。「你都受了重傷，好歹也該打電話說一聲，畢竟你跟她又不是互相討厭。」

「我跟凪子的關係，稱不上喜歡或討厭。我認為還是別再跟她見面比較好。」

「小春很可愛呢。」

「那當然，那次打手槍，我可是發揮了最大的想像力。」

多田忍不住將嘴邊的菸噴了出去。

「別說那麼下流的話。」

「哪裡下流了？」行天先是露出一頭霧水的表情，接著表情轉爲嚴肅。

「對了，那個警察叔叔，最近還會來找你嗎？」行天問道。

「警察叔叔？噢，你說那個姓早坂的刑警嗎？」

當初醫生看了行天的腹部傷口，懷疑涉及刑事傷害，通報了警察。眞幌警署立刻派兩名刑警前來瞭解狀況，多田在他們面前一問三不知，堅稱「我趕到現場時，行天已經是這副德性了，我完全不曉得發生了什麼事」。

行天在病床上醒來後，當然也接受了刑警的盤問。幸好多田在旁邊拚命使眼色，行天及時會意過來，對著警察隨口胡謅：「我摔了一跤，手上剛好拿著刀子，刀子剛好刺到肚子。」多田幾乎不敢相信自己的耳朵。可以想得到的藉口百百種，行天偏偏挑了最可笑的一種。兩個刑警聽了只是搖頭苦笑，並沒有再追問什麼。但是其中一個姓早坂的刑警，後來還是常常造訪多田的事務所，並沒有完全死心。

剛開始，多田以爲早坂懷疑自己是刺傷行天的凶手。但見了幾次面後，多田發現姓早坂的中年刑警眞正感興趣的不是自己，而是與自己有關的其他人。

「多田，我看你身邊好像聚集了不少牛鬼蛇神。」早坂坐在事務所的沙發上說道。

「森岡愼這個人，你認識吧？」

「誰啊？不認識。」

多田這句話一說出口，登時便想到那應該是指「阿愼」吧。爲了避免被看出表情變化，多田趕緊端起咖啡杯，啜了一口裡頭的即溶咖啡。

「曾經跟森岡交往過的後站娼妓，跟你似乎也有些交情。而且你那個朋友……他姓行天，沒錯吧？他被刺傷的那天，附近鄰居有人看見幾個來路不正的年輕人闖進這間事務所。」

附近鄰居？到底是哪個混蛋，竟然敢告密，被我查出是誰，我一定要他好看。多田在心裡嘀咕，臉上則從頭到尾都掛著意義不明的微笑。

「近來我們眞幌市的治安越來越惡化。爲了打造一個安全的城市，你不認爲每一位善良市民都有義務盡一份心力嗎？多田？」

「當然、當然。」多田最後以這句敷衍之詞送走了早坂。

「警察好一陣子沒來了。我想他們最近應該忙翻天，沒時間理這雞毛蒜皮的案子吧。」

多田把菸頭塞進攜帶型菸灰缸，將菸灰缸放入口袋。隔著鐵絲網所看見的眞幌街景，似乎比平常多了一股吵吵鬧鬧的氛圍。

「是啊，就連電視上的談話節目，也每天都在播我們眞幌市的街景。」

行天再度把臉貼在鐵絲網上。

平日很少在社會上引起關注的眞幌市，最近的曝光度提升了不少。因爲大約一個星期以前，這裡發生了一起凶殺案。有一對住在林田町公園之丘公寓的夫妻遭人刺殺身亡，凶手還沒有落網，死者夫妻的高中生女兒則下落不明。

警方認為失蹤的女兒一定知道一些內情，正全力搜尋她的下落。由於女兒還未成年，警方在處理上相當謹慎，但有些新聞媒體卻已明顯將女兒視為涉案者，不斷找機會採訪公寓居民及女兒的在校朋友。成群記者及播報員們聚集在眞幌車站、公園之丘公寓及女兒就讀的眞幌高中前，到處拉人採訪的畫面，幾乎每天都可以在全國各地的新聞節目上看到。

眞幌高中是眞幌市升學率最高的公立學校。雖然在傳統上秉持著較自由的校風，但過去從來不曾爆發重大醜聞。一般眞幌市民對眞幌高中抱持的印象，是這所高中的學生大多是樸實木訥的好學生。正因為這起案子與眞幌高中的過去形象有著過大落差，絕大部分市民在得知後都震驚不已。眞幌市竟然發生了凶殺案，涉案者之一還是眞幌高中的女學生，這對眞幌市民來說，無疑是晴天霹靂的大新聞。

然而多田打從一開始，就對眞幌高中的「好學生傳說」抱持懷疑。別的不說，光是行天也是那裡的學生，就足以讓多田對眞幌高中的評價大打折扣。至於行天自己，則似乎完全忘了眞幌高中是他的母校，反而把注意力放在另外一件事情上。

「那個愛看狗卡通的小鬼，不也是住在公園之丘公寓嗎？」

「你指的是由良大人吧？昨天我才接到他打來發牢騷的電話。他說每天早上公寓門口都擠滿一堆扛著攝影機的人，還沒到校就消耗掉一堆體力。」

「噢……」

行天抽出第二根香菸。多田不經意地望向行天的右手小指。那根曾經受過傷的指頭，動作還是一樣不太自然。

「什麼？」

行天好像問了一個問題。但因爲多田剛好在恍神，沒有聽清楚。

「你剛剛問什麼？」

「我說，明天的工作是什麼？」

「打掃。」

「噢，哪裡？」

「小山內町。你不用來，有空的話把事務所的窗戶擦一擦，我就很感激了。」

「我能回事務所？」行天問道。

多田將視線從行天的手指移至行天的臉孔。大量流失的鮮血，好像同時帶走了些什麼，行天變得更加面無表情了。

「不回事務所，我想你也沒有其他地方可去。」多田說道。

「先這樣吧，明天見。」

多田將行天留在屋頂，獨自下了階梯。離開醫院之前，多田決定到曾根田老奶奶的病房去看看她。走進病房，老奶奶正經八百地跪坐在床上，戴著耳機，正以極大的音量聽著收音機節目。她那弓著背的模樣，依然像一顆大福麻糬。

「曾根田奶奶，午安。我是經營便利屋的多田。」

多田在老奶奶的肩膀上輕輕一拍，老奶奶轉過頭來，關掉收音機。

「幸會、幸會。」老奶奶恭恭敬敬地鞠了個躬。

多田今天並沒有接到代爲探視老奶奶的工作，所以不能誆騙自己是她的兒子。事實上從以前到現在，老奶奶對多田說「幸會」的次數，已經多到數不清了。

「奶奶，我跟妳說，明天開始我就沒辦法常常來看妳了。」

爲了讓老奶奶聽清楚，多田放慢了速度，而且加大了音量：「因爲我的……朋友要出院了。」

到底該稱行天是自己的什麼人，多田遲疑了一下，最後還是選擇最簡單好懂的「朋友」。其實多田很想稱行天是「每次來妳這裡，都把妳的蜂蜜蛋糕吃掉的那個姓行天的高中同學兼賴在我家吃閒飯的瘟神」，但怕老奶奶聽得一頭霧水。

「那很好，那很好。」老奶奶回應道。

「以後有機會，我會再來看妳。」

多田彎下腰，朝坐在床上的老奶奶耳邊說：「妳一定要保重身體，好嗎？」

「好，謝謝你了。」

多田正要走出病房，忽然聽見老奶奶喊了一聲「等等」。轉頭一看，老奶奶似乎現在才察覺眼前已經沒有人，正慢條斯理地朝著病房門口挪動身體。多田於是停下腳步，靜靜地等著大福麻糬旋轉一百八十度。

「你能回家了？」老奶奶問。

多田與老奶奶相處久了，已經很習慣老奶奶突然說出這種牛頭不對馬嘴的話，所以也不感到錯愕，只是順著老奶奶的話說：「對，我現在正要回家。」

「那很好。」老奶奶以那布滿皺紋的嘴說道。

「千萬不能旅行太久，不然會忘記自己該回哪裡去。」

多田想起去年年底來探望老奶奶時，她也曾提過關於旅行的事。

「奶奶，我一直住在眞幌，已經不知有多少年沒旅行了。」

「是嗎？那我怎麼覺得你的聲音好遙遠？」

那是因爲妳耳背。多田不禁笑了出來。老奶奶並沒有察覺多田臉上的笑容，眨了眨那看起來好像非常沉重的眼皮，接著說道：「走到差不多該回頭的地方，就該回頭了。」

「如果沒有回頭，會怎麼樣？」

「會迷路。」

原來如此。「奶奶，我知道了。」多田朝老奶奶行了一禮，離開了病房。

開著發財車回到事務所後，多田立即著手整理明天的打掃工作必須使用到的工具。長膠靴、長柄刷、鬃刷、水桶……多田一面動腦，一面從事務所各處將道具取出，放在發財車的車斗上。

小山內町位在流經市區的龜尾川的源頭一帶，相當於眞幌市的最深處。鄰近八王子市，是一片受狹小丘陵環繞的田園地帶。谷底的濕地自古便開拓成農田，如今那裡依舊有數戶農家，栽種著稻米及蔬菜。其邊角上湧出一口小小的山泉水，逐漸匯聚成日本的一級河川龜尾川，貫穿了眞幌市，進入橫濱，最終流入大海。

政府在水源地一帶蓋了一座公園，命名爲「源流公園」。那是座相當小的公園，雖然周邊環繞著散步道，但除此之外可說是冷冷清清，什麼也沒有。附近的農家居民基於一顆愛惜土地的心，會定期前往打掃。

其中一家住戶就是這次委託打掃工作的客人。多田問了詳情，原來是街坊鄰居約好一起打掃公園的日子，他們卻剛好得出遠門參加法會。由於臨時缺席打掃工作，便委託多田代盡職責。這種郊區地帶本來就人手不足，任何一個居民都不能無故缺席。

絕大部分眞幌市民都不曉得這種郊外竟然有一座公園。多田在接下這份工作之前，甚至不知道龜尾川的源頭在眞幌市內。多田在前往小山內町與客人洽談工作內容時，曾順道去看了一眼龜尾川的源頭。那泉水與多田原本的預期頗不相同，水質一點也不清澈，裡頭長滿了水藻，水量也不豐。不過或許是因爲最近才剛下過一陣秋雨，水面有不少悠游自得的鴨子。

「要清掉這裡頭的水藻，實在是件吃力的事。」委託工作的中年婦人說道。

「從前的水量比現在豐沛得多，但現在許多山壁都被挖平，用來鋪築道路或興建住宅，所以水量越來越少，才變成你現在看見的模樣。」

由於是水源地，當然不能使用清潔劑，必須將水裡的石頭一顆顆拿起來，以鬃刷刷去上頭的水藻。

「這個工作得蹲一整天，做完保證你腰痠背痛。」委託人笑著說道。

多田一度想反悔，但感受到居民重視水源的熱忱，實在不好意思拒絕。

不過就算再累，那也是明天的事。準備完明天的工具之後，今天基本上就沒什麼事了。

多田今晚想要好好吃一頓像樣的晚餐，於是在傍晚時分來到大街上，走進一家連鎖居酒屋。最近太陽下山的時間越來越早，一盞盞街燈及一扇扇面對大街的窗戶都開始透出亮光。

多田在店裡吃了泡菜炒飯，以及一份炸雞塊。這裡的料理相當重口味，多田喝光了一大杯啤酒，還是覺得口很渴。雖然想再點一杯，但考量最近手頭並不寬裕，只好作罷。

希望明天至少是好天氣。多田一邊暗自祈禱，一邊在眞幌站前閒晃，走了大概三十分鐘。沒有走進那即將打烊的百貨公司，沒有被招攬客人的聲音吸引，只是看著地面一步步往前踏。

現在的多田喜歡一個人獨處。因爲當身旁有人時，反而會更加感到寂寞。多田如此告訴自己。但此時心中響起另一道聲音……我會這樣想，不就證明我現在正感到寂寞？

結束了這場漫無目的的散步，多田回到自己的老窩。多田收掉會客區沙發上那條行天每晚拿來蓋的小涼被，換成一條毛毯。拉上掛簾，設定好鬧鐘，便躺在床上。

聽著外頭馬路上的車聲，數到第一百二十四輛，多田忽然對自己的行爲感到恐懼。我到底在做什麼呢？接下來的時間裡，多田只能努力說服自己入眠。說服自己什麼也不要看，什麼也不要聽。

五　事實只有一個

行天下了公車，沿著田間小路緩步而來。所有人的目光都落在他身上。因爲行天穿著一件深藍色花襯衫，上頭印著鮮紅色朱槿花。花襯衫外頭罩著一件緞面材質的夾克，夾克上頭有著龍形刺繡。那身打扮完完全全就是「早在遠古時代就已經滅絕的化石級地痞流氓」的標準制服。

多田蹲在地上，滿腦子只想著這個問題：這年頭到底要上哪裡才能買得到那種復古夾克？

「你在做什麼？」行天站在山泉池畔問道。

「打掃啊，看不出來嗎？」

多田一邊說，一邊將手伸進水中，抓起剛剛因爲太驚訝而掉進水裡的石頭。

「噢，我還以爲你在幫忙採收岩海苔。」

行天看著滿滿整個水桶的海藻，點了根菸。在旁邊一起清潔水源地的附近居民們都嚇得有如驚弓之鳥。一人以手肘頂了頂多田的腰際，示意多田給個交代，多田迫於無奈，只好簡單解釋道：「他是我雇來的手下。」

「連職災保險都沒辦法申請的手下。」行天說道。

「抱歉，我有幾句話要跟他談一談。」多田向居民們道了歉，上岸之後將行天帶到公園的角落。

「你來這裡做什麼？」

「當然是來幫忙。」

「現在的你連蹲下都有困難，是要幫什麼忙？你還是快回去擦窗戶吧，別在這裡胡鬧。」

如果清潔石頭也有擅長與不擅長的分別，行天大概是最不擅長的那一個。窗戶的面積至少比較大，做起來不會那麼枯燥，而且不用彎腰。然而行天似乎完全無法體會雇主的用心良苦。

「可別把我瞧扁了。我在水裡隨便翻個兩圈，就能讓水藻掉光光。」

行天按著肚子，轉身想要走回水源地。

「等等！雖然我大致猜得到，但還是想問……你那個衣服是怎麼回事？」

「哥倫比亞人送的。她說這次給我添了不少麻煩，送我這件衣服當出院的賀禮。」

果然不出所料。多田以沒有拿鬃刷的手指輕輕按摩眉心。手上沾著微腥的泉水氣味。

「幹我們這一行，信用相當重要，你穿成這樣簡直是找碴。」

「為什麼？這衣服很乾淨，一點也不髒。」

行天俐落地伸腳一勾，將地上的長柄刷勾了起來。他抓住長柄刷的尾端，刷起了散步道的木頭地面。但他只是動著雙手，並沒有低頭檢查地面乾不乾淨，那模樣簡直就像是忘了上油的老舊機器人。行天的彆扭動作，引來水池內眾人的視線。

多田走回那群正在清潔石塊的居民們身邊，故意重重嘆了口氣。

「他的肚子不久前動過手術，今天才剛出院，竟然就跑來了。看來工作太熱心也不是件好事。」

「咦？他生什麼病？身體不要緊嗎？」一名面容慈祥的老婦人憂心忡忡地問道。

他生了一種因爲幹了蠢事而被嗑藥嗑過頭的蠢蛋刺了一刀的病。多田很想這麼說，但畢竟說不出口，只好裝出凝重的表情，煞有其事地說：「唉，總算保住了一條命……」這句話實際上沒有回答任何問題，所以當然也不算說謊。

居民們對行天的印象，逐漸從猜疑轉變爲好感。明明生了重病，一出院卻馬上開始工作，可見這個男人雖然服裝有些怪模怪樣，卻有令人佩服的敬業精神。行天在眾人心中逐漸建立起這樣的形象。

多田的形象洗白策略眼看就要成功，多田便利軒的生意應該可以高枕無憂的時候，一輛白色廂型車突然自遠方以極快的速度駛來。自車內傾洩而出的重低音旋律，瞬間讓田野變得嘈雜不堪。

車輪撞飛了一顆顆的碎石，車子快速衝進公園的停車場。車窗皆貼上了不透光的膠膜，從車外完全看不見車內的模樣。車子才剛停下，後座的車門就被人猛力推開。下車的男人兩隻耳朵上掛滿了耳環，赫然是星。

「便利屋，你過來。」

「工作中，不方便。」

多田又從水裡撿起一顆石頭。居民們再度停下動作，看了看多田，又看了看星。

「你怎麼知道我在這裡？」

「我走進你的事務所，月曆上寫著『小山內町，源流公園』。」

「你擅自開了鎖？」

「你的事務所根本沒上鎖。」

「行天！」

多田大喝一聲，行天拖著長柄刷走了過來。「你爲什麼沒上鎖？」就算上了鎖，多半也擋不住星的登堂入室。多田明知道這一點，還是忍不住向行天抱怨。

行天自然是充耳不聞，反問：「這小鬼是誰啊？」

行天直盯著星的耳朵看，似乎對耳朵上的那些耳環相當感興趣。「喂！」多田再度怒吼，行天卻只是低聲嘀咕，彷彿是嫌多田太吵。他那神情看起來像是正在計算耳環的數量。

星對行天連瞧也沒瞧一眼，朝著多田說：「我想雇用你當私人保鑣。」

「私人保鑣？你的嗎？」多田吃了一驚。

「不，對象是個女高中生。難得有這麼好的工作，我想你應該很開心吧？」星以平淡的口吻說道。

「總共十七個。」行天心滿意足地低聲說道。

多田還沒有答應接下這個工作，星卻已轉身上了廂型車。幾乎就在同一時間，一名身穿高中制服、背著運動背包的美少女下了車。

「我叫新村清海，眞幌高中二年級，麻煩你了。」

女高中生說完這句話，將手中一疊完全沒有遮掩或包裝的鈔票塞進多田的手裡。「這是阿星幫我付的錢。還有，他要我轉告你，如果敢對我毛手毛腳，就等著變成龜尾川的水藻吧。」

完蛋了。這是多田心裡浮現的第一個念頭。身後每個居民都拿起鬃刷，默默低頭刷起了石塊。要在這裡開拓新客源，幾乎是不可能的事情了。

「眞幌高中不是穿便服的學校嗎？妳爲什麼穿著制服？」行天問了個開朗沒心機的問題。

「女高中生當然要穿制服啦，大叔。」清海回答。

水源地的清掃作業，就在這尷尬的氣氛中，一直進行到傍晚才結束。

多田爲發財車的車斗裝上帆布罩，讓清海坐在車斗內，將她載回事務所。一來多田不放心讓行天開車，二來如果讓行天坐車斗，可能會讓傷勢惡化，所以只能讓清海坐車斗了。

走上大樓階梯時，清海不停喊著「屁股好痛」，表情卻顯得有些樂在其中。由於清海的裙子非常短，走在後面的多田不想被當成色狼，只好低頭數著階梯。但也因爲這樣的機緣，多田才發現通往事務所的階梯級數是最不吉利的十三級。

「對了，爲什麼妳需要保鑣？」多田對著坐在對面沙發的清海問道。

「叫我清海吧。」

「清海。」多田接著又說：「我做的是便利屋生意，格鬥不是我的強項。要我當保鑣，對我來說是個大難題。」

「阿星說，便利屋提供的服務，就是幫人解決難題。」

清海以充滿好奇的眼神在事務所內左顧右盼：「沒想到便利屋自己竟然遇上大難題，眞傷腦筋。」

就在這時，行天從廚房端著咖啡杯走了過來。當然只有一杯，而且是他自己要喝的。走到沙發旁邊時，行天並沒有彎下腰，而是像牛郎一樣，挺著腰桿跪下，把杯子放在矮桌上。

「這個人的動作有點古怪。」清海說。

「他的古怪並不是只有動作而已，妳不用太在意。」多田回答。

行天以膝蓋著地的方式跪著轉過身，背對著沙發，將背部緊貼在沙發上，慢慢往上擠，最後終於成功讓自己坐在多田的旁邊。

「我的肚子還是有些怪怪的。我怕一用力，『那個』就會跑出來。」

行天說的「那個」指的當然是內臟，清海卻似乎會錯了意，皺著眉頭說「噁心死了」。

「對了，格鬥不是多田的強項，卻是我的強項。」

行天說完這句話，仰起脖子，一臉高傲地指著杯子。多田只好將杯子端起至他眼前並交到他手上。咖啡杯裝的竟然是沒摻水也沒加冰塊的純威士忌。

「多田遇上了難題，我當然不會袖手旁觀，畢竟我是他的合夥人。」

多田大吃一驚。現在行天自稱是合夥人，恐怕再過不久，他就會自稱是事務所的唯一經營者。無論如何絕對不能讓這種事發生。

「你什麼時候變成合夥人了？」多田低聲質問行天。

「我在這裡的身分，解釋起來實在麻煩。何況你不是說過嗎？幹這行最重要的是信用。」

行天說得振振有詞，啜了一口威士忌。

「是嗎？但我想格鬥強不強並不重要。」清海說。

「我只是想在這裡躲一陣子，那些媒體記者太煩人了。」

「啊……原來是妳。我在電視上看過妳。」行天說。

多田一聽，吃驚地說：「妳是偶像歌手？」

多田一方面感到驚愕，又覺得這似乎合情合理。清海有著出眾的外貌。一頭烏黑亮麗的長髮，白皙到彷彿可以看見血管的光滑肌膚。小小的臉蛋，卻有一雙水汪汪的大眼睛。

「笑死我了，你這該不會是把妹的話術吧？」清海笑到在沙發上翻滾。「這種非常時期，你多少該看一點談話性節目吧？」行天也露出哭笑不得的表情。

「什麼意思？」多田問道。

行天得意洋洋地解釋：「她的背影在電視上出現過好幾次。就是公園之丘那樁凶殺案……」

那樁凶案中的失蹤少女，警方並沒有公布姓名，但據說名叫「蘆原園子」。她是在公園之丘公寓內遭到殺害的那對夫妻的獨生女。清海跟園子是好朋友，所以曾經在眞幌高中的校門口被記者包圍，背對鏡頭以顫抖的聲音發表感想。

——園子，我眞的好擔心妳。希望警察趕快把妳找出來。我好寂寞。園子，妳聽到了嗎？我好寂寞……

這段採訪影片在電視上不斷重播。當然在播出的時候，「園子」這個名字被消音了。或許對節目製作方來說，清海那聲淚俱下的眞情告白以及削瘦的背影更能吸引觀眾的注意。

「接受採訪後，我在學校就經常受到排擠。大家說我爲了上電視，竟然出賣朋友。而且每天都有新聞記者跑來我家，追問『園子是什麼樣的女孩』之類的。我父母每天都在跟那些記者嘔氣，在教室也沒人要理我，只能說我接受採訪眞的是倒了八輩子的楣。」

所以她打算在這裡躲一陣子，等風頭過了再說。清海雖然抱怨連連，口氣聽起來卻相當豁達。

「我明白妳的難處了。但我還是不明白，爲什麼會找上我？」多田嘆了一口氣。

「既然妳跟星有交情，叫他把妳藏起來不就行了？」

「阿星說他是在江湖上打滾的人，如果我去投靠他，反而會被他連累。」

「在江湖上打滾的人，跟一個女高中生是怎麼認識的？」

「阿星是我的高中學長，比我大兩屆。他是籃球隊隊長，打球的模樣可帥氣了。」

這麼說來，星也是個尙未成年的青少年？年紀這麼輕就已經在眞幌的水面下世界成爲呼風喚雨的人物，可見得他在學校時，一定將兩種不同身分區分得清清楚楚。多田忍不住又嘆了一口氣。這種事還是別碰比較好。

不知道爲什麼，清海聽了多田的嘆氣聲，似乎誤以爲多田已經接受委託。她從制服口袋掏出一支貼滿了閃亮貼紙的手機，打起電話。

「喂？阿星？便利屋大叔說他願意接這個工作。嗯、嗯。這點你不用擔心，他說他打架完全不行。另外一個更遜，最近好像吃壞了肚子。所以你放心，如果他們膽敢對我亂來，我會先把他們摔個七葷八素再逃走。哈哈哈……嗯、嗯。先這樣。」

多田愣愣地看著垂掛在那支手機下方的平安符。行天則以手掌把玩著早已空了的咖啡杯，臉上帶著招牌的賊兮兮笑容。

「對了，清海小妹。」行天破天荒地主動向掛了電話的清海搭話。

「謀殺案的凶手，眞的是園子小妹？」

「你問這個做什麼？我怎麼可能會知道？」

「我對什麼樣的人會殺死父母很感興趣。」

行天與清海互相瞪視了好一會。

「沒錯。」清海的臉頰漾起淡淡的笑意：「人是園子殺的。」

「妳怎麼知道人是她殺的？」多田忍不住插嘴問道。

「妳剛剛不是才說妳不可能知道這種事？」

「你經營便利屋之前，職業難道是刑警？」

「不，是汽車銷售業務員。」

「眞的假的?!」

行天突然從沙發上彈了起來。但這個舉動似乎牽動了傷口，接著他又像壞掉的自動門，以非常緩慢的速度將身體挪回沙發的靠背上。

「既然你從前是賣車的，怎麼不用便宜的價格買一輛像樣一點的車？」行天說。

我就是喜歡那輛小發財，干你屁事？多田心裡這麼想，眼睛卻依然沒有從清海的臉上移開。

「我剛剛只是不想對素昧平生的人說眞話。」清海噘嘴說道。

「妳對素昧平生的連線記者倒是能眞情告白。」行天按著自己的腹部取笑道。

「那個記者跟我不是素昧平生，我在電視上看過他！」

多田試著把偏掉的話題拉回來：「好吧，我們不是記者，而且跟妳才剛認識，妳原本不想說眞話，這我明白了。既然如此，妳後來爲什麼又『說眞話』了？」

「因爲這個大叔的表情很認眞，而且眼神很可怕。」清海以讓人摸不清虛實的口吻說。

「我跟你們說，園子殺了父母之後，洗了澡，換了衣服，跑到我家來找我。我當然不知道她做了那種事，我問她怎麼會在這麼晚的時間來，她說想要找我聊一聊。我怕爸爸媽媽醒來，躡手躡腳到廚房拿了飲料。但當我回到房間時，園子已經不在了，而且我的錢包也不見了。」

「這麼說來，妳錢包裡的錢，成了她的逃亡資金？」

「應該吧……但裡頭沒多少錢。」

「妳把這些都告訴警察了？」

「當然……」

多田與行天互看了一眼。淸海捏著自己的髮梢。

「喂，你們這裡該不會沒有浴室吧？」

「你怎麼看？」

松湯澡堂裡，多田一邊洗著身體，一邊朝行天問道。

「看什麼？」

行天直挺挺地站在水龍頭前，正在洗頭。兩人中間隔了一個無人使用的水龍頭。松湯澡堂一如往昔冷冷淸淸，只有浴池裡坐著數名老人，但多田還是盡量壓低了聲音。

「淸海眞的是園子的朋友嗎？淸海說園子拿走了她的錢包，這是眞的嗎？以上這些話，她眞的都告訴警察了？她接受採訪，會不會是爲了報復園子偷走她的錢包？還有，她告訴我們這些，是基於什麼樣的意圖？」

「幫我開水。」行天說道。多田只好伸長手臂，幫他轉開了水龍頭。

「你問我，我問誰？」

行天洗完頭，依然維持著直挺挺的姿勢，開始洗起身體。由於手上的毛巾搆不到腳，只能輪流用腳板在另一隻腳的小腿上磨蹭，大量水花及泡沫濺在多田的身上。「喂！」多田皺起眉頭。

「你的傷口眞的痊癒了嗎？該不會是因爲你在醫院喝酒又抽菸，所以才被趕出來吧？」

「完全不痛了。」

行天以手指撫摸肚子上那道高高隆起的傷痕：「我盡量不想蹲下，只是因爲還有一點拉扯的感覺。」

行天轉身走向浴池。他當然沒有關水龍頭，多田只好把兩人的水龍頭都關掉，跟著走向浴池。

「如果清海說的是眞的，」多田將肩膀以下浸入熱水中，看著水面反射的燈光隨著漣漪擺盪：「園子爲什麼要殺死父母？」

「你問我，我問誰？」

行天在浴池內依然筆直站立：「就算是園子本人，大概也不會知道理由吧。所有理由都是事後想出來的。」

此時女澡堂的方向傳來呼喚聲。

「便利屋大叔，怪大叔！我要出去了。」是清海的聲音。

「做了就是做了，有理由並不能改變什麼。」

行天泡完「腳浴」，跨出浴池：「理由說完了，還是得面對眼前的現實。」

多田心想，這麼說也有道理。

來到鞋櫃前，多田一邊哼著〈神田川〉，一邊等著清海。過了一會，清海走了出來，頭上還包著毛巾。「你在唱什麼啊？聽起來有夠窮酸。」她說道。行天發出了「桀桀桀」的笑聲，一邊抽菸一邊邁步而行。

「你說的沒錯！這個怪大叔連笑聲都很怪！」清海的口氣帶了三分佩服。

多田把床讓給清海，自己和行天各睡一張沙發。在沙發上睡覺，空間狹窄到連翻身都有困難，多田怎麼睡都不安穩。行天卻沒有半句怨言，一躺下就變成石菩薩，彷彿昨天之前在醫院裡睡寬敞床鋪的記憶都已被移除了。

過了一會，掛簾的另一頭傳來清海的細微鼾聲。

「行天，你還沒睡著吧？」多田低聲問道。

「嗯。」

「你發現了嗎？從澡堂回來的路上，我們被跟蹤了。」

「嗯，警察叔叔。」

「原來是早坂……」

幸好不是記者。如果被媒體發現的話，事情可能會更麻煩。雖然很不願意被早坂徹底認定爲「非善良市民」，但眼下最重要的，還是完成「藏匿清海」這個任務。

不論男女老幼，委託工作就是客人，一定要盡量接下。而且只要是已經接下的工作，不管用什麼樣的方法，一定要盡可能達成使命。這是多田經營便利屋的基本理念。畢竟便利屋屬於地方性事業，必須與在地居民建立良好關係才行。

「還是乾脆請賣糖的商人幫個忙，讓那個警察叔叔變成龜尾川的水藻？」行天說。

多田聽了這句話，趕緊在心中的理念裡補上一句「在合法的前提下」。

「不必，警察喜歡跟蹤，就隨他去吧。反正我們沒做什麼虧心事。」

「但警察叔叔的心裡可能會有一堆疑問，就像你剛剛一樣。」

行天一邊打著呵欠，一邊說道。打呵欠跟說話能夠同時進行，也算是一種特技吧。「至少可以肯定一點，那就是清海小妹並沒有對警察說出任何眞相或線索。」

「何以見得？」

「她要是把今天那些話都告訴警察，警察一定能掌握園子小妹的行蹤。」

「你確定嗎？」

「不確定，這只是我的直覺。」

接下來行天沒有再開口。多田默默地思考著，既然清海的錢包裡沒有多少錢，爲什麼蘆原園子要拿走她的錢包？想著想著，多田也進入了夢鄉。

整整三天時間，清海沒有回自己的家，也沒有上學。公園之丘公寓的凶殺案發生至今已過了十天，警方還是沒找到蘆原園子，案情陷入膠著。

清海的父母似乎並不關心女兒的現況。清海只要每天打一通電話回家，聲稱自己「住在朋友家裡」，父母就不會過問。這對多田來說這簡直比天方夜譚還難以相信。

行天受傷後，頹廢度更勝以往，多田只好讓清海幫自己做事。經營便利屋，每天都會有一些零星的委託工作。例如洗車、代購、整理凌亂不堪的房間、幫忙找保險證、大掃除、遛狗等等。

行天雖然在工作上幫不了忙，但多田命令他每天早上做早餐。多田認爲像淸海這個年紀的女孩子，每天一定要正常吃早餐才行。

行天雖然是個吃閒飯的，但是和多田一起生活的時候，從來不曾下廚煮過食物。自從接到多田的命令，他每天都是在半醉半醒的狀態下抓著平底鍋。這樣做出來的食物，當然是極盡偸懶之能事。例如在一張大盤子裡，放了三片蛋黃散掉的荷包蛋，大家各自拿吐司當做小盤子，把荷包蛋放在上頭一起啃。明明是偸懶到不行的早餐，淸海卻開心得不得了：「自從幼稚園畢業之後，就不曾像這樣一早起來有早餐可以吃。」

吃完行天做的早餐，多田便帶著淸海出門工作。

雖然淸海做事比行天機靈得多，但偶爾會冒出一些奇怪的感想。例如她曾說：「便利屋這個職業，眞讓人搞不懂。」當時她正把乾貓糧倒進飼主住家外廊的貓咪飼料盆內。飼主旅行去了，所以委託了這項工作。

「絕大部分客人委託的事，自己都可以輕易完成。例如這個在旅行期間餵貓的工作，大可以請鄰居幫忙就好，爲什麼要特地花錢雇用便利屋？」

「多虧客人們委託這些工作，我才有錢吃飯。」

多田在一個較深的盤子內倒入乾淨的淸水，放在乾貓糧的隔壁。「有些人就是不喜歡處理這些雜事，所以寧願花錢。」

清海畢竟只是個不曾體會過生活艱辛的少女，沒有賺錢維持生計的經驗。聽了多田這幾句話，她露出難以置信的表情，簡直像在聽一個發生在幻想國度的故事。「就爲了這種理由？」她歪著腦袋，神態宛如是個正在央求大人繼續說童話故事的小女孩。

多田沒有多說，只是催促清海坐上發財車。

「你爲什麼不當汽車銷售員了？爲什麼要經營便利屋？」

「這個嘛……當然有許多理由。」

「最重要的理由是什麼？」

「因爲我嚐過『好希望能向某個人求助』的滋味。有時比起身邊的人，反而是能夠放心商量事情或委託工作的局外人，更能幫得上忙。」

「原來如此，所以你才跟那個怪大叔合夥經營便利屋？」

清海的這句話距離事實非常遙遠，但多田懶得解釋，只好默不作聲。

「你們兩個都沒有家人嗎？」

「沒有，我跟他都離過一次婚。」

「眞是淒涼。」清海笑了起來：「不過和朋友一起生活、一起工作的感覺，似乎也挺好的。」

一點也不好，而且我跟行天並不是朋友。多田在心中如此反駁的同時，也明白了一件事。

原來這個女孩心中所理解的人際關係，還侷限在語言能夠定義的範圍之內。她不知道在成年人的世界裡，有許多「稱不上是朋友」或「稱不上是熟人」的微妙關係。當然在正常的情況下，行天與自己的關係或許可以分類爲「工作上的夥伴」。但行天根本不能算正常人，所以這定義也稱不上貼切。

「妳不去學校嗎？見不到朋友，妳也無所謂？」多田一邊開車一邊問道。

「無所謂。」原本正使用手機傳送訊息的淸海，噘著嘴說道。

「反正除了園子，我沒什麼朋友。」

「那妳在傳訊息給誰？園子嗎？」

「猜錯了，是阿星。園子聰明得很，我猜她離開時根本沒帶手機。」

手機上的眞幌天神平安符從淸海的指間垂了下來，隨著發財車的震動而搖擺著。平安符上寫著「結緣」兩字。

「便利屋大叔，我問你，」淸海忽然說：「你是否曾經深深傷害過別人？」

「這個嘛，我經歷過很多事情。」

「例如什麼事？別想敷衍我！」

多田朝坐在副駕駛座的淸海瞥了一眼。淸海凝視著前方的擋風玻璃，表情雖然平淡，眼神卻頗爲激動，彷彿心中正燃燒著一股走投無路的焦躁感。

「例如，不曉得妳有沒有發現行天小指上的傷痕？」

「嗯，當初應該傷得很重吧？」

「豈只傷得很重，他的小指整根彈飛了。」

「眞的假的？」

「那個傷是我造成的，在我們念高中的時候。」

「什麼意思……？」

「當時正在上工藝課，幾個男生打打鬧鬧，撞上了正在使用裁紙機的行天。但他們撞上行天的眞正理由，其實是被我沒有收好的椅子絆倒，失去了平衡。」

「那只是意外吧？沒有人故意要傷害他。」

「不，妳錯了。當時我非常討厭行天。因爲我完全不懂他在想什麼，看到他就心裡發毛。我擅自認定他是個高傲的傢伙，自以爲比別人了不起，所以我想給他一點顏色瞧瞧。」

不管經過多久，說出眞相依然令人痛苦。「我看見那幾個同學在打鬧，行天就在旁邊。我明明知道很危險，但是當我站起來去拿工具時，我故意沒有收好椅子。我預期以椅子所擺放的角度，或許那些傢伙會被絆倒，與行天撞個正著。只要能夠讓行天受點傷，他應該就沒辦法再裝酷了。」

當時的多田，只能用「鬼迷心竅」來形容吧。但即使是多田，也沒有預料到那些男生眞的會被椅子絆倒，更沒有想過行天受的傷會那麼嚴重。多田只是想看看行天受到驚嚇的模樣，對著他哈哈大笑一番，好發洩心中的怨氣。

就算解釋得再多，也無法改變已經造成的事實。再多的藉口，也沒有任何實質的意義。行天的手指被切斷了。

這唯一的事實，成爲自己心中最大的傷痛。

「那幾個胡鬧的同學，事後哭著向行天道歉。但我沒辦法道歉，我沒有勇氣說出自己做了什麼。我以爲只要我不說，就不會有人察覺。但事後一回想，我認爲行天早就發現了。當他把手指從地板上撿起來的時候，他朝翻倒的椅子看了一眼。我猜他在那一瞬間，就看出那是誰的椅子，以及到底發生了什麼。早在這件事之前，他就知道我很討厭他。」

更重要的一點，是這件事讓多田看清了自己的內心有多麼惡毒。

清海陷入沉默。不管是在多田說這些話的過程中，還是說完之後，清海都沒有開口說話。

多田先讓清海在事務所前下了車。當多田把車子開到停車場停好，走回事務所時，行天與清海正在爭執晚餐應該吃炒蕎麥麵還是烏龍湯麵。

「那就炒烏龍麵吧。」多田做出了決定。

當行天與清海吃著炒烏龍麵的時候，兩人的臉上都露出不滿的表情。吃完晚餐，清海接到星打來的電話。掛掉電話後，她興奮地離開了事務所。多田與行天不約而同地走向窗邊，往樓下望去。廂型車就停在建築物的門口，星下了車。

清海勾著星的手腕，笑臉盈盈地不知道正在說什麼。星也笑得開心。接著清海跨進廂型車，星也跟著要進入車內，多田將上半身探出窗外，對著星的背影大喊：「星！你掛在手機上的平安符，應該是『結緣』吧？」

星轉頭仰望事務所的窗戶，雙頰竟然微微泛紅，應了一聲：「不行嗎？」

「你幼不幼稚？」一旁的行天調侃道。此時多田已經心滿意足到不管行天說什麼都可以充耳不聞。

行天離開了窗邊，將餐盤放到廚房的流理臺內，忽然提出一個突兀的建議。

「趁著淸海小妹不在，我們去看片吧。」

行天拿起掛在牆壁上的夾克。多田原本正在找計算機，要來算一下帳，轉頭看見行天已走到門口，不由得愣住了。

「看什麼片？你要去哪裡？我先說，我可不去。」

「非常棒的片，你不去嗎？眞是太可惜了，看來我只能一個人去了。車子借我用一下。」

行天伸出了手指，指尖勾著車鑰匙。那鑰匙原本應該在多田的牛仔褲口袋，不知何時竟被行天扒走了。

算帳是多田的小小樂趣，但想到愛車有可能變得慘不忍睹，兩相權衡之下，多田只好乖乖爲行天開車。行天的目的地，竟然是住在公園之丘公寓的由良家。

「今天傍晚，我已經打電話聯絡過了。」

行天一按下門鈴，大門立刻開了。

「你現在在看什麼卡通？」行天一看到由良，劈頭便問。

「什麼也沒看，最近忙著讀書。進來吧。」

三個月沒見，由良變得稍微成熟、穩重了些。

「你看起來過得不錯，由良大人。」多田說道。

由良冷冷地點了點頭，表情卻帶了三分靦腆。由良似乎剛從補習班回到家，客廳擺著相當眼熟的書包。他的父母似乎還是一樣三更半夜才會回家。

「我在電話裡提到的錄影帶，拿出來吧。」行天說。

由良取出一捲錄影帶，交到行天手上。多田代替行天蹲在錄放影機前，插入錄影帶。

「這是什麼錄影帶？該不會是什麼奇怪的內容吧？」

「談話性節目。」由良站在廚房說道。

「我媽錄的。最近這棟公寓的居民，除了那起案子之外，幾乎不聊別的話題。」

由良端來三杯可樂，放在桌上。多田與由良一起走到沙發坐下，行天站在一旁，手中拿著遙控器，朝電視畫面按下快轉鍵。

「你怎麼不坐？」由良一臉狐疑地抬頭望著行天。

「你不用管他，不是什麼重要的事。」多田說道。

「就是這裡！」

行天忽然大喊，同時停止快轉。電視畫面上出現的是手裡拿著麥克風的連線記者，以及清海的背影。

「如何？」行天暫停畫面，朝多田問道。

「比原本想像的更加眞情流露。」

多田不清楚行天想問的是什麼，只好單純說出感想。

「你們看這個做什麼？」由良興致索然地喝著可樂。

「你們該不會是性冷感吧？」行天不滿地揚起眉毛說。

「不要在小學生面前使用奇怪的詞彙。」多田立即指責。

「我再播放一次，仔細看清楚了。」

行天稍微往前倒帶，播放了相同的場面。

——園子，我眞的好擔心妳。希望警察趕快把妳找出來。我好寂寞。園子，妳聽到了嗎？我好寂寞……

「有什麼不對勁嗎？行天，別再賣關子，快說清楚。」

「還看不出來嗎？這段影像可是隱含了非常多眞相。」行天嘆了口氣。

「例如呢？」

由良似乎被行天的話激起了興致，將杯子放回桌上，挺直了腰桿。

「清海小妹是眞的爲失蹤的朋友擔心，而且她想向失蹤的朋友傳達某種訊息。」行天說道。

「某種訊息？什麼樣的訊息？」多田問道。

行天低頭望向多田，臉上揚起憐憫的微笑。

「多田，我看就算受害者用鮮血寫下了重要線索，也會被你噴鼻血破壞掉。」

多田與行天離開由良所住的公寓，正走向停車場，忽然傳來說話聲。

「多田，眞是巧啊，你怎麼會在這裡？」

兩道人影站在街燈勉強能照亮的位置。多田仔細一瞧，其中一人是眞幌警署的早坂刑警。早坂向身旁的人說了幾句話，獨自朝多田走來。

「工作。」多田應聲，同時點了一根菸。

多田將菸盒遞向早坂，早坂也不客氣，抽出了一根。

「那傢伙是本廳來的，不愛抽菸。」

早坂微微抬起下巴，示意站在街燈下的男人。「我跟他一起行動，找不到機會可以抽菸，正在傷腦筋呢。」

「我們先走了。」多田轉身邁開步伐。

「等等，多田。先別急著走。」早坂將多田喊住。

「新村清海這陣子好像都跟你們在一起？能告訴我原因嗎？」

「工作。」多田給了相同的答案。

「什麼樣的工作？」

「自從她接受採訪，媒體就對她糾纏不清，搞得她在家裡和學校都待不下去。所以我讓她在我這裡打工，暫時和我們一起行動。你們如果不早點破案，可能會害她到校天數不夠，畢不了業。」

「你跟她怎麼認識的？」

「不認識。她看了我發出去的宣傳單，自己跑來找我。」

早坂將一口煙從肺中緩緩吐出，同時凝視著多田。多田將一口氣憋在下腹部，咬著牙承受對方的懷疑視線。

「要想破案，就必須把蘆原園子找出來。」早坂說道。

「關於蘆原園子的行蹤，她有沒有對你提過些什麼？」

「如果我知道些什麼，早就主動通知你了。我可是善良市民。」

「行天。」

早坂忽然轉過了頭。此時行天正站在稍遠處抽菸，一副事不關己的態度。早坂朝他說道：

「恭喜你出院了，傷口復原得如何？」

「要全力揮拳，似乎還有點困難。」行天雙腿微蹲，一邊扭腰一邊揮拳。「你要陪我做做復健嗎？」

「麻煩你方便的時候打給我。不管是署裡的電話，還是我的手機都可以。」

早坂取出一張名片，塞進多田手裡，接著便轉身走向不抽菸的同伴，兩人一同消失在黑暗之中。

「我們走吧，得趕快回去才行。」多田朝行天催促道。

「痛死我了……」行天按著腹部，跟在多田身後。

「誰叫你要逞強？內臟要是眞的跑出來，我可不管你。」

多田將早坂的名片揉成一團，扔進停車場的垃圾筒裡。

多田與行天才剛回到事務所，清海也結束了與星的約會，走到事務所門口。多田坐在沙發上，行天則像之前一樣，嘗試用推擠的方式，把身體擠上沙發。兩人看見清海出現在門口，不約而同朝她望去。清海突然承受了兩人的視線，一時不敢跨進門內，問道：「怎麼了？」

「妳進來，我有話要問妳。」

多田朝清海招招手。清海只好乖乖走進事務所，與多田相對而坐。「妳說已經把所有知道的事情告訴了警察，那是騙人的吧？」

「幹嘛這麼兇？」清海不滿地說道。多田沒有理會，只是靜靜等著。

「你爲什麼這麼認爲？」半晌後，清海以沙啞的聲音說道。

「我剛剛遇見一個眞幌警署的刑警，他似乎什麼都不知道。」

「不過清海小妹倒也不是完全對我們撒謊。」

行天終於將身體挪到沙發的椅面上。他仰頭癱靠著椅背，望著天花板說：「妳要自己說，還是讓我們玩推理遊戲？」

「我不想說。」

「好，那就由我們來說。多田，上！」

「爲什麼是我？」

「我盡可能不想使用腹肌。那個蒙古大夫肯定有醫療疏失，我打算要告市民醫院。」

「那是你自作自受，百分之百會敗訴。」

多田被迫扛起沉重的任務，一時陷入沉思，不曉得該從哪一點開始說起。淸海以手指玩弄著髮梢，靜靜等待多田開口。

「淸海，蘆原園子能成功逃走，妳一定提供了協助吧？」

「怎麼可能……我要是幫助殺人凶手逃走，自己也會被警察逮捕，我怎麼可能做那種事？」

「是嗎？但妳不是利用記者採訪，向園子傳達了一組數字？妳重複說了『我好寂寞』，我猜那應該是妳提款卡的密碼吧？」

多田說出了行天剛剛在由良家提出的見解。淸海放開了頭髮，輕輕將手掌放在膝蓋上。

「3341[23]，『我好寂寞』……怎麼會有人用這麼搞笑的數字當作密碼？」

行天依然維持著仰望天花板的姿勢，嗤嗤笑了起來。

---

23 將日文中的「寂寞（さみしい）」的四個音切開，分別可對應「三、三、四、一」這四個數字的發音。

「絕對不會忘記，有什麼不好？」

清海似乎放棄抵抗，正眼凝視多田：「沒錯，我利用上電視的機會，把卡片密碼告訴了園子，因爲我不希望她被抓到。」

「她殺害了父母，妳爲什麼不勸她自首？」

清海淡淡一笑：「便利屋大叔，你知道嗎？其實園子在決定動手的那天傍晚，就在學校對我說了。我聽見她說『今晚我可能會殺死父母』時沒有當眞，只是笑著對她說：『妳別亂來呀。』我怕如果我認眞的話，她也會跟著認眞。便利屋大叔，我就跟當年的你一樣，因爲缺乏勇氣，選擇了狡猾的做法。其實我早就隱約察覺，園子的父親經常對她施暴，而她的母親總是當做沒有看見。」

「妳的意思是說，園子的父親常常毆打她？」

「拳打腳踢多半也是少不了的。」

多田聽到「也」這個字，已明白清海想表達的意思，沒有再追問。行天一聲不吭地看著天花板，緩緩吐出口中的煙霧。

「我幫不上任何忙，任由園子受到傷害。但是園子又給了我一次機會。那天晚上，她跑到我家來，什麼也沒有說，偷偷拿走了我的錢包。那個錢包裡除了提款卡，沒有任何對她有用的東西。」

對蘆原園子來說，這也是一場賭注。她賭的是新村清海會察覺她偷走錢包的意圖，並且主動提供協助。蘆原園子殺了自己的父母，如果她使用父母和自己的提款卡領錢，馬上會被警察鎖定位置。所以她在不讓朋友背負罪名的前提下，偷走了朋友的提款卡，同時也測試了朋友的友情。

「妳不打算把這些話告訴警察？」多田再次詢問。

「當然。要不要自首，應該由園子自己決定。這次我絕對不會再犯錯了。我要讓獨自逃亡的園子知道，我是站在她這一邊的。」

「園子小妹爲什麼要把妳的錢包整個偷走，妳知道嗎？」

行天以緩慢到讓人心浮氣躁的速度抬起上半身，將菸頭拿到菸灰缸捻熄。

「因爲如果只拿走提款卡，我可能會過了很久才發現？」

「妳想得太現實了。」行天揚起嘴角，露出平淡的微笑。

「因爲她想要妳的錢包。妳是她最要好的朋友，帶著妳的錢包在身上，對她來說就像帶著一個平安符。」

「事情爲什麼會變成這樣？」淚珠自清海的臉頰撲簌簌滑落。「爲什麼我這麼遲鈍，到了這個地步才發現？」

清海低著頭不住顫抖，多田在一旁默默地看著。

「現在怎麼辦？」多田低聲詢問行天。

「還能怎麼辦？要是對她毛手毛腳，會被賣糖的捏成龜尾川的水藻。就讓她繼續哭吧。」

行天低聲應道。

「你們這兩個大叔，我都聽見了。」

清海吸了吸鼻子，抬起了頭。即使哭得一把鼻涕一把眼淚，她還是原本那個英姿颯爽的美少女。

隔天一大清早，清海的手機收到來自蘆原園子的訊息。三人站在人潮尚未湧現的南口圓環，看著蘆原園子緩步走來。

清海與蘆原園子對看一眼，下一秒緊緊擁抱，有如兩隻仰賴氣味確認同伴身分的動物。多田心想，這或許是自己第一次親眼目睹不帶任何欲望與心機的真誠擁抱。

「你們是警察？」園子放開了清海的身體後問道。

她顯得相當疲憊，卻是個慧黠、清秀的女孩子。

「不，我只是個經營便利屋生意的。」多田如此回答，接著與行天一同走向遠處，讓兩名少女私下談一談。

「便利屋大叔，」兩名少女一臉嚴肅地低聲對談了好一會，清海忽然抬頭喊道：「園子堅持要對警察說，她這陣子在外頭花的都是自己家裡的錢，你們快幫我說服她。」

多田與行天於是回到兩名少女的身邊。兩人同時抬頭望著多田與行天，清海的眼神充滿了期盼，園子的眼神則流露出決心。

「有什麼關係？園子小妹想這麼說，就讓她這麼說吧。」

多田還沒有開口，行天已斬釘截鐵地做出了決定。「看吧。」園子對著清海微微一笑。

「清海，但是我希望妳陪我一起走到眞幌警署門口，免得我中途又逃走，好嗎？」

清海沉默良久，點了點頭。

「我送妳們去吧。」多田說道。

兩名少女坐在發財車的車斗上，多田開著車子緩慢前進。兩人在車斗上又說了些什麼，多田當然不清楚。

「希望我們還能再見。」下車後，園子朝清海說道。

「當然，我會一直待在眞幌等妳。」清海毫不猶豫地說。

園子一臉神清氣爽朝多田及行天微微點頭致謝，接著朝清海揮揮手，轉身走進了眞幌警署大門。三人愣愣地站在原地，並沒有移動腳步。不一會，好幾個看起來像記者的人從警署內奔出，站在附近打起了電話。

「我們回去吧。」多田說道。

清海正要爬進車斗，驀然停下動作。

「便利屋大叔，我想去學校。你直接送我到眞幌高中吧。」

「可以是可以，但妳的行李怎麼辦？」

「先放在你那邊吧。我有空就會去拿，或是叫阿星去拿。」

「不行，那傢伙一出現就沒好事。」多田嘀咕道。

眞幌高中依然維持著當年多田與行天就讀時的景色，靜靜地等待著學生們到來。一根油漆斑駁剝落的圖騰柱，矗立在花圃的角落。缺損嚴重的馬賽克磁磚，在外牆上排列出巨大的彩虹。

多田抬頭張望，想要找出工藝教室的位置。但一排排窗戶反射著耀眼的晨曦，心中的記憶早已模糊不清。

操場上不斷傳來體育性社團進行晨間練習的聲音，教學大樓卻依然一片寂靜。

「謝謝你們為我做了那麼多。」清海朝多田及行天說道。

「剛見面的那天晚上，你們不是問我為什麼要說真話嗎？現在回想起來，多半是因為你們的表情非常認眞。你們是眞的想要知道我遇上了什麼事。」

身穿便服的清海，跨出毅然的步伐進入校門。身上沒有累贅，也沒有任何武裝。多田回想當年自從畢業典禮結束，自己就再也不曾走進這道門內。而如今清海卻能自由往來於那條界線的兩側。

「大叔，你拉肚子未免拉得太久了，希望你趕快好起來。」

清海說完這句話，向兩人道了別，便走向通往教室的階梯，一次都沒有回頭。

「我可不是拉肚子。」行天小心翼翼地跨進副駕駛座。

朝著車站方向前進的車流量越來越大。在冰冷而潮溼的清晨空氣中，人們開始了一天的新生活。

「原來你還在介意這件事。」

行天點了根菸，收起打火機時順便晃了晃右手。一定是清海那個死丫頭多嘴。多田一邊在心裡咒罵，一邊應了一聲「沒有啊」。

「眞是個笨蛋。」

行天笑了兩聲，將車窗打開一道小小的縫隙。

「被你咬的小指，眞的好痛～[24]」

行天那走調的歌聲，朝著淡水藍色的天空緩緩飄升。

「我沒有咬！」在多田的抗議聲中，車子繞過壅塞的站前一帶，朝事務所的方向前進。一片黑色的鳥影，在極高的天空上盤旋。

小小的山泉只要匯聚成河川，終有一天會流入清澈的大海。飛鳥只要在狂風中奮力振翅，終有一天會與同伴一同抵達約定的花園。

但願這些都有成眞的一天。或者應該說，但願自己永遠不要懷疑這個信念。爲了掩蓋行天的歌聲，多田扭開收音機。

七點的整點新聞就要開始了。

24　此句是由女歌手伊東由佳里在一九六七年演唱的經典名曲〈小指頭的回憶〉中的歌詞。

六　在那公車站重逢

十二月是多田便利軒最繁忙的時期。

一年即將進入尾聲，大家都想將各種生活瑣事好好打理一番，這似乎是人的天性。多田每天都要處理好幾件委託工作，從早到晚都在眞幌市內忙碌奔波。行天總是跟著多田，但很少有眞正幫上忙的時候。

大部分的工作不是整理車庫，就是打掃房間，偶爾會有一些奇怪的委託。

「過去一直暗戀的男生突然向她表白，所以她想在聖誕節前跟原本交往的男生分手。」

多田一從大眾澡堂回來，負責接聽電話的行天就丟出這句話。

「你在說什麼鬼話？」

「新工作。」

行天遞過來一張便條紙。多田接過一看，行天在上頭以醜到不行的筆跡寫著「篠原利世」這個名字，以及聯絡方式。

「你答應了？」

「當然。我看你最近忙得像無頭蒼蠅，不，忙得像被關在籠子裡的熊，早猜到一定是爲了還債。我接下這個工作，可都是爲了你好。」

「我並沒有欠錢。最近特別忙，只是因爲這個時期的工作特別多。我都忙不過來了，你還給我接這個莫名其妙的工作。這女人想分手就分手，何必要人幫忙？」

「一定是因爲沒辦法順利分手，才需要我們便利屋出馬。有些女人就是這樣，遇上態度強硬的人就沒辦法拒絕。」

就算外星人侵略地球，整個世界只剩下行天能擊退外星人，而全人類都苦苦哀求行天出馬，可只要他不感興趣，還是會拒絕。就這層意義上來說，他跟他口中所說的女人可說是兩個極端。向來我行我素的行天，會接下篠原利世這個工作，只有兩個可能。第一是不知道剛好哪根筋不對，第二是故意想給多田找麻煩。

「好，那我派你出馬。」

多田將便條紙塞回行天手裡。雖說盡量不拒絕客人的工作委託，是多田的便利屋經營原則，但男女感情糾紛例外，那不是外人應該干涉的事情。

「咦？為什麼？」

「我看你也差不多可以獨當一面了，只要你這個工作處理得好，我就頒發給你便利屋高手證書，讓你出去獨立開業。」

多田說得煞有其事，行天卻顯得興致缺缺。他倒在沙發上，冷冷地應了一句「你自己留著吧」。多田越想越是納悶，自己是這裡的主人，為什麼還得看這個吃閒飯的混蛋臉色？多田心有不甘，決定說什麼也要說服他。

「這剛好是你特別擅長的工作，不是嗎？海希到現在還是很感激你呢。只要你能複製當初那個成功模式，這種工作根本難不倒你。」

「照著做就行了？那倒是挺簡單。」

行天抬起了頭，似乎產生了一點興趣。

「我的意思是你一定能找出和平一百倍的方法，而且是在不觸犯法律的前提下……」

多田趕緊補上這兩句。當初那個糾纏海希的男人，被行天打到渾身是血，後來還人間蒸發了。至於行天則是身受重傷，在鬼門關前走了一遭。

「要拿到高手證書，還眞是挺不容易呢。」

行天拉起毛毯蓋在身上。「好吧，這件工作由我想辦法處理。我這個人就是這樣，一旦受到懇求，就沒辦法拒絕。」

雖然這句話有太多可以反駁的地方，但多田沒有多說什麼，默默爬上自己的床。這將近一年來的共同生活，讓多田深深感受到，跟行天講道理是行不通的。唯有達觀與寬容，才是與行天相處的不二法門。

多田看著窗外街燈的亮光投射在天花板上，靜靜等待睡意到來。過了一會，多田感受到那有如棉被一般沉重而柔軟的睡魔，悄悄爬上了自己的身體。就在多田打算交出身體的控制權之際，掛簾的另一頭傳來了行天的聲音。

「多田。」

這傢伙眞不會挑時機。多田不禁有些惱怒，決定不理他。掛簾的另一頭隱隱傳來猶豫不決的氛圍。過了半晌，行天說：「我是不是搬出去比較好？」

多田才明白自己剛剛說的「獨立開業」，畢竟讓行天有些介意。如果可以的話，多田很想給他一個肯定的答覆，或者至少默不作聲。但多田心裡很清楚，如果自己狠得下心，就不會讓行天賴在事務所這麼久。多田不禁感慨自己實在是個爛好人。

「反正你都住了這麼久，我已經無所謂了，你自己決定吧。」

說完這句話，多田靜靜地等待行天的回應。最後等到的是健康而規律的鼾聲。

這傢伙到底是哪裡有問題！

最後多田只能抱著無處發洩的怒火與睡意全失的意識，像傻子一樣孤獨地熬過這個夜晚。

數天後，行天聲稱要一個人處理篠原利世的委託工作，一派悠哉地出門去了。他穿著那件極度搶眼的夾克，讓多田不禁有些錯愕。依照原本安排好的計畫，行天應該是要偽裝成篠原利世的新男友，讓原本的男友知難而退。既然如此，穿那件復古風流氓夾克似乎不太妙。多田本來想要提出忠告，但最後什麼也沒說。

對付行天的最好方法，就是不要理他。何況自己手邊也有堆積如山的工作。

然而到了這天下午，多田才深深體會到，自己實在是太天真了。當時多田正在某獨居老婦人的家裡努力搬動家具，行天忽然來電。

「抱歉，你能不能來接我？」行天說。

「你等我一下。」

多田先將手機交給守在一旁的老婦人，小心翼翼地放下原本以單手及腰際支撐住的彩色置物盒，向老婦人說了聲「謝謝」後取回手機。

「你說什麼？」

「我需要你來接我，山城町五之二十一，海茲花園公寓二〇一室。」

「發生什麼事了？」

「我沒辦法搭公車回去。就這樣，我在這裡等你。」

行天說完就掛斷了電話。多田從頭到尾聽得一頭霧水。

「是不是發生什麼事了？」老婦人憂心忡忡地問道。

多田只是搖了搖頭。這位老婦人可是經常委託工作的熟客，比那個聲稱沒辦法搭公車的男人重要得多。

「只是一點小事，沒什麼。請問這個是要搬到隔壁房間嗎？」

篠原利世所住的公寓，位在山城町的廣大農田中央，比常客之一的岡的家還要偏僻得多。

多田為老婦人更換了家具位置，才開著發財車，來到篠原利世的家門口。一按下門鈴，馬上就有人來開門。那個人似乎才剛洗過澡，頭髮還是濕的，上半身沒穿衣服，只披著一件夾克。多田仔細一瞧，開門的人正是行天。

「來得真慢。」行天說道。

多田看了行天的模樣，一時感覺天旋地轉，差點沒昏倒。

「你到底幹了什麼好事？你這個新男友只是假的，誰叫你假戲真做了？這種事情要是傳出去，我這個便利屋可就名聲掃地了！」

「好，你先冷靜。」行天笑了起來。

「對不起，都怪我不好。」屋裡的篠原利世忽然哭了起來。

多田、行天和篠原三人圍著一張矮桌而坐。篠原自稱是大學三年級學生，打工時認識了一個男生，兩人開始交往。但是不久前她暗戀的大學學長忽然向她表白，她不知如何是好，才找上了多田便利軒。

「今天因爲『準前』要來我家，我趕緊把行天請來……」

「準前？」

這輩子從沒聽過的名詞，讓多田傻住了。

「就是打工認識的男生。」行天向多田咬耳朵。「大學那個學長叫『準新』。不稱前男友、新男友是因爲舊的還沒分手，新的還沒交往。」

「噢……」

鬼才聽得懂。多田心裡這麼想，不置可否地點了點頭。

「『準前』說什麼也不肯分手……」

篠原一邊潸然落淚，一邊發出類似震動橫膈膜的聲音。

照篠原的描述，剛開始還算順利，三個人心平氣和地坐著談判。但一會後，「準前」忽然暴跳如雷，大喊：「利世！妳被這傢伙騙了！這種沒水準的男人，我不允許妳跟他在一起！」

多田登時有了不好的預感。

「後來呢？」

「既然他抓狂，那代表我也可以抓狂。」行天氣定神閒地說道。「對付生氣的人，就是要比他更生氣，這樣他才會怕，對吧？」

「嗯。」篠原以淚眼汪汪的雙眸凝視著行天。

那表情讓人分辨不出她到底是恐懼於行天的惡行惡狀，還是景仰於行天的英勇行徑。

「誰管你允不允許！老子交女朋友還需要拜託你同意？你敢繼續糾纏不清，老子取你項上人頭！我就這麼一邊喊，一邊抓著他的後頸，把他拉出門外。然後你猜我怎麼做？我用力捶牆壁，再拿自己的腦袋去撞牆，把自己搞得像得了狂犬病。都怪你要求『不能觸犯法律』，害我做事綁手綁腳，不能揍人是要怎麼工作？我才這麼搞沒兩下，鼻血就狂噴，T恤上都是血。」

多田抬頭一看，行天的T恤正垂掛在窗簾軌道下。由於靠近空調出風口，T恤正不停微微搖擺。想必行天會在浴室裡洗過T恤，但要洗去沾在衣服上的鮮血並不容易，此刻那件T恤從胸口到腹部的位置都還殘留著血跡。接著多田低頭望向行天擱在矮桌上的雙手手掌。手背的指頭根部位置都破皮了，滲出不少鮮血。

「所以你才把我叫來？」

「嗯，T恤濕了沒辦法穿。」

「就算上半身只穿一件夾克，還是可以搭公車回家。」

「不要，好冷。」

多田站了起來。

「我們還有很多工作，先失陪了。如果『準前』還是糾纏妳，妳再聯絡我吧。行天，我們走。」

「咦？還要工作？早知道我就搭公車回家。」

在篠原的目送下，多田與行天離開了公寓。

「爲了跟男友分手，竟然找便利屋出面。那女人看起來一副愛好和平的樣子，沒想到做法那麼偏激。」多田嘀咕道。

「天底下有愛好和平的女人嗎？至少我沒有見過。」

行天坐進停在路邊的發財車，把還沒乾的襯衫丟在副駕駛座前方的平臺上。「妳看她穿著低胸洋裝，把男友叫到自己的住處，竟然是要談分手的事。擺明是想鬧個天翻地覆，眞是太有意思了。」

「你就不能用一些溫和的手段嗎？爲什麼每次遇上這種事，都得拚個你死我活？」

多田轉動旋鈕，調強車內的暖氣，一邊忍不住向行天抱怨。

「溫和的手段？例如？」

「對他曉以大義。」

「暴力才是最有效率的手段。能用打的，爲什麼要用講的？」

行天得意洋洋地說：「而且你不用擔心，我沒有眞的做出傷害他的行爲。」

但你傷害了自己。多田原本想要這麼反駁，卻說不出口。多田望向行天那傷痕累累的皮膚，心想自己過去確實不曾靠溝通的方式取得任何人的諒解。

由於時間緊迫，多田沒辦法先回事務所爲行天包紮傷口。發財車離開了山城町，一路往眞幌市的西側前進。

峰岸町原本只有一大片農田，後來經過土地規劃，如今擁有兩座大學校區，但景色依然相當恬適悠閒。

車流量不多的道路沿線上，有一片新開發的住宅區，裡頭的住宅只能以五花八門來形容。有木造別墅，有從他地拆遷來的老舊民宅，還有帶煙囪的北歐式建築。各式各樣的屋舍比鄰而居，讓人有種時空錯亂的感覺。

委託工作的木村家，位在鄰近大馬路的巷道內。那是一棟兩層樓高的簡樸建築，可看出木村家應該已在峰岸町住了非常多年。在目睹了那宛如惡夢般突兀的一整排房屋後，再看到木村家那塗上茶褐色油漆的外牆，反而有種安心感。

行天似乎也有相同的感想。下車後，他一看到木村家便說：「這不是大雄[25]的家嗎？現在這個年代，這種房子已經不多了吧？」

多田一按下水泥圍牆上的對講機按鈕，建築物的大門旋即開啟，走出一名年近六旬的老婦人。「便利屋嗎？請進。」老婦人朝兩人招了招手。她正是委託人木村妙子。

「我想把那座倉庫拆掉。」

進入客廳後，多田與行天朝著妙子所指的方向望去。落地窗外是一片小小的庭院，一座鐵皮屋倉庫占據了庭院的大部分空間。

「我老公差不多要退休了，所以我們打算把不要的東西處理掉，騰出更多空間來栽花種草。但我跟我老公的腰都不太好，所以想請你們幫忙把倉庫裡的東西搬出來。」

「我能靠近一點看嗎？」

「當然。」

三人於是走出大門，繞進庭院裡。途中妙子望向行天的手。

「你受傷了？消毒了嗎？」

「放心，我舔過了……謝謝關心。」

最後面的「謝謝關心」講得相當彆扭，因爲那是行天被多田瞪了一眼，才趕緊補上去的。行天我行我素慣了，腦袋裡完全沒有「客氣」這兩個字。

多田原本擔心行天那「有如得了狂犬病」的瘋狂行爲會讓客人產生戒心，但妙子似乎沒辦

25 漫畫《哆啦A夢》的主角。

法從行天的傷口判斷出他做過什麼事。

「這樣啊。」妙子只是應了一聲，沒有繼續追問。

倉庫裡滿是紙箱及久未使用的老舊家電，幾乎堆到了天花板。如果要一邊確認有沒有用一邊整理，恐怕會花上相當長的時間。

討論的結果，是挑選天氣好的日子，分成好幾天處理完畢。多田取出合約書讓妙子簽名。整理過程中產生的垃圾，由多田負責送往市營資源回收中心。包含回收成本在內，所有費用在事後一併付淸。

雙方討論完細節時，太陽已下山了。「好冷。」行天一邊咕噥，一邊將夾克的拉鏈拉到脖子附近。兩人離開木村家，走向停在門口的發財車。

「打擾了。」正當多田想要打開車門時，忽然聽見說話聲。

多田轉頭一看，稍遠處站著一個年紀似乎不到三十歲的男人。

「請問兩位是？」男人走過來問道。

「我們是經營便利屋的。」多田說。

「噢，原來如此。辛苦你們了。」男人回應道。多田心想，他大概是木村家的兒子，於是也客客氣氣地說：「請別這麼說，是我要謝謝你們的關照。」

多田原本以爲雙方打完招呼，男人就會走進屋子。沒想到男人卻站著不動，雙方隔了數公尺距離，形成奇妙的僵持狀態。

行天從口袋掏出菸盒，點了一根，吐出一口煙霧。

「你是誰？應該不是木村家的人吧？」

多田聽行天這麼說，內心有些驚訝。但男人的驚訝程度，竟然更勝於多田。不，與其說是驚訝，不如稱之爲狼狽。「呃……那個……」男人吞吞吐吐，不斷後退。行天迅速上前抓住他的手腕，不讓他逃走。

「那是你的車吧？」

距離大馬路的不遠處，停著一輛有著圓弧外型的水藍色轎車。

「你爲什麼要假裝是木村家的人？」

男人遲疑了一會，忽然抬頭說：「我想要委託你們一項工作。」

「什麼工作？」

多田倚著發財車，仔細觀察男人的一舉一動。男人漸漸不再緊張，卻像是下定了某種決心，情緒顯得頗爲激昂。

「我希望你們幫我查探木村夫婦的狀況。例如他們過著什麼樣的生活，日子過得幸不幸福，以及跟兒子的關係好不好……」

從男人的態度，可以看出他應該有難言之隱。但不論基於任何理由，多田都不可能接下這種工作。

「我們只是便利屋，不是偵探。請你另尋高明。」

多田打開車門，坐上駕駛座，發動引擎，將車頭調轉了方向。行天也放開男人的手，跳上發財車的副駕駛座，扣上了安全帶。

今天的最後一件工作終於結束了。多田將車子開往眞幌車站的方向。

「他跟來了。」行天看著後照鏡。

那輛水藍色轎車在後方若隱若現，中間約隔了兩輛車。

「這傢伙到底想幹什麼？」多田嘆了口氣。

爲什麼一天到晚遇上怪咖？到底是什麼吸引了這些人找上門來？是便利屋這個工作使然，還是行天釋放出某種怪咖磁場？多田試著回想行天加入前的狀況，記憶卻已模模糊糊，什麼也想不起來。

假如被這男人跟到事務所，事情恐怕會更難處理。多田只好把車子開進站前的市營停車場。果不其然，男人的車子也跟著開進了停車場。多田停好車子，靜靜地等著男人下車。

「咖啡神殿阿波羅」今晚也門庭若市。

這家咖啡廳位在眞幌大街某綜合商辦大樓二樓，裝潢十分獨特。

地上鋪著紅地毯，天花板掛著巨大水晶燈，地板的中央擺著一副盔甲，且到處有著裸女雕像及觀賞用的植物。但所有裝潢都給人一種仿冒品的廉價感。就連窗戶上，也貼滿了模仿彩繪玻璃的貼紙。

據說咖啡廳老闆的經營理念是「讓客人徜徉在哥德式藝術氛圍中，同時享受咖啡的芬芳香氣」。但雜亂放置的大量廉價裝飾物，將店內塑造成一種混雜了歌德、洛可可與叢林澡堂[26]要素的詭異空間。更重要的一點，是這裡的咖啡根本沒有香氣可言，不過這部分就屬於多田的主觀感想了。

雖然裝潢讓人難以恭維，但客人不管坐多久都不會遭到白眼，因此咖啡神殿阿波羅（簡稱「阿波羅」）還是有許多固定的熟客。主要是想找地方偷偷抽菸的高中生，以及想要暫時忘記業績壓力的上班族。多田與行天有時到大眾澡堂洗完澡也會到阿波羅坐上一會。這個號稱「咖啡神殿」卻彷彿是在追求喝咖啡極限環境的空間，就是有一股讓人難以抗拒卻又摸不著頭緒的魅力。

多田、行天與那不明來路的男人圍繞著一張圓桌而坐。三人所坐的都是可以轉圈圈的單人沙發，沙發的表層是紅色的仿絲絨布，圓桌的面板則是製作得像大理石的廉價塑膠，一切都像設計得太過簡單的挑錯遊戲。多田一邊這麼想著，一邊啜了一口早已涼掉的咖啡。至於那神祕男人，則是從剛剛就一直默不作聲，露出焦躁的神情。只見他不時拿起金色湯匙，在咖啡杯中攪出深谷般的漩渦，或是站起來又坐下，彷彿屁股上長了什麼令他難以安坐的突起物。

穿著打扮看起來像豪宅管家的中年店員走上前來，說了一聲「失禮了」，恭恭敬敬地為三

26「叢林澡堂」（ジャングル風呂）指的是打造成了叢林模樣的大眾澡堂，主要盛行於六、七〇年代的日本。

人的水杯加滿了水。

行天似乎是閒得發慌，用指甲摳起手背上乾掉的血痂。多田拉了拉行天的夾克袖子，要他立刻停止這個動作。此時男人才終於開口。

「眞的很抱歉，我開車跟在你們的車子後面，應該給你們添了許多麻煩吧？但是對我來說這個機會很難得，我眞的不想錯過……」

男人這幾句話，讓多田聽得一頭霧水，他打斷男人的話：「麻煩你直接進入正題。」

「好，我過陣子要結婚了。」

多田一句話都說不出口，只能靜靜等著男人自己接下去。

男人趕緊說道：「啊，我叫北村周一。」

「我是經營便利屋的多田，他是行天。」

話題到這裡又卡住了，多田只好接話：「恭喜你，然後呢？」

「然後……該怎麼說呢……」

「我能先回去嗎？」行天低聲問道。

「乖乖等著，不要囉嗦。」多田低聲回應。

「畢竟結婚是人生的一大轉捩點……」

北村挺直了腰桿，接著說道：「我決定好好調查我的親生父母。」

「結婚算是人生的轉捩點嗎？如果有心要結婚，想結幾次都行。」行天說。

「那不是重點。」多田說道：「親生父母是什麼意思？指的是木村夫婦嗎？」

「嗯，應該是吧。」

北村拿起身旁的黑色公事包，將手探進公事包內。多田原本以爲他會取出戶籍謄本之類的證明文件，沒想到他取出的竟然是一盒萬寶路的薄荷菸。

「哇，來一根！」眼尖的行天立刻提出要求。

「請、請。」北村爽快地將整盒菸放在桌上。

「我在讀高中的時候動了盲腸手術，當時醫院驗出我的血型是A型，我的父母跟我都嚇了一跳。因爲這麼多年來，我們都以爲我的血型是O型。我父親是B型，我母親是O型，所以我不可能是A型，這太奇怪了。」

「你是你媽跟外頭的老王生的吧。」

行天抽著對方給的菸，卻滿不在乎地說出失禮的話。北村淡淡一笑，說：「我母親不是那種人。」多半在他心中，早已思考過這個可能性無數次。

多田察覺自己的手指正在微微顫動。

「只靠血型的A、B、O，沒辦法百分之百肯定沒有親屬關係。」

勉強擠出的聲音也異常沙啞。多田發現行天正以錯愕的眼神望著自己，趕緊端起杯子喝了一口。

「是的，所以我的父母……我是說把我養大成人的養父母，決定進行DNA鑑定。根據鑑定的結果，過去我以爲是父母的人，從生物學的角度來看並不是我的父母。」
「難道是在醫院抱錯了？」
行天將菸頭拿到菸灰缸捻熄。
「這應該是唯一的可能了。」
北村也將吸到非常短的菸頭放進菸灰缸。前端的星火很快就熄了。
「不過這個事實並沒有改變父母與我的關係，我們一家人的感情甚至變得比以前更好了。但是在我決定結婚之後，突然很想知道我的親生父母是什麼樣的人，他們養大的那個跟我搞錯的孩子，又是什麼樣的人。」
「你怎麼知道木村夫婦是你的親生父母？」多田問。
「我有一個好朋友，剛好在市民醫院擔任事務員。我拜託他偷偷幫我查了，在那間醫院，和我同一天出生的男嬰只有一人。如果把日期範圍拉大到前後五天，男嬰共有將近十人。但我猜想我的親生父母應該是木村夫婦沒錯，因爲他們的姓氏和我養父母的姓氏很像。」
多田點了一根菸，順手整了整有些變形的LUCKY STRIKE菸盒。今天忙了一整天，直到現在才抽第一根菸。北村彷彿收到了暗示，也抽起第二根。行天見狀，當然也毫不客氣地拿了今天的第二根伸手牌。
三人吐出的煙，讓整張桌子籠罩在一團朦朦朧朧的白霧之中。
早知道就不要插手管這件事了。多田感覺到過去的傷痛正沿著腳底往上爬，心臟隨時會被揪住。

「這不過是你的臆測，何況這不在便利屋的工作範圍內。」

多田丟下這句話，起身想要離開，卻發現行天抓住了自己的連身工作服的腰際。

「你得知木村夫婦過得好不好，然後呢？你打算做什麼？」

行天一邊抓著多田的衣服，一邊正眼凝視北村。

「什麼也不做，就只是想知道而已。」

北村的口氣沒有半點心機，宛如是個正在詢問「天空爲什麼是藍色」的孩子。

「噢……」

行天伸出沒有拿菸的手掌，朝北村說：「留下手機號碼。哪天我心情好，或許會打給你。」

「謝謝、謝謝……」北村數度鞠躬道謝，三人就在市營停車場分道揚鑣了。開車返回事務所的一路上，多田完全沒有說話。一股令身體微微顫抖的焦躁感逐漸充塞於體內，終於在關上事務所大門時噴發了出來。

「你不要擅自作主。」

這句話說得異常低沉，有如野獸的低吼聲。行天正蹲在有些故障的煤油暖爐前，一邊以打火機的火苗烤著手指，一邊嘗試將暖爐點燃。聽到多田這句話，行天仰頭望向站在門口的多田，問道：「你說什麼？」

「你不要擅自作主。」

「你指的是……呃，北村那件事嗎？」

多田的怒意驀然衝破了臨界點。

「難道你還擅自作主了另一件事？」

毫無前兆的怒吼，似乎讓行天嚇了一跳。行天像機器玩偶一樣跳了起來，打火機跌落在地上。

「當然沒有，我不是那個意思。」

「我可不相信。」多田對行天的安撫之語充耳不聞。

「你剛剛爲什麼要輕易答應他？我們根本不清楚他是什麼樣的人。」

「那個北村看起來不像在撒謊。」

「就算他說的都是眞的，那又怎麼樣？這不是可以輕易答應的事情。就算你告訴他，木村夫婦有個幸福美滿的家庭，然後呢？要是他說想跟木村夫婦當面說幾句話，你要怎麼辦？要是他說想控告醫院，你要怎麼辦？木村家跟北村家可能都會被這件事情搞得天翻地覆，你有辦法幫得了那麼多嗎？」

「事情不就是這樣？一旦知道，就回不去了。」

行天此時的表情有如隱居山林的賢人，擺脫了一切情感及欲望的束縛。「我們只能不斷往前進，直到獲得滿意的結果。」

「這麼做可能會讓所有人變得不幸。」

「天底下只有甘於不幸的人，沒有在後悔中過得幸福的人。該在哪個階段停手，只能由北村自己決定。」

「並不是每個人都像你這麼堅強。」多田說。

然而這句話並沒有讓行天產生一絲一毫動搖。

「多田，你是怎麼了？今天的你有點不太對勁。」

「大概是感染了你的怪咖菌吧。你想怎麼做，隨便你吧。」

「一下子說不行，一下子又說隨便我，麻煩你先想好一個答案好嗎？」

行天露出不知如何是好的表情。多田不再理睬他，走進居住空間，拉上掛簾。怪咖菌？我怎麼會說出這麼幼稚的話？多田左思右想，一股怒火再度湧上心頭，忍不住一腳踹飛床邊的垃圾筒。

垃圾筒撞上流理臺，發出刺耳的金屬聲響。裡頭的垃圾全倒了出來，滿地都是泡麵的湯汁。一定又是行天將泡麵的容器連同湯汁放進塑膠袋裡，塞進了垃圾筒。已經告訴他好幾次，放進垃圾筒前要把湯汁倒掉，他就是講不聽。

「去你媽的！」多田氣得破口大罵。

明知道行天一定在掛簾另一頭默默聽著，多田不想理會，氣呼呼地上了床，抓起棉被蓋上，緊閉雙眼。

半夜裡，多田聽見行天偷偷爬起來擦拭地板的聲音。多田假裝睡著，沒有起身查看。

幫木村家整理倉庫的工作，進展得相當順利。

由於每天都還有其他委託工作要處理，待在木村家的時間就只有上午的兩個小時。幸好這幾天的天氣都不錯，連續整理了三天之後，倉庫裡堆積的雜物已大幅減少。估計在週末之前就能把倉庫清空。

冬季的天空看起來薄而透明。多田與行天戴著工作手套，在寒冷的天氣中一邊吐著白煙一邊工作。木村妙子坐在落地窗的窗緣，兩隻腳踩在庭院的地面上，對兩人搬出來的物品下達「要」或「不要」的指示。

不要的家電製品屬於資源回收項目，全都搬上發財車的車斗。妙子親自打開每個紙箱，確認裡頭的物品。大多是不穿的舊衣，或是一些年代久遠的商業書籍，但偶爾也會出現相簿、孩子的畢業感言集，以及布娃娃。

這樣的箱子大多封得密不透風，裡頭的東西也都愼重地包在塑膠布或報紙裡。妙子像發現寶箱的海盜一樣雀躍，邊翻著相簿邊喊著「好懷念」。

整理的工作告一段落，三人一起在客廳吃午飯。雖然多田一再推辭，妙子每天都還是會爲多田及行天準備午餐便當。

「沒關係，反正我本來就得幫老公做便當。而且在孩子們搬出去之前，我也會在外面做一些兼職工作，所以每天早上都必須做全家人的便當。」

裝在盒子裡的菜肴看起來五彩繽紛，雖然都不是什麼難做的菜，但每道都很好吃。

行天與妙子總是一邊吃著便當，一邊看著當天在倉庫裡發現的照片，像在品評戰利品一樣。有些是日常的生活照，有些則是到照相館拍的，還夾在照相館附贈的厚紙板裡頭。這些照片凝聚了木村一家人的半生記憶。

下定決心要採取行動的行天，幾乎沒有遇上任何困難。他徹底發揮了一個令人意想不到的才能，那就是引誘他人敞開心房，拋開一切懷疑與戒心。畢竟他長得眉清目秀，外表看起來是個十足的好青年。「啊，我小時候也去過那個動物園！能借我看一下嗎？」只要說出像這樣的話，再配上一點微笑，恐怕天底下大部分女性都會願意交出手中的照片。

如今行天正坐在妙子身旁，維持恰到好處的距離，看著照片的表情，簡直就像他也是這個家的一分子。多田在一旁默默咀嚼著便當。

在這三天的時間裡，行天已查出木村家有一個兒子及一個女兒。兩個孩子都已出了社會，套一句妙子說的，「沒消息就是好消息」。

妙子還曾拿出今年過年期間拍的家族合照給行天看。不管是妙子、丈夫還是女兒，體型都偏削瘦，唯獨兒子又矮又胖，看起來是個脾氣相當好的人，一臉悠哉地望著鏡頭。

當行天看見木村家兒子的高中照片時，不由得揚起肩膀，大喊了一聲「我的媽呀」。兒子竟然將頭髮染成鮮豔的茶色，制服的褲子是超級低腰褲。那副打扮與他那圓滾滾的身材實在極不協調。

「很怪吧？」妙子也笑了起來：「我兒子上國中之後突然開始學壞，我們都爲他傷透了腦筋。」

她說到這裡，忽然轉頭望向行天，問道：「你呢？你年輕時學壞過嗎？」

「應該不算吧。」行天的兩眼依然盯著照片：「當一個人夠頹廢，就沒力氣學壞。」

「那你的父母一定很安心吧？」

妙子這句話沒有半點惡意，行天也很乖順地點了點頭。那副景象中，唯獨行天手背上的瘀青紅腫異常醒目。

行天表現出來的言行舉止，簡直是把自己當成妙子那個浪子回頭的兒子。多田無法理解那行爲到底源自於什麼樣的心態？是逢場作戲，還是眞情流露？

回到事務所，多田依然悶不吭聲，但行天不以爲意，仍不時向多田搭話。多田不回應，他就一個人說個不停。睡覺之前，行天一定會說上一句「但願明天也是好天氣」。

這天，行天在倉庫裡發現了一個附提把的紙袋。拿到庭院裡一看，裡頭雜亂塞著大約二十本筆記本。

妙子朝袋內探了一眼：「噢，這些是家計簿。」

「數量越來越多，不知道要往哪裡擺，所以把舊的收進了倉庫。」

「要丟掉嗎？」

「好啊，不如就趁這個機會丟了吧。」

妙子很乾脆地點了點頭，這反應引起多田的疑竇。要丟掉家計簿，就跟丟掉日記一樣，應該或多或少會有所遲疑。如果是搬家時遺失也就算了，但如果是看著家計簿要決定「丟」還是「留」，相信大部分的人都會作出「不然先放著好了」的結論。

當然以行天那單純的腦袋，絕對不會深入思考這些微妙的感情變化。他應了一聲「好」，立刻就將一大疊家計簿從袋子裡拿出來，以繩索牢牢固定住。有些家計簿的封面吸收了水氣已經膨脹變形。

行天提著變成垃圾的家計簿，走向停在門外的發財車。「多田，可以打開那個箱子讓我看看嗎？」妙子回過頭來朝多田問道。那態度非常自然，沒有一絲陰霾。難道是我想太多了嗎？多田心裡如此想著，嘴上應了一聲「是」，重新把注意力拉回眼前的工作上。

這天夜裡，多田在半夢半醒之間，隱約聽見事務所的大門被人打開又關上的聲音。

多田拉開掛簾一看，原本應該躺在沙發上的行天已不見人影。多半是去便利商店吧。多田想回到床上繼續睡覺，但睡眠一中斷，就很難再找回睡意。

多田伸手到床邊的矮櫃上摸索，摸到了香菸的盒子，拿起來一搖，裡頭卻是空的。多田不禁有些懊惱。發現無菸可抽反而更加深了想要抽菸的念頭。多田將「寒冷」與「尼古丁」放在天秤上衡量，猶豫了好一會，最後還是下了床。

身上只穿一件運動衫當睡衣的多田，伸手抓起夾克披上。一整排大樓附近就有便利商店，去買個菸再回來，應該花不了多少時間。多田一邊想著，將手伸進夾克口袋。

原本應該放在口袋中的車鑰匙，竟然不翼而飛了。

難道是被行天拿走了？什麼時候的事？多田立刻衝出事務所。愛車正面臨極大的危險！多田早已將想抽菸的心情拋向九霄雲外，直奔停車場。

在夜間照明燈的照耀下，可以清楚看見發財車還停在原本的地方。行天並沒有擅自把發財車開走，這讓多田著實鬆了口氣。但爲了保險起見，多田還是探頭朝車內看了一眼。

只見行天坐在副駕駛座上，嘴裡叼著萬寶路的薄荷菸，正專心看著手裡的一本冊子。多田敲了敲車窗，行天嚇了一大跳，香菸從嘴角滑落。他趕緊將菸拾起，重新塞回雙唇之間。多田瞪了行天一眼，他不敢反抗，只好解除了車門鎖。

多田一拉開駕駛座的車門，一股濃濃的菸味伴隨著些許黴味從車內竄出。多田低頭一瞧，駕駛座上竟堆著原本應該成綑放在車斗的舊家計簿。

「你在幹什麼？」

多田坐進車內，把那疊家計簿放在自己膝蓋上，關上了車門。車子並沒有發動引擎，車內幾乎和車外一樣寒冷。

「木村太太多半也發現了，兒子可能不是親生的。」

行天攤開一本家計簿，舉到多田面前。妙子似乎是個做事嚴謹的人，每天的收支都記錄得一清二楚。頁面上密密麻麻寫著各種項目及數字，備註欄還填上了最近正在看的書本及雜誌。

行天指著其中一欄，上頭寫著《一讀就通的遺傳機制》及《血型的祕密》。

「這有什麼問題嗎？」

多田感覺太陽穴隱隱發疼，不曉得這股疼痛是源自於憤怒，還是源自於睡眠被打斷。抬頭剛好看見行天的菸盒就放在儀表板的上方平臺處，多田懶得問，直接抽出一根點燃。

「或許她只是剛好對血型占卜感興趣。」

「我想應該不是。」行天說道。

「其他每一年的這個欄位，寫的不是料理雜誌，就是外國的推理小說，唯獨這一年不時出現像這樣的書。而且木村太太的兒子學壞，剛好就是在這個時期。」

到底該怎麼做，才能讓這傢伙安靜一下？多田滿腦子只想著這個問題，不耐煩地拉出菸灰缸。行天闔上了那本紙面微微變色的家計簿。

「兒子和父母完全不像的問題，想必曾經讓木村家吵翻了天。」

「你到底想表達什麼？」

多田並不打算怒吼，但聲音在耳內響起時，音量卻大到連自己也嚇了一跳。手指一顫，菸灰跌落到地板上。

「家家有本難唸的經，你能幫得上什麼忙？木村太太都說不需要這些家計簿了，你偷偷翻看從前的紀錄，到底想怎樣？」

「我想把這本家計簿拿給北村周一看。」

行天回答得斬釘截鐵，完全沒有受多田的激動情緒所影響。

「不行，這麼做完全沒有意義。」

「是嗎？」行天垂下頭，將肩膀倚靠在車門上。

「至少可以讓他知道有人嚐過一樣的痛苦，他應該會感覺好過一點吧？」

「你會這麼說，是因爲你沒有嚐過失去的痛苦。一個什麼也沒有的人，當然也不用擔心會失去。」

這句話出口的瞬間，多田馬上就後悔了。說出這種話有什麼意義？只不過是在遷怒而已。理性明明告訴自己不應該再說下去，多田卻無法克制這股衝動。那是一種想讓某個人嚐到痛苦滋味的衝動。對象是誰都無所謂，只要能讓某個人痛苦就好。

「但你只是假裝什麼都沒有而已，其實你什麼也不缺。你有一個關心你的人，你有一個和你確實血脈相連的孩子。你只是不想失去或傷害他們，所以故意和他們拉開距離。你假裝什麼也沒有，只是證明了你的傲慢與遲鈍。」

傲慢與遲鈍的人到底是誰？多田將吸了一半的菸扔進菸灰缸。行天默不作聲，表情看不出一絲驚惶或悲傷。

半晌之後，行天挺直了腰桿，將家計簿交給多田。

「或許你說的沒錯。」行天打開車門，走出車外：「但我就是想知道。」

此時是深夜時分，行天卻用力關上門，令空氣劇烈震動。行天快步橫越停車場，走進事務所所在的建築物。

「到底想知道什麼？」獨自留在車內的多田忍不住咕噥，將家計簿重新整理好，以繩索綁緊後放回車斗。接著多田去便利商店買了兩盒LUCKY STRIKE，以及兩盒萬寶路的薄荷菸。

回到事務所時，行天已躺在沙發上。他難得使用側躺的姿勢，背部朝外，臉朝向椅背。多田將萬寶路的薄荷菸輕輕放在圓桌上，拉開掛簾，上了自己的床。

多田其實很清楚，行天想知道的事情，正類似自己心中所祈求之事。

隔天早上，行天已抽起多田給的菸。多田拉開掛簾時，行天說了一聲「早」。兩盒萬寶路就可以讓這傢伙消氣。早知道昨晚應該多說一點。多田一邊敲著因爲睡眠不足而隱隱發疼的腦袋，心裡一邊想著。

隨著倉庫越來越空，找到的照片也越來越久遠。幾張全家福的照片裡，都有著面露微笑的兒子，但那相貌與父親或母親都不相似。

行天擺出一副什麼都不知道的表情，靜靜聽著妙子訴說往事，偶爾發出「嗯、嗯」的回應聲，兩隻眼睛直盯著照片看。但這卻讓多田感到痛苦不已。這種痛苦的感覺，在行天指著相簿中的一張照片時攀升到了頂點。

那張照片裡，年輕的父親將年幼的兒子抱在膝蓋上，父子倆笑得相當開心。

多田看到那張照片時的第一個反應，是「好像」。

妙子丈夫年輕時的相貌，與北村周一簡直就像同一個模子印出來的。

「好像。」行天低聲說道。

多田聽到行天說出這句話，驀然感覺胃部劇痛不已。他到底想說什麼？剛剛吃進肚子裡的飯粒，彷彿都在胃裡化成了鐵砂。

妙子先是頓了一下，接著毫不遲疑地說：「大家都說他們父子長得不像呢。」

「不，非常像。」

行天伸出手指，隔著相簿的膠膜輕輕撫摸照片：「父子都給人一種溫柔的感覺。」

「是嗎……」

「嗯。」

妙子與行天接著又翻起另一本相簿。多田只是在旁邊靜靜看著，什麼話也沒有說。

這天深夜，多田感覺肩膀被人不斷搖晃，同時聽見行天不停喊著「喂、喂」，因而從夢中驚醒了過來。多田以爲睡過了頭，趕緊在床上坐起，但是往四下一瞧，才發現天還沒亮。

行天蹲在床邊，宛如一頭不會害人的善良妖怪。

「幹什麼？」多田氣呼呼地問道。

「我看你好像在作惡夢，發出的聲音簡直就像快斷氣的灰熊在生孩子。」行天說。

過去多田好幾次在半夜被惡夢驚醒，這還是行天第一次主動喚醒多田。

「原來是這樣，抱歉，我沒事。」

多田朝行天甩了甩手，示意他可以回去了，但行天並沒有起身，只是仰頭看著多田。

「最近你好像在害怕什麼？」行天說道。

沒想到我竟然淪落到被行天擔心。

多田想要笑，口鼻卻只吐出了一些氣息，沒有半點聲音。

沒錯，行天就是這樣的人。雖然他老是我行我素，擺出一副不在乎他人也不在乎自己的態度，但在他內心深處，其實隱藏著比任何人都更加溫暖而堅強的光輝。每個與行天接觸過的人，都能感受到這一點，唯獨他自己不知道。

與行天一起生活的這將近一年的時間，多田真的很快樂。雖然每天血壓忽高忽低，經常大量掉髮，不時還會氣到心律不整，但真的很快樂。正因爲太過快樂，讓多田產生了一種錯覺。一種自己已經脫胎換骨的錯覺。一種終於能夠拋開過去的錯覺。

但是北村周一的出現將多田拉回了現實。

到頭來，我只是在原地踏步。

多田推開棉被，在床上坐了起來。行天也維持著相同姿勢，彷彿正在等待著什麼。

事情不就是這樣？一旦知道了，就回不去了。

多田突然有股想要說出一切的衝動。過去不能也不想告訴任何人的那些往事，多田突然想要一股腦全告訴行天。

但多田張了嘴，卻發現什麼也說不出口。原本想要說的那些話，彷彿化成一塊不會言語的冰冷岩石，只能靜悄悄地躺在內心深處。

「我只是夢見被人討債而已。」多田躺了下來，蓋上棉被。

「你不是說，你沒有欠錢？」

行天繼續在床邊蹲了好一會，見多田不再回應，他才說了一聲「晚安」，回到自己的沙發。

到了聖誕夜這一天，木村家的倉庫終於完全整理完畢。發財車上堆滿準備要載去資源回收中心的東西。

由於這天是星期六，丈夫也在家。他看了倉庫裡乾乾淨淨的模樣，不由得大受感動，直呼「真不敢相信」。他還拿出一些鄉下親友寄來的年糕，告訴多田：「如果不嫌棄，請拿去煮年糕湯吧。」過了一會，丈夫就走進庭院，興致勃勃地排列起了盆栽。

「等到確認資源回收需要的費用之後，我會寄一份請款單到府上，到時請跟工資一起匯給我。」

「謝謝你們，你們真的幫了大忙。以後或許還會有其他事情要勞煩你們。」

妙子站在門口，臉上帶著微笑。

「好的，請隨時吩咐。謝謝你們了。」

多田轉動鑰匙，發財車旋即晃了晃沉重的車體。行天也向妙子低頭鞠躬後，上了發財車。

車子準備開出巷道，進入那條櫛比鱗次的屋舍有如惡夢般突兀的大路。此時剛好有一輛車也來到轉角處，準備彎進巷道。那是一輛淡藍色轎車，正是北村周一的車子。

「咦？」行天在副駕駛座上輕呼了一聲。

多田望向後照鏡，確認妙子已走進屋內，這才輕輕按了喇叭，朝北村示意。

發財車來到大路上，靠邊停了下來。北村的車子沒有彎進巷道，調轉了車頭，乖乖停在發財車的後方。

「你來這裡幹什麼？」

行天下了車，站在人行道上，朝著也下了車的北村提出警告：「沒事跑到這種地方晃來晃去，可是跟蹤騷擾的行為。」

「對不起，但我真的沒有辦法不去在意。」北村露出靦腆的笑容。

「今天我要跟女朋友約會，因為還有一些時間，忍不住開來木村家附近繞一繞。」

「管你是約會還是倒會，這都不是藉口。」行天說道。

「你知道這叫什麼嗎？這叫變態跟蹤狂。」多田跟著附和。

「真的很抱歉。」北村又道歉一次，轉頭望向發財車的車斗。

「你們的工作結束了？如何？木村家給你們什麼樣的感覺？」

行天正要開口說話，卻遭多田制止。

「一來工作還沒有結束，二來我們沒有理由告訴你這些。」

多田接著說：「北村，我要再次強調，便利屋是非常講求信用的生意。我們有很多機會進入客人家中，所以會知道一些客人的家務事。正因爲如此，我們不能隨便對局外人透露我們知道的事情。」

「但行天曾經答應我……」

北村對行天露出懇求的眼神。

「他不應該輕易答應你那種事，這點我代替他道歉。」

多田完全不給北村說情的機會。「請你原諒他，畢竟他剛進這行不久，還只是個學徒。」

「我不是拿到高手證書了嗎？」行天有些不滿地說道。

「這我明白，可是……」

北村懊惱地垂下了頭。「可是嚴格來說，我跟木村家並不算是局外人……」

「不，你是局外人。」多田硬生生打斷了北村的話。

「血型不一樣，難道血的顏色就不一樣嗎？ＤＮＡ難道是肉眼看得見的東西嗎？與其對這種事情耿耿於懷，你更應該重視將你辛苦拉拔長大的人。你對現在的人生難道有什麼不滿嗎？」

其實這些話根本不需要由多田告知。眼前這個緊緊咬住嘴唇的男人，一定早就歷經過無數次血脈與心靈之間的天人交戰。

北村沉默了半晌，說了一句「我告辭了」，轉身坐上了他的水藍色轎車。

「快走吧，我們在這裡耗了太多時間。」

多田快步繞到車道側，打開了駕駛座的車門。

「平常那個雞婆的多田，到底跑到哪裡去了？」行天低聲嘀咕。

多田狠狠甩上車門，將這句話留在車外。

資源回收中心位在眞幌市的東北方，擁有一大片鑿山開挖出來的廣大腹地。放眼望去，盡是等待遭受高溫熔解的玻璃瓶山，以及擠壓成方塊狀後高高堆起的鐵鋁罐牆。不知何時才能再度啟動的家電產品，在風吹日曬中逐漸化成森林，一寸一寸地侵蝕著混凝土地面。受到屋頂覆蓋的深邃洞穴裡頭，衣物與紙張各自形成了獨特的地層。

資源回收中心的入口處地下埋有電子磅秤，所有的回收物都是以「車」計量。只要測量進入中心時的車重與離開時的車重，就可以根據重量差距計算出應該支付多少費用。

多田與行天開著發財車在回收中心內繞來繞去，把木村家的垃圾一一放置在指定的位置。

多田戴上工作手套，默默地將生鏽的烤麵包機與沾滿灰塵的電磁爐從車斗上搬運下來。它們靜靜地躺在多田的手中，彷彿對自己的命運早有覺悟。

最後剩下紙類。多田拎起一堆堆以捆包繩綁好的百科全書和實用類書籍，拋進回收紙類的孔洞裡。由於洞口附近早已堆滿回收物，多田必須用力將手中一疊疊書本拋往孔洞的深處。

在書本即將脫手飛出的瞬間，多田會以另一隻手上拿著的美工刀將捆包繩割斷。捆包繩不是紙類，不能跟書本一起拋進去。所有書本都飛入昏暗的孔洞深處，發出類似滂沱大雨的聲音，而多田手上還牢牢地抓著捆包繩。多田早已熟練這個步驟，所以做得駕輕就熟，行天的動作卻像是第一次打保齡球一樣彆扭。不是割得太早，書本全掉在腳邊，就是割得太晚，差點整個人都摔進孔洞內。

書本散落了一地，行天只好一本本拾起，拋入孔洞中。

「咦？」突然間，行天停下了動作。

一個中年男人從雜亂排列的家電後頭走了出來，自書本回收孔洞的後方穿梭而過。那男人似乎也聽見了聲音，不經意地轉過了頭來。

竟是眞幌警署的早坂刑警。

行天馬上又開始拋出手中的書本，但多田輸給了早坂的凝視，不由自主地朝他輕輕點頭致意。早坂繞過孔洞的外圍，朝著多田與行天走來。多田在心中嘀咕了一聲。

「多田，你工作眞是認眞。」

早坂看了看地上的書本，又探頭望向孔洞的深處。

「早坂，我看你也挺認眞。來到這種地方，是爲了工作嗎？」

「不，我下午才會進『公司』。」

早坂的視線在地面與孔洞之間來來回回好幾趟，那態度簡直像是發現歹徒正在湮滅證據。過了好一會，他的視線才停在多田的臉上：「我偶爾會來這裡散步，這是我的個人興趣。」

早坂喜歡朝著人或物上下打量，這似乎並非完全是職業使然，而是他天生有著比別人更加強烈的好奇心。「哇！這洞好深！搞不好有十公尺！」早坂站在回收孔洞的邊緣，朝著洞內探頭探腦。行天在他背後偷偷伸出手掌，作勢把他推下去，多田趕緊伸手制止。接著多田以最快的速度，把剩下的書本都拋進了洞內。

「那我們先走了。」多田說完這句話，轉身就要離去。

「等一下，先別急著走。」早坂將多田叫住了：「山下宗之的母親，已經向警方提出了失蹤人口申請。」

「山下宗之？那是誰啊？」

多田脫下工作手套，塞進連身工作服的口袋裡，轉身面對早坂。行天則露出一副無事可做的表情，蹲著抽起了菸。

「咦，你不認識他嗎？我以爲他的失蹤，也跟你們有某些關係。」

「爲什麼？有什麼特別的理由嗎？」

多田在心中暗自祈禱自己的臉色沒有絲毫改變，同時與早坂互相對望，等著早坂先將視線移開。

「倒也沒有什麼特別的理由。」早坂笑著說道。

「警察叔叔，你該不會是跟蹤我們來到這裡吧？」

行天捏起唇邊的菸，拿到地面上捻熄。

「眞的只是巧遇。我說過了，我很喜歡這個地方。」早坂轉頭望向家電叢林。

「我很喜歡走在這些遭到拋棄的東西之間。」

整座回收中心一片死寂。這也是理所當然的事，畢竟這裡就像是一切記憶的墳場。多田不禁想像，在聖誕夜的日子獨自走在這種地方的刑警，平常過的到底是什麼樣的生活？

早坂似乎也正思考著相同的問題。

「多田，你有家人嗎？」早坂問道。

「你現在是以警察的立場，在盤問我嗎？」

「你別誤會，我只是對你很感興趣。」

「愛的告白？」

多田與早坂不約而同地對行天的話充耳不聞。

「我曾經有妻子和……」

多田說到一半，突然沒再說下去。接著是一陣短暫的沉默，多田以眼角餘光瞥見行天站了起來，帶著訝異的眼神望著自己。

「我結過婚，後來離婚了。」

早坂點點頭，看了一眼手錶。

「我給你一個良心的建議，不要再跟星那幫人往來。不然的話，等到我們發現山下屍體的那一天，我可就得正式對你進行偵訊了。」

早坂轉身走向停車場的方向，多田只是默默地目送他離去。

慶祝耶誕夜的燈飾，籠罩著站前的每一棟建築及整條街道。但多田的生活作息與平日毫無不同，手裡拿著臉盆，走向大眾澡堂。

在脫衣間脫下牛仔褲時，多田才察覺原本放在牛仔褲後口袋的手機不翼而飛了。

一定又是行天那傢伙吧。他就是改不了愛摸走東西的壞毛病。

多田很想立刻返回事務所，把行天好好教訓一頓。但一來大眾澡堂的錢已經付了，二來手機也有可能是忘在事務所，或是掉路上了，多田決定先把身體洗乾淨再說。

多田浸泡在寬敞的浴池裡左思右想，最後的結論還是「一定是行天偷走了」。如果是掉在地上，應該會聽見聲音，何況自己工作後回到事務所，印象中並沒有拿出手機。

多田接著又想，假如行天想打電話，事務所裡有室內電話可以用，便利商店前面也有公共電話。如此想來，行天摸走手機，應該是想知道手機裡記錄的電話號碼。

多田在浴池內將雙手交叉在胸前，思考起了對策。行天在打什麼鬼主意，多田心裡已大致有底。問題只在於要怎麼樣揪出他的狐狸尾巴。

多田從大眾澡堂回到事務所時，行天正躺在沙發上，一副百無聊賴的表情。

「喂，你有沒有看到我的手機？」

「沒看到。」行天連眼皮都沒眨一下。

「好吧，不曉得掉到哪裡去了。」多田一邊說，一邊轉頭望向自己的床。早上起床時，棉被就是那副捲在一起的圓滾滾狀態，現在當然也沒有改變。但如今棉被上多了一樣東西，赫然就是自己的手機。「找到了、找到了。」多田故意自言自語，接著假裝若無其事地打開手機確認。沒有任何不尋常的來電紀錄及撥打紀錄。

當然多田並沒有因爲這樣就相信行天。多田拉上掛簾假裝睡著，其實是躺在床上靜靜等待。等了大約一個小時，到了接近十二點的時候，行天採取了行動。沙發附近不斷傳來窸窣聲響，不曉得行天正在幹什麼偸雞摸狗的事。突然間，行天好像撞上了矮桌，多田不僅聽見碰撞聲，還聽見了一聲「好痛」的悶哼。接下來有好一段時間，行天似乎在觀察多田的動靜，多田故意發出規律的呼吸聲。

行天似乎放下了心，又開始窸窸窣窣地移動，最後躡手躡腳地走出事務所。

多田立刻走向窗邊，俯瞰建築物下方的道路。行天離開建築物，走向箱急線車站的相反方向。多田也立刻走出事務所，開始跟蹤行天。

在這聖誕夜的深夜時分，情侶都已在床上纏綿，孩童都已在夢鄉裡等待聖誕老人，街上冷冷清清看不見一個路人。多田壓低腳步聲緊跟著行天。關閉了電源的裝飾燈串在多田的頭頂上方四處纏繞，有如一條條的荊棘。

跟蹤行天是件很簡單的事。因爲他不會突然回頭，或是改變前進的速度。不管四周有沒有人，行天永遠自顧自地依照一定的步調前進。這種態度並非源自於傲慢或遲鈍，而是源自於一種相信沒有人會在意自己的堅定認知。

行天永遠都是獨來獨往。

多田並沒有躲躲藏藏，只是保持一定的距離跟隨在行天身後。他身上那件鮮豔的龍紋夾克即使在夜裡也相當醒目，完全不用擔心會跟丟。

行天走到眞幌大街的尾端，轉進了一條小巷。那是連接與大街平行的後街的仲通商店街，雖然道路狹窄到往來行人只能勉強擦身而過，但加裝了頂蓋，兩側全是簡陋的鐵皮屋，聚集了服飾店、拉麵店、咖啡廳及五金行等等，大約三十間店鋪。

仲通商店街的前身是二戰剛結束時形成的黑市。建築物經過多次修補及增建，才變成現在的模樣。對在地的眞幌市民來說，這是最有庶民生活感的商店街。

孩提時代的多田也常來這裡買零食。但在深夜時分來到仲通商店街，還是人生頭一遭。面向道路的店面鐵門全都已拉下，髒污的頂蓋遮蔽了月光與星辰。或許是爲了應節，支撐頂蓋的骨架上纏繞著不少金銀彩線，在貫穿商店街的寒風中微微搖曳。

行天突然在道路中段停下腳步，轉身鑽進狹窄的巷道內。

仲通商店街的周邊有不少相當短的巷道，這是多田早已知道的事情。畢竟這裡聚集了大量鐵皮屋，中間多少會產生一些縫隙。有些形成了類似中庭的狹窄空間，有些設置了提供給購物者使用的老舊公共廁所，有些則搖身一變，成爲站著喝酒的小酒館，店內可能只有一座吧檯，直接擺在夯土地上。除非是對這一帶很熟的客人，否則絕對不會踏入仲通商店街的這類狹窄巷道。

這樣的狹窄巷道總是散發著危險的氣息，不斷挑逗著路過者的探險之心。巷道內即使是大白天，依然頗爲昏暗。就算只是從巷道外稍微探頭望一眼，往往也能看見一些鬼鬼祟祟的人，從小提包裡取出小小的藥包，交到另一人的手上。

更何況現在是三更半夜，更是讓暗巷內顯得陰氣森森。多田心中有些遲疑，但心想既然已經來到這裡，也只能跟著行天走進去。

巷道非常短，走個幾步就看到了盡頭。三個方向都是鐵皮屋，中間形成了一塊露天的空地。空地的地面是泥土地，正中央有一座看起來像小水窪的人工水池。多田看出它是人工水池的唯一理由，是一塊平凡無奇的石頭上，擺著一個通常只會放在金魚缸裡的龍宮造型擺飾物。

正前方的鐵皮屋有一扇拉門，上方掛著紅燈籠，是一家串烤店。門前的這片只要三步就能橫越的水池空地，似乎是串烤店的庭院。

「唔……」

多田再次遲疑了起來。行天顯然是走進了眼前這間串烤店。多田只好從旁邊繞過那片寒酸的水池，躡手躡腳地走到串烤店的門口。

紅燈籠上以高明的毛筆字寫著「串烤鳥增」。拉門是木製的格板門，上頭嵌著毛玻璃。唯獨門把附近的一格是透明玻璃，能夠從這裡查看店內的狀況，確認有沒有空位。

多田緊貼著牆面，微微轉動脖子，探向透明的玻璃，朝店內望去。

吧檯內側站著一名削瘦的白髮老人，正在攪拌罈內的濃稠醬汁。整間店大概就只有格板門那麼寬，深度大概也就只有吧檯前擺五張圓凳的程度。圓凳有著黑色的鐵製凳腳，凳面包著綠色塑膠布。

從門口往內數的第二張圓凳上，正坐著行天。後頭的第三張圓凳還坐著另一個男人，多田仔細一瞧，赫然是星。

多田趕緊將脖子縮了回來，背部依然貼著牆面，往左右張望了一番。附近並沒有看到星的手下。從狀況看來，似乎是行天將星叫了出來，而星單獨赴約，並沒有帶手下。

「別光喝Hoppy[27]，吃一些串烤吧。這裡的串烤挺不錯。」星說道。

「那就來份雞皮吧。」行天回答。

兩人說話並沒有特別大聲，但因爲牆壁很薄，多田聽得一清二楚。

「雞皮，還有呢？」

「雞皮。」

「你很愛皮？」

「嗯。」

「老爹，給這傢伙五串雞皮。我的話，你就隨便上吧，全部都要鹽味。另外再來份毛豆。」

「沒問題。」

兩個人接下來都沒再講話，多田耐不住性子，又往店內瞧了一眼。只見行天猛灌Hoppy，

27「Hoppy」是一種麥酒風味的飲料，雖然成分含有極微量的酒精，但分類上屬於無酒精的軟性飲料。所以後文當行天說出「有酒味」時，星才會哭笑不得。

一轉眼就將一杯Hoppy喝乾了，老人將剛烤好的串烤及一杯新的Hoppy擺在吧檯上。行天喜孜孜地吃起雞皮，喝起新的Hoppy。

「好喝嗎？」星看著行天手中的Hoppy，臉上帶著不敢恭維的表情。

「嗯，有酒味。」

「看來你病得不輕。」

星微微揚起了嘴角。他面前擺著一瓶啤酒，似乎正在自斟自飲，但喝得不快。多田心想，這傢伙除了不喜歡抽菸，搞不好連喝酒也不愛。明明幹的是骯髒買賣，身體倒是挺健康。

「說正事吧，你找我要幹嘛？」

星終於切入正題，多田趕緊將耳朵貼在牆壁上。

「清海小妹呢？今天是聖誕夜，你們沒約會？」

「大叔，這不關你的事！」

「啊，你被她甩了，對吧？」

「怎麼可能？那丫頭一睡著，不到早上是不會……夠了，別說這個。你到底找我有什麼事？」

「聽說警方開始尋找山下了。」

「這我知道，然後呢？」

「你有把握屍體絕對不會被發現？」

多田吃了一驚，探頭望向店內。老人神情平淡地烤著雞肉串，星的臉上帶著若有似無的笑意。行天面向著星，從多田的角度看不見他的表情。

「我不明白你在說什麼。」星說道。

「要是屍體被發現，你可以推到我頭上。」

行天接著說：「你只要告訴我人是怎麼殺的，屍體丟在哪裡，我會照著說。我相信你這個人做事，絕對不會留下證據。既然如此，當然也不會有證據可以證明人不是我殺的。」

「如果警察手上眞的沒有證據，就算找到屍體，我根本沒有必要承認是自己殺的，當然更不用推到你頭上。」

「眞幌警署已經對你們產生了疑心。與其讓警察到處打探你們的底細，不如趕快有人出來坦承殺人。這對你們來說，應該是求之不得的事情。」

這傢伙到底在說什麼蠢話？多田越聽越是心焦，恨不得立刻衝進店內。但在搞淸楚行天的眞正意圖之前，多田知道自己絕對不能貿然採取行動。

「噢……」，星歪著頭說道：「但你那時被山下刺了一刀，已經身受重傷了，怎麼還有能耐將他殺死？」

「只要別說我是被山下刺傷就行了。我就說我跟山下爲了女人而發生爭執，我下手將他殺害，然後把屍體藏了起來。後來我的肚子被刺了一刀，可以說是我自己跌倒刺傷的，也可以說我運氣不好，走在路上剛好遇到隨機殺人魔。」

「警察有那麼好騙嗎？」

星將手肘倚靠在吧檯上，語帶調侃地說道：「你是爲了報答飼主的恩情，才打算背黑鍋嗎？就我所知，便利屋因爲跟你、我扯上關係，似乎遇上不少倒楣事。」

「不，這跟多田沒關係。」行天搖頭，接著說：「我想跟你談個條件。」

行天放下杯子，拉開夾克拉鍊，翻開T恤的下襬，把一本緊貼著肚皮的小冊子抽了出來。多田幾乎不敢相信自己的眼睛。那竟是妙子的家計簿。行天那傢伙到底是什麼時候摸走了那本家計簿？難道是趁我的注意力被早坂吸引的時候，偷偷從書堆裡抽了出來，藏在衣服底下？這傢伙眞的是死性不改。

「我開的條件是，你必須把這個本子交給一個名叫北村周一的人。」

「爲什麼？」

「理由我不能說，但是你放心，這件事絕對不會讓你惹上麻煩。」

「爲什麼要把這件事託付給我？」

「因爲多田反對我這麼做。他以爲這玩意已經進了資源回收中心。」

「那個人住在那裡？」

「我不知道他的地址，只知道手機號碼。我想憑你的能耐，應該有辦法查出來。」

行天拿出北村當初寫了電話號碼的便條紙，打算與家計簿一起交給星。多田再也無法忍耐，使勁拉開了拉門。用力之猛，門上的毛玻璃差點沒掉下來。

「你他媽腦袋有洞？」多田朝行天的後腦杓用力拍了一掌。「天底下有哪個蠢蛋，會爲了這種雞毛蒜皮的理由背負殺人的黑鍋？」

「咦？你是怎麼找到這裡的？」行天仰頭看著多田說道。「老爹，幫我把剩下的包一包。」星朝著老人說道。老人依然氣定神閒地烤著他的雞肉串，聽見星的吩咐，才淡淡地應了一聲。

「謝謝你們幫我打發了一些時間。」星接下老人包好的串烤，站了起來，從正與行天大眼瞪小眼的多田身旁鑽過，走向門口。

「等等，星！你還沒付錢！」

「便利屋，像這樣的情況，當然是你買單。」

星轉頭看向行天，再度揚起嘴角。「這個交換條件打從一開始就不會成立。警察不可能發現山下的屍體。」

這句話有兩種解讀的方式。一種是他沒有殺死山下，只是將山下逐出眞幌，所以不可能發現屍體。另一種是他有自信做得天衣無縫，絕對不可能露出破綻。

「你就安心被主人養著吧，拜拜。」星悠然自得地走進仲通商店街的巷道。

「眞的很抱歉，吵吵鬧鬧的。」多田向老人道歉，同時掏錢付了帳，拿起吧檯上的家計簿。

「走吧，行天！」

行天拾起掉在地上的便條紙，拿起兩串烤雞皮，才從後頭追了上來。

「要吃嗎？」行天將其中一串烤雞皮遞給多田。

多田伸手接下，帶著滿肚子氣咀嚼起了雞皮。上頭的油脂恰到好處，雖然已經涼了，還是相當美味。

兩人離開了仲通商店街，朝著事務所的方向前進。

「我有時候看著你，眞的覺得心裡發毛。」

多田將吃完了雞皮的竹籤插進路旁的公共菸灰缸。「爲什麼你總是可以把事情想得這麼簡單？」

「我並不是眞的打算背殺人的黑鍋。」

行天一邊以竹籤剔牙，一邊說：「我知道他這個人絕不會犯下讓屍體被發現的低級錯誤。而且要讓他答應我的要求，就必須讓他看見我的決心。像那種小混混，最喜歡強調豁出一切的決心。」

像星那種程度的角色，恐怕已不是一般的小混混。多田雖然心裡這麼想，但沒有說出口。

「你爲什麼用盡各種手段，也要把家計簿拿給北村看？」

「我說過了，我想知道。」

「你到底想知道什麼？」

「孩子能不能重新選擇父母？如果可以的話，基準是什麼？」

多田不由得轉頭望向行天。行天叼著竹籤，直視著前方默默邁步。不帶一絲一毫多餘之物的削瘦臉頰上，看不出半點情感的痕跡。

行天，你一定不知道吧？因爲我從來沒說過……

你曾經是受父母虐待的孩子，而站在你身邊的我卻是……

「我曾經有過孩子。」當多田回過神來，自己已脫口說出了這句話。「但是出生後不久就死了。」

如今的多田，依然淸楚記得，在那睡著新生兒的房間裡，瀰漫著一股溫暖而微甜的空氣。每個細節都淸晰地烙印在腦海之中，甚至不需要刻意回想。

行天將竹籤扔進便利商店的垃圾桶裡。

「口渴了。」他走上通往事務所的階梯。

「我記得好像還有一些酒。」

「我跟前妻是在讀大學時認識的。大學一畢業我們就結婚了。當時她本來不想那麼快結婚，是我說服了她。」

多田將家計簿扔向一旁，坐在背對窗戶的沙發上。每當外頭的馬路有車通過，車燈的光芒就會自窗外透入，在行天的臉上流動。

「讀大學的時候，她非常用功，以考上國家的司法考試爲目標。雖然我也是法學系學生，但我相當混，畢業後只想當個上班族。她眞的非常優秀，結婚後還報名司法考試的補習班，所有學費都是她自己賺的。我當然全心全意支持她，除了盡可能幫忙做家事，還會拿著單字卡出題目考她。即使到了現在，我耳邊偶爾還會響起她翻看六法全書的聲音。」

「這樣的結婚生活有何幸福可言？」行天捏扁手中的啤酒罐。

「你的情況也好不到哪裡去，沒資格說我。」

多田也喝乾手中的啤酒，拿起第二罐。「她不僅聰明，而且長得很可愛，這樣不就夠幸福了嗎？」

「我聽得都快睡著了。」

矮桌上堆滿了行天從事務所的每個角落搜刮來的酒瓶。

「畢業後的第二年，她考上了司法考試。我親眼看著她忍受煩惱與煎熬，咬牙準備考試，所以知道她考上時，我眞的非常替她開心。那是我第一次感受到，原來別人的事也能讓我如此雀躍與快樂。由於司法考試合格後，還必須參加司法研修，我們大概有一年半的時間不能住在一起，但我心中並沒有絲毫不安。」

那段時期，多田每天都過得很充實。在公司努力賣車，放假的日子就到妻子的研修地點與她相聚。距離對兩人來說完全不成問題。因爲兩人眞心相愛，而且互相需要，所以能夠建立穩定的關係。

至少當時多田是這麼想的。

「後來她當上律師，進入東京一家中等規模的律師事務所。才工作一年，她的年收入已經是我的二點五倍。」

「這該不會就是你們離婚的原因吧？」

「當然不是。你要說我不長進，我也不反對，總之我並不認爲收入的差距是什麼大問題。」

多田喝膩了啤酒，把喝到一半的啤酒罐放在桌上，拿出鹽味仙貝。這是下午前往客人家拜訪時，客人給的「小點心」。多田將小包裝的仙貝從袋裡取出，咬了一口。

「當然我曾經感慨『律師眞是太厲害了』。雖然每天都相當忙碌，但只要認眞工作，要賺多少錢都不是問題。不過該怎麼說呢？在人與人的關係裡，收入的差距不會是根本上的大問題。」

「這麼說好像也沒錯。其實我從來沒有認眞想過這個問題，因爲天底下要找到收入比我少的女人，恐怕不太容易。」

行天說完這句話，從流理臺拿來洗好的杯子，以及以自來水製作的冰塊。多田在兩隻杯子裡放入冰塊，接著倒入波旁威士忌。

「有一天，有個大學時同班的女同學打電話給我。她告訴我『多田，你被戴綠帽了』。我聽了不禁哈哈大笑。那個女同學是我跟妻子的共同朋友，所以我以爲她是在跟我鬧著玩。」

「沒想到她說的是眞話。」

「沒錯，我抱著開玩笑的心情，對妻子說『聽說妳給我戴了綠帽』，她竟然一瞬間臉色發白。」

如果當眞相信妻子，根本不應該說這句話。應該徹底把這件事當成朋友的惡作劇，永遠不再提起。可惜多田輸給了萌生在心頭的小小疑慮。

「聽說她的偷情對象，是同一屆參加司法研修的人。他們參加司法研修的地點不一樣，多半是在東京重逢之後，發展成了那樣的關係。她哭著說一定會結束那段關係，不會再跟那個人見面。於是我原諒了她。我深愛著她，除了原諒，我沒有第二條路可走。」

在那個當下，多田當然是既震驚又憤怒。但是胸中的怒火，大部分並非來自「妻子偷情」這個事實，而是來自「爲什麼她會承認得這麼乾脆」這個疑問。

像這種事實，我根本不想知道。多田已不知萌生這個念頭多少次。如果她眞心愛著我，她應該全力否認才對。只要她否認，我一定會相信她。

「最糟糕的是不久之後，她懷孕了。」多田灌了口酒，潤了潤乾渴的喉嚨。

「如果是一般情況，妻子把自己懷孕的事告訴丈夫，那肯定是最幸福的時刻，但我們那時完全不是這樣。當時的氣氛只能以劍拔弩張來形容。每天都工作到很晚才回家的她，那一天相當難得地比我早到家。當我下班回到家裡時，我看見她坐在廚房的椅子上。當時她的表情，簡直就像她的父母及所有親戚一口氣全死光了。她告訴我：『這是你的孩子，你一定要相信我。』或許你會覺得我很蠢，但我眞的相信了。」

「我不覺得你很蠢。」行天說道。

「那孩子究竟是不是我的，事到如今也無所謂了。不管那是她跟誰生的孩子，總是她的孩子。所以我對那孩子眞的是……」

聲音不爭氣地變了調。多田趕緊吞了口唾沫，行天只是默默待著。

「我這輩子從來不會對一件事情那麼期待。孩子一出生，她的母親打電話通知我，我立刻請假趕到醫院。我抱著兒子，腦袋一片空白，幾乎不敢相信那是現實。但是當時躺在床上的妻子一看見我，立刻對我說……做ＤＮＡ鑑定吧。」

那時多田才眞正感受到自己遭到背叛。妻子說要做ＤＮＡ鑑定，想必是爲了確認事實，完全消除多田心中的疑慮。但是對多田來說，妻子這句話徹底踐踏了多田對她的愛與信任。

「我告訴她，『既然妳說他是我們的孩子，他就是我們的孩子，沒有必要做ＤＮＡ鑑定』。不管妻子怎麼央求，我就是不答應。當然最大的原因，是我打從心底愛這個孩子，所以我不認爲有必要做任何鑑定。但這背後也有一小部分惡意，我想讓孩子的血緣永遠沒有查明的一天，這麼一來妻子就會永遠受到良心苛責。」

對於妻子的背叛，多田採取了這樣的報復手段。只是在那個當下，連多田自己也沒想透徹。如今多田才知道當年的自己有多麼愚蠢，沒有意識到「相信」這個美麗卻異常危險的行爲，終有一天會轉化爲憤怒與絕望。

「過不了多久一切就結束了。孩子才出生一個月就突然死了。某天深夜，妻子突然把我叫醒，說孩子好像有點發燒。我說『孩子我來照顧，妳好好休息。明天早上如果還沒退燒，我們一起帶孩子去醫院』。妻子放心不下，躺在床上難以入眠。孩子剛喝完奶，睡得正熟，我卻唱起了搖籃曲，因爲那是唱給妻子聽的。妻子笑著說：『你這麼一唱，我更沒有睡意了。』那是個安靜的夜晚，靜得只聽得見孩子及妻子的細微鼾聲。後來我也睡著了……當我驚醒時，躺在嬰兒床裡的兒子已經變成了冰冷的屍體。」

行天在沙發上抱住一邊膝蓋，閉上了雙眼，臉上不帶任何感情。多田喝乾了杯裡的酒。

「孩子過世之後，我們大概努力了半年，終究還是沒辦法繼續在一起。她有時會陷入歇斯底里，不斷責罵我。『我們的孩子痛苦而死，你一直在旁邊看著對吧？爲什麼你就是不肯相信那是你的孩子？』每當妻子說出這種話，我總是不知道該怎麼回應才好。但我什麼都不說，反而讓她更加激動。等到她恢復冷靜，又會哭著向我道歉，說她不應該說那麼過分的話。同樣的狀況不斷重演，她也明白不應該再這樣下去，但她克制不了自己。所以當她說想離婚時，我完全沒有辦法挽留她。能夠逃離那樣的生活，我也鬆了一口氣。」

多田與行天都陷入沉默，半晌沒有開口說話。窗外依然一片漆黑，但已有早起的鳥兒在遠方鳴叫著。

「多田。」過了很久，行天終於開口：「我想一定有很多人跟你說過這句話，但我要再說一次，你沒有做錯任何事。」

「就算沒有惡意，也不代表沒有罪孽。」

爲什麼妻子會跟別的男人偷情？多田從來不肯認眞思考這個問題。嘴巴上說相信妻子，其實只是沒有勇氣確認孩子的父親是誰。嘴巴上說愛著妻子，其實根本沒有認眞考慮妻子的感受。

不管怎麼說終歸是自己的不負責任。但是當多田想通這一點的時候，一切早已毀於一旦，再也無法挽回。

「我不知作過多少次同樣的惡夢。在夢裡，我把兒子從嬰兒床上抱起來。那嬰兒的體重，以及身體的溫暖，都是如此眞實。我對妻子說：『看，我們的兒子還活著，他活過來了。』但太遲了。在夢裡，妻子聽不見我說的話。她獨自一個人在黑暗的房間裡悲傷哭泣，就這麼一直哭、一直哭，那哭聲始終沒有停止。」

「來，摸摸我的小指。」行天說道。

多田動也不動。行天於是站了起來，彎下腰，隔著桌子抓住多田的左手。

在行天的引導下，多田以食指的指腹，戰戰兢兢地輕摸行天右手小指上的傷痕。那是一條非常細的線。周圍的皮膚都非常光滑，唯獨那裡鼓起了細細的一條線，在手指的根部繞了一圈。

「不用害怕，摸摸看吧。」行天笑著說。

多田低頭望向小指，同時以視覺確認那小指的觸感。

在篠原利世的家裡受的傷，如今已結起新的血痂。深藍色的瘀青，自血痂處向外擴散，幾乎覆蓋了整個手背。但唯獨那小指上的舊傷周圍，不知爲何沒有受到侵蝕，依然呈現詭異的白色。

「傷口早就癒合了。雖然小指會比其他手指冰冷一點，但只要稍微搓一搓，馬上就會變得溫暖。雖然沒有辦法讓一切恢復原狀，但至少不是完全無法修復。」

「好了，別說了。」多田縮回了手。「我不是爲了讓自己心裡舒服點，才告訴你這些。」

「不然你告訴我這些，是爲了什麼？」

「我會處理掉這本家計簿。我說這些是爲了讓你接受。」

「我不能接受。你說的這些，不成理由。」

確實如此。多田的心裡亂成一團。過去一直深藏在心裡的這些話，爲什麼會在今天晚上說出口，多田也說不出個所以然來。

「爲什麼不能讓心裡舒服一點？」行天站在多田面前，雙臂無力地下垂在身體兩側。「你不是對公園之丘的那個小鬼說『人只要還活著，就有機會從頭來過』？難道那都是謊言嗎？只是嘴上說說？」

「難道我不想嗎？我多麼想原諒她，我多麼想獲得她的原諒，我多麼想忘記這一切……但是我做不到。」

多田露出了痛苦的微笑。

「都怪你，說什麼要曉以大義。」行天窩回沙發上的巢穴，一臉無奈：「事實證明，用講的根本沒有用。」

多田開口說道：「行天。等天一亮，麻煩你離開這裡。」

明明想要過一個人的生活，但不知道爲什麼，這句話一直沒有說出口。

「嗯。」行天非常乾脆地點了點頭。

多田拿起家計簿，從沙發上站了起來，鑽進掛簾，回到自己的地盤。

當真幌市的天空綻放出宛如清澈湧泉般的晨曦時，事務所響起了微弱到幾乎聽不見的關門聲。

行天使用過的毛毯，放在會客區的沙發上，疊得整整齊齊。多田想要整理桌面時，發現了一個小小的零食罐子，擺在眾多的酒類瓶罐中間。打開蓋子一看，裡頭放著行天存了一整年的錢，以及寫著北村周一的電話號碼的那張便條紙。

多田跪在地板上，查看沙發下方。什麼也沒有。原本一直放在沙發底下蒙灰塵的那雙健康拖鞋，也已消失無蹤。

多田坐在沙發上抽著菸，看著越來越明亮的窗外。許久之後，多田起身換裝梳洗，一如往昔出門工作。

「歡迎！」

響炮的聲音隨著歡呼聲響起。

多田撥掉落在頭頂上的細紙條。那些色彩鮮艷的細紙條，看起來簡直像是毒蜘蛛吐的絲。

「這是在做什麼？」多田問。

「當然是開聖誕派對！來，快進來吧！」露露拉著多田的手腕，帶他進屋。

露露與海希所住的公寓房間，如今簡直成了廉價的夜總會會場。天花板掛了數不清的紙環鏈，日光燈的燈罩上貼了紅色玻璃紙，桌上擺了一盆銀色聖誕樹。

「麻里跟她的朋友阿忍也來了，剛剛才離開呢。」

露露硬把多田拉到客廳中央，要他坐下。「都怪你太晚來，她們等不到你，只好先回去了。你看，她們還幫小花做了很漂亮的帽子唷！」

吉娃娃奔到多田腳邊，邊顫抖邊搖尾巴。兩隻耳朵中間戴著一個三角形的尖頂帽。仔細一瞧，那原來只是一個使用過的響炮。在兩邊打上小孔，穿過繩子，在吉娃娃的下巴處打個結，就完成了。

「露露，妳快幫點忙，別只顧著說話。」廚房裡傳來海希的呼喚聲。

「好啦。」露露應了一聲後站了起來。她從冰箱拿出一份吃了一半的生菜沙拉，以及一個盛裝著水果潘趣酒[28]的容器。

「妳們不是要委託我做什麼？」

打從許久之前，多田就被告知「二十五日傍晚一定要來一趟」。多田一時有如丈二金剛摸不著腦袋，海希從廚房走了出來，將一大盤咖哩飯霸氣地擺在桌上。

「哪有什麼事情？就只是邀請你參加派對。」海希說道。

「怎麼沒看到你朋友？他晚一點才會到？」露露問。

多田看著擺在桌上的食物：「不，我把他開除了。」

「趁熱先吃吧。」海希說道。

露露跟海希似乎早已跟麻里、阿忍一起吃過了。多田於是拿起湯匙，吃起那盤口味偏甜的兒童咖哩飯。

坐在對面的露露及海希，默默地看著多田吃咖哩飯，一下子幫多田盛裝水果潘趣酒，一下子倒氣泡酒，兩人忙得不亦樂乎。

吉娃娃則窩在房間角落，專心地啃著小型犬專用的骨頭形狀膠條。多田在一旁看著，內心不禁感慨，這傢伙畢竟也是野獸。

「你跟朋友吵架了？」露露問道。

「沒有。」多田回答得惜字如金。

「我只是請他離開，過程完全和平。」

「他有地方可以去嗎？」

海希抽起了細捲菸。薄荷的氣味瀰漫了整個房間。

多田在露露及海希的房間坐了約一小時。臨別之際，露露說：「你們趕快和好吧。」

「多虧了你們倆，我們今年過得很快樂。我們一定還會再委託工作，下次帶他一起來吧。」

28「潘趣酒」原文作ポンチ，即英文的Punch，是一種源自於歐洲的混合甜品飲料。雖然中文多譯爲「潘趣酒」，但實際上不見得含有酒精成分。

多田不知該怎麼回答，只好給出一個不置可否的微笑，轉身走下公寓外的階梯。來到一樓時，多田仰頭一看，露露與海希還並肩站在門口，目送自己離開。因爲逆光的關係，多田只能看到兩道剪影，同時朝著自己揮手。海希的懷裡似乎抱著吉娃娃。

多田驀然想起，以前似乎曾看過類似的景色。當時每天回到事務所，都會看見行天。但是從今晚起，行天不會再出現了。自己終於能夠過著不受任何人干擾的安穩生活。

多田走在喧鬧、嘈雜的後街上，朝著車站的方向前進。走著走著，多田不由得吁了一口氣。多田嘗試說服自己「吐這口氣，是因爲放下了心中的大石」。但眼前的白煙還沒有消失，多田便已明白事實並非如此。

不知道爲什麼，多田就是感覺心裡不踏實。

說到底，只能怪自己太過自信、太過天眞。多田以爲就算把行天趕出去，他也只是從多田的事務所搬到露露、海希的房間而已。多田很清楚，行天根本沒有其他可以投靠的人。何況現在正値寒冬，多田滿心以爲一個身無分文的人，絕對不可能跑太遠。

不，多田捫心自問，眞的是如此嗎？其實多田早已隱約猜到，一旦要求行天離開，他多半會乖乖服從這個命令，永遠從自己的眼前消失。他會踏著泰然自若的步伐，獨自一步步走向漆黑的深淵。說得更明白一點，多田是在沒有人提出要求的情況下，主動坦承了過去的傷痛，接著又因爲自己的懦弱，將行天趕了出去。就好比撿回家養的狗長得比預期更高更壯，就毫不留情地將牠丟棄。這樣的飼主不僅愚蠢，而且殘酷不仁。

多田帶著滿肚子對自己的怨氣回到事務所，看見門縫夾了一張貨運公司的包裹配送失敗通知單。這可眞稀奇，怎麼會有自己的包裹？多田大感狐疑，仔細查看那張通知單，發現包裹寄送單位爲「田代造園業」。多田心想，自己從來不曾和這間公司有過往來，這應該是行天訂的吧？

多田立刻撥打配送員的手機號碼。那配送員似乎還在附近配送貨物，沒過多久，立刻將一個巨大的箱子搬到事務所門口。那箱子看起來極爲沉重，而且大得嚇人，就算把一個人塞進去也綽綽有餘。

配送單上的物品欄寫著「年節用品」。多田越想越覺得不吉利，本想拒收，但最後還是心不甘情不願地蓋章簽收了。這麼大的箱子，如果要求配送員再扛下樓，對方可能會抓狂。

該不會……行天就在這裡頭吧？還不到一天，難道他就惹上了什麼江湖恩怨，被人「送」了回來？要不然……難道是星下的毒手？他用行天的身體來證明，他有能力做到完美犯罪？

多田仔細檢查箱子的每個邊角，並沒有發現任何血跡。接著撕開頂面膠帶的一小角，將鼻子湊上去聞。沒有屍臭。

多田鼓起勇氣打開箱子，裡頭竟然是兩座高達一點五公尺的門松。整座門松大量使用了松枝及竹節，底座則是由白色及粉紅色組成的葉牡丹，上頭還掛滿紅色的南天竹果實，可說是相當豪華的兩件式門松組。箱子裡附了一封信，上頭寫著：「親愛的多田便利軒：感謝您的厚愛，在此謹奉上您訂購的商品。敝公司的門松皆使用經過嚴格挑選的材料，每一座皆是純手工精心打造，品質絕對讓您滿意。敝公司全體員工謹祝您新年如意、萬事亨通。」

「這麼大的東西要叫我擺在哪裡？」

多田看了看左邊的門松，又看了看右邊的門松，心情就像是被兩個美女擠在中間。多田回想當初對行天大罵「你不要擅自作主」的時候，行天看起來相當慌張，多半就是因爲他擅自訂了這對門松的關係吧。日子已經過得夠窮了，那傢伙竟然還預訂了這麼豪華的門松，眞不曉得他的腦袋在想些什麼。多田越想越是哭笑不得。

這麼大的門松，總不能擺在室內。多田決定不管三七二十一，先把門松拖到門外再說。事務所的門口空間非常狹窄，可以選擇的位置並不多。多田搬開門邊的滅火器，勉強把其中一座門松擺在原本放滅火器的地方。至於另外一座，不管怎麼看都只能放在階梯上。而且因爲門松的底座太大，一級階梯的寬度根本擺不下。

多田只好將另一座門松往下搬，放在階梯轉角的平臺上。這兩座巨大門松都是使用眞正的植物，裡頭飽含水分，當然沉重無比，對多田的腰造成相當大的負擔。

兩座門松不僅距離太遠，而且高低落差太大，看起來根本不像門松了。

多田一邊揉著疼痛的腰椎，一邊登上樓梯。走回空無一人的事務所，脫掉工作用夾克。門松製作者附在箱子裡的信封還放在矮桌上。多田越想越不對勁，拿起那枚信封再次確認內容物。

除了感謝狀之外，還有一張請款單。

「果然沒付錢……」

多田打開行天留下的小零食罐，數了數裡頭的鈔票。「根本不夠……」

爲什麼不能讓心裡舒服一點？當初行天說的這句話，驀然在耳畔響起。如今多田認爲這句話簡直是至理名言。讓自己舒服一點，並不是什麼壞事。行天那傢伙臨走前還來這一招，簡直是徹頭徹尾的瘟神。如今他終於不在了，自己可以舒服一點了。

多田用力跳上床，叼著香菸仰望天花板。房間裡沒有暖氣，冷得讓人直發抖。多田才吸完一根菸，已感覺腰痛越來越嚴重。多田重新起身，拿起用來收納合約書的資料夾，輕輕甩了甩。寫著三峯凪子聯絡方式的便條紙，像一隻白色的蝴蝶，輕飄飄地落在地板上。當初因爲行天總是隨手亂放，多田怕搞丟，所以收進了資料夾裡。

多田彎下腰撿起便條紙，正想拿出手機撥打，忽然感覺自己這麼做實在是很愚蠢。

「我到底在幹什麼？」

多田躺回床上，閉上了雙眼。這一晚，多田沒有作夢。

隔天一大早，多田準備出門工作，才剛打開事務所的門，就被階梯轉角平臺上的門松嚇得全身一震。門板被多田的身體撞個正著，竟然關上了。多田接著感覺門後不太對勁，好像有什麼平常沒有的東西，更是嚇得整個人往後跳。

前後兩次讓多田心驚膽跳的東西，其實都是巨大的門松。但是那門松的模樣，一度讓多田以爲是以樹葉喬裝易容的刺客。多田苦惱許久，總覺得把兩座門松分開放置畢竟不太恰當。於是多田又費了一番力氣，把兩座門松搬到大樓的一樓門口。雖然兩座大門松與這棟老舊的建築物實在是格格不入，但那些神秘兮兮的其他住戶看見門口多了兩座大門松，應該是不至於會有什麼不滿才對。

一大早就重度勞動，讓多田的腰更是劇痛不已，但委託人正在等著自己前往，當然不可能臨時請假。

接下來好幾天，多田每次出門工作，都得在腰間貼上好幾塊痠痛藥布。工作的過程中，多田屢屢想起行天說過的那句話。

最近你好像在害怕什麼……

我眞的在害怕嗎？如果是眞的，我到底在害怕什麼？爲什麼我要一再刻意避免與北村周一扯上關係？

強大的恐懼，讓多田如洩洪般對行天傾吐了昔日的陰霾。

多田滿腦子想著這個問題，同時像機械一樣動著自己的身體。幾天過去了，行天並沒有回來。木村家給的大量年糕，光靠多田一個人，根本沒辦法在過年期間吃完。

多田數了數年糕的數量，決定每天吃三塊當晚餐。由於沒有烤年糕用的鐵網及烤爐，多田只能將年糕放進鐵茶壺裡煮，然後沾醬油吃。

「眞是美味。」

這些年糕不僅口感柔滑，而且帶有淡淡的穀類甜香。

多田驀然想到，北村周一恐怕沒有機會吃到這些年糕。想著想著，視線不由得落在矮桌上那個行天的存錢罐上。

絕大部分的公司，都是在今天結束一整年的工作。

任職於新宿某旅行社人事部的北村周一，多半也不例外吧。今天他恐怕得忙到下班前最後一刻。所以當他奔進阿波羅時，已經超過約定時間三分鐘了。

「對不起，我遲到了。」北村說。

店員立刻送上一杯水。北村點了阿波羅獨創的「太陽特調咖啡」。

「沒關係，是我不該突然打電話給你。」多田說道。

今天中午，多田打了一通電話給北村，說：「我想跟你談一談，能不能耽誤你一點時間？」北村一聽登時精神大振，回答：「擇日不如撞日，就今天吧。」接著北村還立刻指定了時間及地點。雖然顯得有些操之過急，但多田並不在意。如果不趕快見到北村，自己的想法恐怕又會有所動搖。正因爲多田有著這樣的疑慮，所以北村的操之過急，對多田來說反而是求之不得的事。

「請問你要談的是……」

北村啜了一口太陽特調咖啡，迫不及待地切入正題。

「是關於木村家的事。木村太太很會做菜，個性開朗，很喜歡交朋友。木村先生性情和善，興趣是栽花種草。他們有一個女兒及一個兒子，都已經離家獨立生活，但家人之間常常互相聯絡。他們看起來很幸福……至少在我的眼裡是如此。」

多田本來有些擔心，自己把北村叫出來，只爲了說這幾句話，或許會讓北村感到莫名其妙。但北村的反應與多田的預期截然不同。他聽完多田的話，大大吁了口氣，原本充滿了期待與不安的表情，逐漸轉變爲神采飛揚。

「眞的是太好了。」北村笑著說。

多田等著他繼續說下去，但等了許久，北村再也沒有開口說話。

「就這樣？」多田問道。

「什麼意思？」

「你光是聽這幾句話就心滿意足了？」

「難道你隱瞞了什麼嗎？木村家其實有著嚴重的家庭問題？」

「絕對沒有。」多田趕緊否認。「我如實地說出了自己的印象。」

「既然是這樣，其他什麼都不重要了。」

北村又啜了一口太陽特調咖啡。「只要能知道木村一家人過得很幸福，我就心滿意足了。」

北村將咖啡杯放回杯碟上，打直了腰桿，先對多田說了一聲「謝謝你」，接著問道：「不過你爲什麼突然願意對我說這些？你上次說的話，我想了想覺得也很有道理，所以原本已經放棄了。」

「沒什麼特別的原因，只是想法突然改變了。」

多田小心翼翼地將上半身仰靠在不太牢固的椅背上。因爲腰痛的關係，坐著的時候沒有辦法抬頭挺胸。多田的腳底下，放著年糕的袋子與放著家計簿的袋子輕輕碰觸在一起。

「北村，你接下來有什麼打算？你會去木村家登門拜訪嗎？」

「當然不會。」北村誇張地搖頭，看起來簡直像是剛從水裡爬上來的狗兒。「當然我不敢保證今後絕對不會去見他們，但至少現在的我感到相當安心及滿足。我過得很幸福，有可能是我的家人的那些人也過得很幸福。光是知道這一點，就已經綽綽有餘了。」

北村的口氣雖然平淡，卻異常堅定。

多田不禁心想，原來眼前這個男人早就做出了決定。他早已決定要接納一切。

北村主張自己應該支付費用，但多田當然拒絕了。「既然你不肯收取費用，至少這杯咖啡該讓我請客。」北村說道。

兩人離開了阿波羅，並肩走在站前的大街上。

「我跟家人約好了在南口圓環會合，等等要一起去艾姆希飯店吃飯。」

艾姆希飯店是眞幌市最大的飯店，原本叫做「眞幌城市旅館」，只是一家平凡無奇的商務旅館。後來開始轉型，雇用知名的廚師，重新開幕後受到廣大市民歡迎。多田這輩子還不曾去過。

「我女朋友的父母，打算趁著這次年假來東京，到我家來作客。我母親說，要是飯店的餐點不好吃可就太失禮了，所以想到艾姆希飯店的餐廳去調查一番，但我猜她只是想要趁機到飯店的餐廳吃上兩頓。」

北村露出靦腆的表情。多田笑了起來。

「北村，其實我原本很怕你對現在的家庭心懷不滿。」

多田擔心北村想要重新選擇父母，與木村夫婦成爲一家人。這樣的行爲將會徹底粉碎多田心中的希望。在多田眼裡，北村與自己過世的兒子重疊在一起了。北村的現在就是兒子無望擁有的未來。

不管有沒有血緣關係，都是一家人。

就算那孩子不是自己的，多田還是希望愛著那孩子，也希望被那孩子所愛。多田曾期待用一輩子來證明自己能與妻子及兒子過得幸福快樂。

「我怎麼可能會那麼想……」

北村愣了一下之後說：「當然生活中或多或少會有一些小磨擦，偶爾也會吵架，但在我心中，現在的父母才是我眞正的父母。我的父母也是一樣的想法。當年他們知道我的血型之後，對我說：『不管別人怎麼想，你就是我們的孩子。』」

北村在南口圓環左右張望了一會，忽然輕輕舉起了手，說：「我看到他們了，在那裡。」

多田轉頭一看，廣場角落站著一對身材矮小、體態豐腴的中年夫婦，以及一個體型和他們差不多的年輕男人。那應該就是北村的父母及弟弟吧。

多田猶豫了一下，決定把裝著家計簿的袋子夾在腋下，只把裝著年糕的袋子遞給北村。

「對了，這給你。」多田遞出了袋子後說：「這是我鄉下老家寄來的年糕，非常好吃，你帶回去和家人一起吃吧。」

北村接下了沉甸甸的袋子。

「這麼多，怎麼好意思？」北村說。

「這算是謝禮吧。如果沒有見到你，我可能又會過起相同的日子。」

什麼也不想知道，什麼也不去追求，不與任何人往來，像個膽小鬼一樣苟延殘喘地活著，卻誤把那樣的狀態視爲一種平靜。多田心裡很清楚，不應該再犯相同的錯誤。

「如果有一天，你突然想見木村夫婦，請你先打電話到多田便利軒。或許我能幫得上一點忙。」

到時候，如果北村感受到相當大的痛苦，內心渴望人生能夠從頭來過，多田打算把妙子的家計簿交給他，這或許能讓他的心裡好過一些。

北村露出詫異的表情，但多田沒多做解釋，只說了一句「新年快樂」。

「新年快樂，謝謝你的年糕。」

北村或許想起家人還在等自己，沒再多問什麼，轉身小跑步橫越圓環。

身材高䠷的北村，在三位家人面前彎下了腰，以俯視的姿勢朝三人說了一句話。一家人同聲歡笑，轉身走進人群之中。多田默默地目送他們離去，直到四人的身影完全消失。

這天晚上，多田將妙子的家計簿鄭重地收進事務所的抽屜裡。接著多田開始打電話給所有想得到與「那個人」有關的人。不過最後也只打了三通電話。

露露說：「什麼？他又走丟了？眞是的……沒問題，我要是在路邊看見，一定馬上通知你。」

星說道：「我怎麼會知道他在哪裡？你自己養的狗，難道要別人幫你看著？我現在很忙，先這樣吧！」多田不明白星爲什麼口氣這麼兇，而且還有些上氣不接下氣，多田想，或許他正和新村清海在一起吧。

「阿春？他沒有來我這裡。」三峯凪子的口氣還是一樣嚴肅。

「怎麼了？你們吵架了？」

「我跟他的交情沒有深到可以吵架。」

三峯凪子聽多田這麼說，發出了若有似無的笑聲。

「我想他過不久應該會自己回去找你，畢竟他會肚子餓。」

打了幾通電話，只證明每個人都把行天當成三歲幼童或動物。「好的，抱歉打擾了。」多田說完這句話，掛斷了電話。

最後的希望也落空了。多田完全查不出行天的下落，只能一個人待在事務所，每天吃泡麵度過整個年節。

平靜又平凡的新年，因一月二日晚上的一通電話而畫下句點。

「便利屋，是我！山城町的岡！我敢保證，橫中公車那些混蛋一定偷偷減班！我絕不允許他們做出這種傷天害理的事！」

行駛在眞幌市區的橫中公車，在新的一年，同樣規規矩矩地遵守時刻表運行公車。

多田費盡唇舌，才終於說服岡打消奇怪的念頭。忙了一整天，工作結束時夜幕早已低垂。

多田嘆了一口氣，伸展了僵硬得像石頭的腰。驀然間，多田對眼前的一切有種似曾相識的感覺。去年的自己不是也同樣在過年的時候，被迫做了這種注定徒勞的工作？

沒錯！去年不就是在這裡的公車站遇上了行天，開啟了一整年亂糟糟的生活？

準備坐進發財車的瞬間，多田改變了主意，轉身走出岡家的庭院，望向山城町二丁目的公車站牌。長椅上一個人也沒有。這也是理所當然的事，因爲開往眞幌車站的末班車早就開走了。

多田走回岡家的庭院，重新把手伸向發財車的車門。

附近人家的屋裡響起狗兒的吠叫聲。

就在這個瞬間，多田萌生了一股幾乎可以肯定絕不會錯的預感。多田再度走出庭院，望向公車站。行天就坐在長椅上，身上穿著黑色大衣，雙手分別戴著款式完全不同的手套。

多田緩緩走上前去，開口說道：「你在這裡做什麼？」

行天抬起頭，臀部微微離開椅面，似乎嚇了一跳。他明明看出站在眼前的人是多田，卻默不作聲。

「現在這個時間，已經沒有公車了。」多田又補了一句。

行天彆扭地動了動身體。

「我知道。」他終於開口說話。

多田慢慢走到行天身邊，小心翼翼地坐了下來。因爲腰椎劇烈疼痛，動作沒有辦法太快。

「這段期間，你跑到哪裡去了？」

「花園。」

「我知道你想表達什麼，你的腦袋裡確實永遠都有一座花園，但我問的不是這個……」

多田說到一半，內心突然驚覺，他指的可能是篠原利世的住處，海茲花園公寓。「你用什麼手法騙她收留你？」

「也沒用什麼手法，只是坐在她家門口。聖誕節那天，她似乎在外頭鬼混了一整晚，清晨才回到家。她看見我，就開門讓我進去了。後來她說過年期間要回老家，所以我就住在她家，幫她看家。但是她剛剛回來了，不再需要有人幫她看家。我身上沒有錢，肚子又餓，正在思考該怎麼辦的時候，你就出現了。」

多田想要告訴行天，自己一直在找他。因爲想讓行天知道，北村周一的選擇是什麼，以及自己心中害怕的事情是什麼。

但那些曾經徹底潰堤的千言萬語，如今卻已靜悄悄地沉澱在胸中的最深處。勉強擠出口的一句話，卻有著最單純的輪廓。

「我們回去吧，行天。」

多田小心翼翼地站了起來：「多田便利軒正在招募臨時工。」

「爲什麼？」行天也跟著站了起來，傻呼呼地跟在多田的身後。

「你看不出來嗎？我腰痛。」

「爲什麼？」

「你還敢問爲什麼！還不是因爲那該死的門松！」

「你不喜歡？」

多田本來想罵一句「鬼才喜歡」，但最後沒有把這句話說出口。上了發財車後，行天開始絮絮叨叨地說起他訂購的那對門松有多棒。

「聽說他們是眞的到深山去砍樹來製作門松呢！而且他們還說等過完年可以免費幫我們把門松處理掉。但我拒絕了這項服務，你想想，那種東西只要收起來放著，明年又可以拿出來用，何必讓他們處理掉？」

你是腦袋有洞嗎？那個門松使用的是眞正的植物，放到明年早就乾枯了。

難道我還得把那一對巨大的門松分解開來一塊塊處理掉？雖然多田一想到就頭痛，但轉念又想，反正這是便利屋最擅長的工作，其實也沒什麼大不了。

「我猜就算你剛剛沒遇上我，晚上你也會跑回事務所吧？」多田以一副看開了的口吻說道。

行天呵呵一笑，回答道：「那也不見得，我原本打算找一本電話簿，對裡頭每個經營便利屋的都打一通電話，問問看有沒有人願意收留一個無處可去的人。」

車子經過十字路口，轉入站前的道路，前方已是眞幌市最熱鬧的核心地帶。車站內、廣場上，全是熙來攘往的人群，一棟棟建築物爭相放射出明亮的光芒。寒冬的整片夜晚天空覆蓋著厚厚的雲層，唯獨前方天空的雲層因爲反射了光芒，看起來特別白皙耀眼。

無數的車輛流向眞幌車站，或是從車站往四面八方散去。多田便利軒的發財車也成了不斷流逝的紅色車尾燈之一，但它帶著明確的意志，持續朝事務所那棟老舊的大樓前進。

即使閉上雙眼，腦中也能清晰地描繪出眞幌站前的街景。群聚的大樓宛如巨大生物，自遠方逐漸向自己逼近。

多田不禁心想，在沙漠中行進的商隊，在抵達中繼地點的時候，或許也會產生相同的心情吧。

綠意盎然的樹木。只盤旋於綠洲上空的鳥影。在水邊暫時歇息的人群所發出的喧鬧聲。

即使心中渴望盡早結束這一切，但在抵達中繼點的瞬間，便代表下一段旅程的啟程之日已經逼近。

開了暖氣的車內非常暖和，行天取下手套，抽起了菸。手背上的血痂已小得多，露出了底下宛如花朵顏色的薄嫩皮膚。小指的根部，依然繞著一圈白線，彷彿代表著某種約定。

即使，失去的東西不可能全部找回；即使，在得到的瞬間便已化爲記憶——
這次，多田能篤定地這麼說。
幸福能夠重生。
它會幻化其形體，以各種不同的面貌，一次又一次地悄悄接近渴求它的人。

文學森林LF0197

真幌站前多田便利軒
まほろ駅前多田便利軒

作者
三浦紫苑
一九七六年出生於東京。
二〇〇〇年以《女大生求職奮鬥記》一書出道。
二〇〇六年以《真幌站前多田便利屋》獲直木獎。
二〇一二年以《編舟記》獲本屋大賞。
二〇一五年以《住那個家的四個女人》獲織田作之助獎。
二〇一八年以《ののはな通信》（暫譯：野花通信）獲島清戀愛文學獎。
二〇一九年獲河合隼雄物語獎。
二〇一九年以《沒有愛的世界》獲日本植物學會獎特別獎。
其他小說作品包括《強風吹拂》、《光》、《哪啊哪啊神去村》、《當墨光閃耀》、《你是北極星》等，散文作品則有《乙女なげやり》（暫譯：自暴自棄的少女）、《のっけから失礼します》（暫譯：一開始就失禮了）、《好きになってしまいました》（暫譯：不小心愛上你）等，作品數量眾多。

譯者
李彥樺
一九七八年出生。日本關西大學文學博士。從事翻譯工作多年，譯作涵蓋文學、財經、實用叢書、旅遊手冊、輕小說、漫畫等各領域。li.yanhua0211@gmail.com

裝幀設計　謝捲子 @ 誠美作
內頁排版　立全排版
行銷企劃　黃蕾玲、陳彥廷
主　編　詹修蘋
責任編輯　李家騏、陳彥廷
版權負責　李家騏
副總編輯　梁心愉

初版一刷　二〇二五年三月三日
定價　新臺幣四二〇元

ThinKingDom 新經典文化
發行人　葉美瑤
出版　新經典圖文傳播有限公司
地址　10045臺北市中正區重慶南路一段五七號十一樓之四
電話　886-2-2331-1830　傳真　886-2-2331-1831
讀者服務信箱　thinkingdomtw@gmail.com
臉書專頁　http://www.facebook.com/thinkingdom/

總經銷　高寶書版集團
地址　11493臺北市內湖區洲子街八八號三樓
電話　886-2-2799-2788　傳真　886-2-2799-0909
海外總經銷　時報文化出版企業股份有限公司
地址　桃園市龜山區萬壽路二段三五一號
電話　886-2-2306-6842　傳真　886-2-2304-9301

真幌站前多田便利軒 / 三浦紫苑著；李彥樺譯.
-- 初版. -- 臺北市：新經典圖文傳播有限公司,
2025.03
324面；　14.8×21公分. -- (文學森林；LF0197)
譯自：まほろ駅前多田便利軒

ISBN 978-626-7421-63-5(平裝)

861.57　　114001732